동아
COMMUNICATION
GROUP

동아
COMMUNICATION
GROUP

빙의로
최강요원

빙의로 최강 요원 9권(완결)

초판 1쇄 인쇄일 | 2022년 11월 14일
초판 1쇄 발행일 | 2022년 11월 18일

지은이 | 박현수
펴낸이 | 박성면
펴낸곳 | (주)동아

출판등록 | 제406-2007-000071호
주소 | 경기도 파주시 문발동 223-1 2층
전화 | (031)8071-5201
팩스 | (031)8071-5204
E-mail | lion6370@hanmail.net

정가 | 8,000원

ISBN 979-11-6302-617-4 (04810)
ISBN 979-11-6302-578-8 (Set)

빙의로
최강요원

박현수 현대판타지 장편 소설
DONG-A MODERN FANTASY STORY

동아
COMMUNICATION
GROUP

빙의로
최강요원

목차

1. 그동안 정말로 감사했습니다   _7

2. 나는 신입니다   _73

3. 그냥 내 심판을 받아   _137

4. 인류의 구원자   _209

종장. 모두가 행복해질 수 있는 유일한 길 _271

빙의로
최강요원

1. 그동안 정말로 감사했습니다

빙의로
최강요원

헤르메인 왕은 세상에 공표했다.

"본 왕은 지금까지 귀물 능력자들에게 행해 왔던 억압과 핍박을 해제할 것이다! 그리고 왕성에 기록물로 남아 있던 마법서를 풀어 재능이 있는 자는 마법도 사용할 수 있게 할 것이다!

그동안 우리는 한때의 정치적 목적을 전통과 국법이라 규정하며 큰 실수를 저질러왔다.

본 왕은 그것을 바로 잡으려 하니, 귀물 능력자들은 더 이상 숨지 말고 세상 밖으로 나오라.

이 나라가 그대들을 안전을 보장할 것이며, 크게 쓸 것이다."

물론, 반대하는 귀족들도 많았다.

"어찌 역사를 부정하려 하십니까, 전하?! 그리고 마법사의 양성
이라니요? 저 하늘 위의 악마들을 또다시 이곳으로 끌어들이시렵
니까?"

과거의 일이 반복되지 말라는 법이 없다는 이유였다.

그러나 헤르메인 왕도 할 말은 있었다.

"그대의 눈과 귀는 모두 닫혀 있는가? 저 밖에서 들려오는 다른
차원에서 온 마법사의 활약이 들려오지 않는가 말이다! 장군급
악마 하나면 영지 하나가 전멸한다고 한다. 자네 영지에 그런
일이 일어나도 그런 소리를 할 텐가?!"

헤르메인 왕도 강하게 나갔다.

"거부하는 자는 귀물 능력자도, 마법사도 허용하지 않아도 좋다!
그대들이 정 싫다고 하는데, 나도 강경하게 강요할 생각은 없다.
오로지 받아들이는 자만이 그들에게 도움받을 수 있게 할 것이다!
대신! 이 정책을 거부하는 영지는 다시는 귀물 능력자와 마법사를
영지에 들이지 못하도록 국법을 정하려 하니, 거부하는 자는 이
자리에서 뜻을 확실히 밝히라!"

귀족들은 억지라고 했다.

헤르메인 왕도 억지인 걸 안다.

그렇지만 그 억지로, 거부의 서명을 한 귀족은 그 누구도 없었다.

"없다면 왕명에 따라 더는 귀물 능력자에게 해를 끼칠 수 없도록
하라! 만약 이것을 어긴다면, 그를 국법으로 다스릴 것이며, 행여
관련된 영지가 있다면 반역의 죄를 물을 것이니 그리 알라!"

어둠의 재해라는 특수한 상황이다.

귀족들은 왕명을 거스를 명분이 없었다.

귀족들끼리 똘똘 뭉쳐 왕명에 거부하려 해도, 언제 어디에서 악마가 나타나 위협을 가할지 알 수 없었다.

거대한 악마도 두려움의 대상이지만, 작은 악마들도 늘 자신들을 노리고 있을 것이기 때문이다.

그러한 위협에 혹시라도 왕이 도움을 늦춘다면, 반기를 든 이유로 모든 걸 잃을 수도 있었다.

그러한 여러 가지 이유로 귀족들이 거부할 수 없다는 걸 잘 아는 헤르메인 왕은, 이 기회에 왕권의 힘을 키워 세상의 통치를 강화하고자 했다.

* * *

성벽에 붙은 게시판을 보는 사람들의 표정은 제각각이다.

"마법사를 양성한다고?"

"왕이 미쳤군! 마법사가 저 악마들과 결탁했던 걸 잊은 거야?"

하지만 다른 의견도 있었다.

"왕이 현명한 거야. 생각을 해 봐, 다들! 애초에 우리 인간은 저 악마들에게 전멸을 당할 처지였어. 그런 악마를 저 하늘 위로 쫓아낸 게 바로 마법사들이었잖아. 그 덕분에 우리가 지금까지 이렇게 평화롭게 살아올 수 있었던 거라고!"

"맞아! 마법사가 없으니 지금 우리가 이렇게 쉽게 당하고 있는 거야! 다른 세상에서 왔다는 마법사를 봐! 영지 하나와 동등한 힘을 가진 거대한 악마를 그는 혼자서도 처치할 수 있다고 하잖아! 우리도 마법사를 길러야 해. 우리의 힘으로 어둠의 재해와 범람을 이겨 낼 방법은 그것뿐이라고!"

잠시 식사를 할 목적으로 한 영지로 내려온 나는 게시판과 멀어지며 웃음 지었다.

"왕이 제가 말한 걸 잘 반영하고 있군요."

－당장은 큰 도움이 못 될지라도 수백 년, 수천 년이 흐른 뒤에는 깨닫게 되겠지. 인간 스스로가 강해져야 저 악마들의 침범도 막아 낼 수 있다는 것을.

"곳곳에서 귀물 능력자들이 나타나 병력에 합류하고 있다고 했습니다. 그들은 마법 부대로서 악마를 잡는 데 선봉에 선다고도 하고요."

－그러한 공로가 차후 자신들의 대우에 도움이 된다는 걸 아는 놈들이로군.

"누군가는 여전히 믿지 못하고 꽁꽁 숨어 있겠지만, 그렇게 솔선수범하는 사람들이 있어 변화를 만들어 갈 수 있는 겁니다."

식사를 마친 나는 숙소로 돌아와 침대로 몸을 뉘었다.

그리고 생각나는 게 있어 왼손을 들어 올려 보았다.

그 손에 끼워져 있는 두 개의 반지.

나는 그중에 하나를 보았다.

"이 시간의 반지는 그때 발동했던 이후로 조금도 능력이 발현되질 않네요."

-그때는 뭔가 특수한 상황이었던 듯싶다.

특수한 상황.

강한 후회와 미안함, 그리고 상실감으로 감정의 기복이 무척 컸던 상황이긴 했다.

혹시라도 이 시간의 힘의 원동력이 그러한 감정들과 연관이 있는 것일까?

"후우…… 그때의 일을 아무리 떠올리고 감정을 일으켜 봐도 도저히 안 되네요."

빛의 반지의 능력은 정말 의지가 생기자마자 내 신체의 일부처럼 움직여지는데.

시간의 반지는 아무런 반응이 없으니 답답하기만 하다.

"이걸 쓸 수만 있다면 정말 큰 힘을 손에 쥘 수 있을 것 같은데……."

천 년 전에도 이미 전설로 통해오고 국왕조차 두려워했다던 시간의 능력자.

그는 그 능력을 통해 영생까지 누려 왔다고 했다.

"후훗, 그렇게 되면 나는 정말 어디까지 강해질 수 있으려나……."

물론, 지금도 나는 내 능력에 무척 만족을 한다.

처음엔 싸움을 잘하고, 마법으로 잘 숨어다니는 것에도 신기해
했던 나다.

그랬던 내가 이젠 하늘도 날아다니고, 수많은 원소를 다루며
모든 마법을 상상으로 만들어낼 수 있게 되었다.

거기다가 이젠 혼을 다루고 변신을 할 수 있는 단계까지 올랐다.

더는 부족할 게 없다고 여기는 게 당연했다.

하지만 사람의 습성이라는 게 그렇다.

쓸 수 있을 것 같은 걸 못 쓰면 그 답답함에 어떻게든 쓸 방법을
찾게 된다.

자꾸만 조금만 더라는 고집이 생겨 미련을 못 버리게 되는
것이다.

이 시간의 힘처럼.

다음 날, 아침.

나는 곧장 현재 있는 영지의 영주를 만나러 갔다.

"영주에게 악마에 대한 정보를 얻으러 왔다."

하늘을 날아 내성 입구로 도착하니, 완전 프리패스다.

이미 악마를 잡고 다니는 마법사에 대한 이야기가 널리 퍼진
때문이리라.

그렇게 해서 난 즉시 영주를 만날 수 있었다.

"그대가 소문의 마법사로군."

얼른 정보만 얻고 갔으면 싶지만, 그렇다고 초면에 패트릭 영주

처럼 말을 놓지는 말자.

"악마에 관한 소식은 뭐 들어온 게 없습니까?"

"성격이 급하군."

그는 내게 서신을 하나 건넸다.

"이건 북부에서 넘어온 서신이네. 산에 모여 사는 부족이 산 너머에서 붉은 괴물이 움직이는 걸 봤다는 목격담이 적혀 있지. 그리고 주변 부족들이 전부 죽임을 당했다는 얘기도 적혀 있어."

"큰 악마가 확실하겠군요."

"그럴 것이네."

때마침 문밖에서 노크가 있었다.

똑똑똑.

"아버지, 저 톰슨입니다."

"들어오너라."

들어온 십 대 중반의 아이는 어리둥절한 표정이다.

"어찌 온 것이냐? 혹 마법사를 직접 보고 싶었던 것이냐?"

아버지의 미소로 묻지만, 톰슨은 어색한 얼굴로 답했다.

"그것이 아니오라, 여기 계신 마법사가 저를 불렀다고 들었습니다."

"마법사가?"

두 사람은 의아해하며 나를 쳐다봤다.

나는 상황을 설명코자 톰슨에게 다가갔다.

"네가 이 영지의 소영주냐?"

"그렇습니다."

나는 톰슨에게 마경을 꺼내어 건네주었다.

"이걸 한번 눈에 써 보아라."

"이게 무엇이죠?"

톰슨이 그걸 건네받는 걸 본 나는 티미라 영주를 보며 답했다.

"마법을 지닌 자의 정체를 알게 해 주는 물건이다. 그리고 누군가 형태를 바꾸는 마법을 쓰고 있다면, 그 진실된 모습을 보여 주는 안경이지."

그 말을 들은 티미라 영주의 표정이 심각하게 굳어졌다.

안경을 쓴 톰슨은 고개를 돌리다가 아버지 티미라 영주를 보며 화들짝 놀랐다.

급기야 두려움에 뒷걸음질을 치기까지 했다.

"말도 안 돼……. 아버지께서 왜 그런 모습을……!"

티미라 영주가 애써 미소를 머금으며 내게 물어 왔다.

"마법사여, 아이에게 장난을 치면 곤란하다네. 아이가 놀라지 않는가?"

"들어오다가 창가에서 내려다보는 당신을 보았지. 그 시선이 심상치 않아 마경으로 보았더니 당신의 형상이 뚜렷하게 보이더군. 그러니까 더는 연기할 필요 없어. 이 악마야."

티미라 영주가 욕지기를 내뱉었다.

"감쪽같이 속일 수 있다고 여겼거늘! 네놈에게 그런 물건이 있을 줄은 몰랐구나."

치지직! 치지지지직!

악마가 순식간에 몸집을 키우는 과정에서 입고 있던 옷들이 모조리 찢어졌다.

톰슨은 바들바들 떨며 뒤로 넘어지고 말았다.

"그럼 아버지는……! 이미……!"

악마가 그대로 창문을 꿰뚫고 도망을 쳤다.

챙그랑!

나는 톰슨을 보며 말했다.

"미안하게도 지금 내가 해 줄 수 있는 건 이런 것뿐이구나."

나는 공간이동을 펼쳤다.

그리고 막 창문을 꿰뚫고서 날개를 펴려는 악마의 위에서 나타났다.

스핫!

검을 휘두른 순간 악마는 날개와 허리가 잘려 아래로 떨어졌고, 그 광경을 본 병사들과 기사들이 깜짝 놀라며 물러섰다.

"아, 악마가 여기에 있었다고?"

"진짜 악마야! 악마가 여기에 숨어 있었을 줄이야!"

하지만 악마는 그대로 몸이 굳더니 재로 화하는 모습이었다. 예전에 내가 있던 세상에서 죽었을 때와 마찬가지의 모습이었다.

나는 다시 공간이동을 하여 톰슨에게 되돌아갔다.

"괜찮으냐?"

얼굴 가득히 맺혀 있는 그 슬픔이 내 가슴도 가라앉게 만들었다.

"악마가 저희 아버지의 모습을 하고 있다는 건, 아마도 저희 아버지는 이미 죽었다는 거겠죠?"

"미안하구나. 좋은 말을 해 줄 수가 없어서."

"압니다. 저도 교육을 받아 알고 있습니다. 악마가 모습을 빼앗은 인간을 어찌하는지……."

톰슨이 쓰고 있는 안경을 건네받아야 하는데, 참 타이밍을 잡기 뭐하다.

그렇다고 이런 분위기도 영 마음에 들지 않는다.

누군가를 위로하는 거, 어색하기도 하시만 잘하지도 못하기 때문이다.

"이제 이 땅의 주인은 너다. 네가 힘을 내야 영민들도 안심하고 믿고 따를 수 있다. 하니, 강해져라. 강해져야 너의 아버지 대신일 수가 있는 거다."

톰슨이 가만히 나를 쳐다봤다.

어색해진 나는 시선을 돌렸다.

"아마도 너의 아버지라면 이런 말을 전하지 않았을까…… 싶구나."

톰슨이 슬픈 가운데 웃음을 짓는다.

"네, 마법사님의 말씀이 맞습니다. 저희 아버지라면 분명 그렇게 말씀하셨을 겁니다."

그러더니 톰슨이 쓰고 있던 마경을 돌려주었다.

"여기 있습니다. 그리고 고맙습니다. 아버지의 복수를 해 주어서.”

나는 마경을 건네받았다.

“잘 이겨 내었으면 싶구나. 너도, 너의 어미도.”

그렇게 나는 몸을 돌려 공간이동을 펼쳤다.

거리가 멀지 않았기 때문에 머물던 숙소로 돌아와 있었다.

“하아, 벌써 악마들이 영주들의 몸을 빼앗는 지경까지 와 버렸네
요.”

-그리 어려울 게 없었을 것이다. 시종의 몸을 빼앗고 접근하여
영주의 몸을 빼앗는 것이.

“시종에게까지 저항석을 건네주고 있다고는 하지만, 그 수가
현저히 부족하다고 했습니다. 해서 그 확인을 위해 나눠 쓰고
있다고 하는군요.”

-한데 말이다. 분명 그 악마, 저항석을 목에 걸고 있지 않았느냐?

안 그래도 이상한 마음에 가져와 봤다.

그리고 손아귀 위에서 불을 피워보았다.

화라라락!

불길이 확 피어올랐다.

“가짜군요. 색만 비슷한 유리 같습니다.”

급기야 갑작스러운 고온으로 깨지기까지 하는 가짜 저항석이다.

“역시 마무리는 그 방법이 가장 좋으려나⋯⋯.”

-일전에 왕에게 말했던 그것 말이냐?

"네. 막지 못할 거라면, 그것밖에는 방법이 없을 거라는 생각이 드는군요."

-이제 어찌할 것이냐? 북부로 가 볼 것이냐?

"아뇨. 저를 먼 곳으로 보내기 위한 가짜 정보였을 겁니다. 오히려 그 반대로 가 보려고요. 거대한 악마가 몸을 숨기고, 악마들이 저를 먼 곳으로 보내려는 이유가 분명 있을 거라고 생각합니다."

* * *

악마들이 가짜 저항석을 가지고 다닌다는 사실이 세상 곳곳으로 퍼져나갔다.

그런데 어둠의 재해가 일어났을 때까지만 해도 많았던 왕성의 훼손된 저항석을 복구하자는 말이 어느 순간부터인가 들려오질 않았다.

몇몇을 제외하고는 왕성에 저항석을 다시 설치해야 한다는 말을 하지 않게 된 것이다.

"충신들의 보호는 어찌 되어 가느냐?"

"왕성에서 파견한 기사들이 각 영지의 영주들을 보호하는 것은 물론, 중앙귀족들의 신변도 적극적으로 보호하고 있는 거로 압니다."

"다른 자들은 몰라도 충신들은 잃어서는 안 된다."

재상이 의구심을 가지며 헤르메인 왕에게 물었다.

"한데 말입니다, 전하. 어찌하여 충신들에게 왕성의 저항석에 관한 이야기를 꺼내지 말라고 전한 것입니까? 이 시점에 그보다 중요한 일도 없을 터인데 말입니다."

"이미 저항석을 훼손할 때부터 생각해 둔 바가 있었다. 그 계획을 실행하기 위해서는 아직 저항석을 복구해서는 안 돼."

"하오나 전하의 안전에 문제가 생길까 두렵습니다."

"왕의 침소와 집무실은 따로 설치한 저항석이 있어 안전하니 내 걱정은 말라. 그리고 낮과 밤을 교대하여 지켜 주는 기사들이 있어 내 안전에는 문제가 없을 것이다."

* * *

데르미스 제국에서는 넘어온 악마의 숫자를 대략 오백으로 예상했다.

그러나 천 년 전의 사람들은 늘 이런 날을 대비해 오라 당부했었다.

그것은 하나의 역사였으며, 반드시 기억해야 하는 교육으로 자리 잡게 되었다.

그래서 이들은 악마가 나타날 위치를 파악하여 미리부터 군대를 이끌고 갔고, 수없이 많이 제거하였다.

그럼에도 놓치고, 도리어 피해를 입기도 했지만 무방비로 당했던 과거와는 다르게 정말 많은 악마들을 없앨 수 있었다.

쿠궁-!

온몸이 강철 같은 비늘로 싸인 악마가 쓰러지고 있었다.

그리고 잠시 후, 나는 피를 뒤집어쓰고서 밖으로 나왔다.

어디서 나왔는데 이 꼴이냐고?

바로 저 악마의 몸속이다.

"휴, 냄새 한 번 지독하네요."

-그러게 그 속을 왜 기어들어 가나?

"그럼 어떻게 합니까, 저 비늘이 너무 단단해서 어떤 공격도 소용이 없는데."

놈은 정말 황당하리만큼 강했다.

수많은 빛의 광선을 쏘았는데도 견뎌 냈다.

물론, 오랫동안 쏘면 붉게 달아오르며 뚫릴 것도 같았지만 악마도 가만히 있지는 않았다.

닿는 부분이 달라지면 금방 회복하는 비늘이어서 빛의 광선으로는 놈을 없앨 수가 없었다.

화염도, 냉기도, 중력을 이용한 얼음 낙하도 아무것도 소용이 없었다.

심지어 카우라의 궁극의 기술인 공섬도 막혔다.

거기다가 비늘 사이로 가시를 쏘아 내어 공격해 오는데, 이게 또 유도탄과 같다.

피하느라 정신이 없으니, 공격할 틈을 찾기란 더욱 어려웠다.

그래서 생각한 것이 바로 공간이동으로 놈의 몸속으로 들어가자는 거였다.

역시나 그 생각은 옳았다.

안에서 빛의 광선을 모아 사방으로 쏘았더니 저런 결과를 얻을 수 있었던 것이다.

화르르르륵.

쓰ㅇㅇㅇ…….

죽은 악마는 살며시 불타는 것 같더니 금방 재로 변하며 흩어지고 있었다.

"나도 이 정도로 곤란했는데, 다른 인간들이었으면 이걸 무슨 수로 감당하지?"

수가 많다고 공략할 수 있는 수준이 아니었다.

"정말 거의 최종 보스급 악마였네요. 저놈 하나면 이곳 인간 세상은 망해 버렸을 겁니다."

-그래도 이놈을 마지막으로 나타났다던 다섯 악마를 모두 죽였다. 이제 어찌할 것이냐?

"작은 것들은 인간으로 둔갑해서 잡는 게 쉽지 않습니다. 그렇지만 방법이 없는 것도 아니죠."

* * *

악마들 몇이 한 낡은 창고로 모여들었다.

그들은 서로를 잠시 보더니 낯빛이 어두워졌다.

"소문에 의하면 다른 차원의 마법사가 우리의 장군들을 모두 죽였다고 한다. 심지어……! 왕께서도 당했다는 소문이 있어. 그럼 이제 우린 어찌해야 하는 거지?"

"헛소리 마라. 우리의 왕은 그 누구도 감당할 수 없는 막강한 존재이시다. 인간의 마법으로는 결코 그분을 감당할 수 없다는 걸 몰라?"

"하지만 마법사가 거대 악마 다섯을 모두 죽였다는 소문이 있었 잖아!"

"겨우 인간 따위의 소문으로 왕께서 당했다고 믿자는 거야? 그런 어리석은 말이 어디 있어?!"

"그야 그렇지만……."

악마 하나가 모두에게 말했다.

"우리 왕의 능력은 누구보다도 우리가 가장 잘 안다. 그분은 다칠 수 없는 존재이며, 그 막강한 힘을 견딜 인간은 그 어디에도 존재치 않아. 하니, 우린 우리의 목적을 이룬다. 모든 걸 장악했을 때, 이곳에 열린 차원의 문을 우리의 것으로 만드는 것이야."

그렇게 며칠이 흘렀을 때였다.

색출해 낸 악마를 마지막으로 악마의 출몰이 완전히 사라졌다.

때마침 그때, 헤르메인 왕은 세상에 공표했다.

"여전히 악마는 우리의 곁에서 숨을 죽이고 있을 것이다. 하지만 그들을 찾아내는 일은 나라의 힘만으로는 불가능한 일이다. 하여 나라의 중요한 상인들과 귀족들을 한데 모아 그 일에 대해 함께

논의코자 한다. 그들 모두를 왕성으로 초대할 것이니 모두 왕성으로 오라!"

수많은 영주들과 거대 상단의 단주들이 왕의 초대장을 받게 되었다.

그리고 세계 곳곳에서 수많은 행렬이 생겨나 왕성으로 향했다.

* * *

며칠이 지나을 무렵.

나, 패트릭 영주, 그리고 헤르메인 왕이 한자리에 섰다.

우리 셋은 왕성의 높은 곳 위에서 왕성으로 향하는 행렬을 보고 있었다.

헤르메인 왕은 그들을 보며 슬픈 표정을 머금었다.

"이번 일에 희생되는 이들에겐 너무 미안하군."

"하지만 어쩔 수 없는 일입니다. 그들의 희생 없이는 결코 이루어질 수 없는 일이니까요."

"저들 중에 얼마나 많은 이들이 아비를 잃고 자식을 잃었을까."

패트릭 영주가 고개를 숙여 말했다.

"막을 수 없는 일까지 자책하진 마십시오. 지금은 할 수 있는 일을 해야 할 때입니다."

헤르메인 왕이 쓸쓸한 미소를 머금었다.

"그래, 그래야겠지."

그리고 그가 곧 나를 쳐다봤다.

"이제야 그대가 말했던 계획을 실행할 때가 온 것 같군."

"제가 가고 나면 이런 일에 대비해 그 방법을 쓰라고 알려 준 거였는데. 결국 지금까지 남아 있게 되었네요."

헤르메인 왕이 나를 보며 웃었다.

"차원문의 마법은 이미 모두 해제되었네. 지금 돌아가도 그 누구도 자네를 원망치는 않을 거야. 무엇보다 가장 없애기 힘든 다섯 장군급 악마들을 자네가 처리해 주지 않았는가? 그것만으로도 이곳 세상의 사람들은 자네에게 큰 은혜를 입었어."

차원의 문.

그래, 나도 가서 마법이 해제된 것은 보았다.

그리고 차원의 문도 그대로인 걸 보았다.

다행히 그 차원의 문은 사라지지 않고 그대로였다.

저쪽에서 악마의 차원만 닫고 이쪽과의 차원은 닫지 않은 걸까?

짐작만으로는 이유를 알 수 없지만, 아무튼 내게는 다행스러운 일이다.

"그래도 오늘이 마지막인데, 마무리는 끝까지 보고 가야죠. 그래야 저도 속이 후련해진 마음으로 갈 것 같습니다."

"후후, 그렇군. 그렇게 해 준다면야 우리도 안심이 되지."

성대한 연회가 열렸다.

날은 무척 맑았다.

사람이 많은 관계로 특별히 성 안이 아닌, 성 밖에서 연회가 준비되었다.

귀족들은 서로를 만나며 아쉬움을 전했다.

"아이들을 데려왔으면 인사도 시키고 좋은 자리가 되었을 텐데 참으로 아쉽습니다."

"어쩔 수 없지요. 전하께서 자녀의 동반은 허락지 않았으니까요."

"아직 악마를 완전히 퇴치한 게 아니니 안정상 당연한 조치인 건 맞겠지요."

귀족들은 귀족들끼리, 상인들은 상인들끼리 어울렸다.

몇몇 상인들이 귀족들에게 인사를 하러 가기는 했으나 듣자하니 대상이라고 이름 난 자들이 아니고서는 얼굴을 들이밀 수 없는 게 이곳의 문화란다.

뇌물이나 특별한 연을 맺으려 해도, 항상 남들이 보지 않는 곳에서 이뤄져야 한다는 게 이유였다.

귀족들은 늘 자신의 평판을 걱정하기에.

"국왕 전하께서 행차하십니다!"

모든 귀족들과 상인들이 기대로 가득한 표정으로 지켜봤다.

헤르메인 왕이 수많은 기사들을 대동하고 파티 장소로 나왔다.

누가 봐도 경호에 신경 쓴 모습이다.

화려하고 웅장한 등장.

솔직히 나로서는 이런 광경이 신기한 게 사실이다.

다른 시대의 왕과 귀족들이 한데 모여 파티를 여는 광경을 어디에서 또 직접 보게 될까.

영화가 아니라면 다시 볼 수 없는 기회이다.

그래서 나름의 생생한 광경을 즐기는 마음도 있었다.

"본 왕은 무척 기쁘도다. 이렇게 많은 이들이 역경을 이겨 내고 본 왕의 초대에 응해 주어서."

그동안 어려움이 많았다는 둥, 나라를 더 활기차게 만들자는 둥 늘 오가는 연설이 이어졌다.

저런 지루한 연설을 경청하는 귀족들도 대단하다.

저런 걸 보면 이런 쪽으로는 레벨이 상당하다 해야겠다.

나는 도저히 익숙해질 것 같지가 않은데 말이다.

"나의 말은 여기까지 하고, 이제 본론으로 넘어가도록 하지. 내 그대들을 위해 준비한 성대한 이벤트가 있거든."

모두가 서로를 쳐다본다.

"이벤트?"

"뭔가 볼거리라도 준비된 건가?"

"두고 보면 알겠지."

헤르메인 왕이 나에게 손을 뻗어 왔다.

가까이 다가오라는 뜻이기에 나는 다가가 그의 옆으로 섰다.

"다들 알다시피 여기에 있는 이자가 바로 다른 차원에서 온 마법사라네. 몇 곳의 영지를 전멸시킨 거대한 악마를 없애 준 매우 고마운 영웅이지. 처음 보는 이들도 있겠지만, 보고 싶어 하는 이들도 많을 듯하여 이렇게 함께 자리하자고 하였네."

그런데 나를 보는 시선들 중에서 불편한 시선이 느껴지는 기분 탓일까?

아마 아닐 거다.

나의 등장이 무척 부담되는 자들의 시선일 거다.

"그리고 여기에 있는 마법사가 신기한 걸 보여 준다고 하는군."

나는 계획했던 대로 왕에게 마경을 건네주었다.

헤르메인 왕이 그것을 눈에 착용하며 말했다.

"이것을 쓰면 눈앞에서 마법을 쓰는 이를 알아볼 수 있고, 인간으로 모습을 바꾼 악마가 있다면 그 악마의 진짜 모습도 알아볼 수 있다고 하지 뭔가."

신기해하는 이들이 있는 반면, 낯빛이 창백해지는 이들도 있었다.

나의 눈에 슬그머니 그 자리를 빠져나가려는 자들이 눈에 들어왔다.

"훗, 어림없지."

헤르메인 왕이 살며시 수신호를 준 바로 그때였다.

뿌우우우우우-!

긴 나팔 소리가 울리며 변화가 일어났다.

척! 척! 척! 척!

환히 열려 있던 문 곳곳에서 수많은 기사들이 열을 맞춰 들어서기 시작한 것이다.

그리고 그들에 뒤이어 주황빛의 커다란 저항석을 든 이들이 매우 조심스럽게 들어서고 있었다.

"저항석이다!"

"왕성엔 저항석이 부서진 이후로 복구가 되지 않았다고 하지 않았나?"

"왕성에 설치할 저항석이 마땅치가 않아서 지금까지 미뤄졌다고 했지."

"하지만 저건 기존에 설치되어 있던 것보다도 훨씬 더 큰 것 같은데?"

저항석이 들어오고, 곳곳의 문이 쿵 소리와 함께 굳게 닫혔다.

병사들이 저항석을 성벽 곳곳으로 설치하는 가운데, 성벽 위로 궁수들이 빼곡하게 늘어섰다.

귀족들 사이에선 불안감이 흘렀다.

"근데 이거 어쩐지 우릴 포위하고 있는 느낌이지 않아?"

몇몇 귀족들은 눈치가 빨랐다.

"이건 볼거리를 제공하기 위해서가 아니야. 방금 전에 전하께서 저걸 쓰시며 악마도 볼 수 있다고 하셨잖아. 이건 우리 중에 숨어 있는 악마를 색출하기 위한 파티였던 거야."

"그, 그런 거였구나!"

"그럼 전하께선 이미 우리 중에 누가 악마인지 보시고 계시다는 거잖아?"

"그런 거지. 이거 왠지 위험한 냄새가 나는데."

헤르메인 왕이 웃으며 말했다.

"자, 그럼 지금부터 재미있는 볼거리를 위해 내가 시키는 대로 따라 주겠는가? 모두가 양팔을 벌리고 서로 거리를 두어 주길 바라네."

왕의 말을 거역할 순 없었다.

사람들은 어쩔 수 없이 왕의 말에 따랐다.

그런데 그 순간, 곳곳의 사람들이 모습을 바뀌어가는 게 보였다.

"크윽!"

처걱!

턱!

저항석이 벽으로 설치되며 그 힘이 서로 성벽을 타고 흐르기 시작해서였다.

그리고 그 힘은 공간 전체로 둘러져 성 안에서 펼쳐지는 마법을 점차 무효화시키고 있었다.

당연히 인간으로 둔갑한 악마들의 마법도 풀려 버렸다.

"허억!"

"아, 악마다!"

놀란 귀족들과 상인들이 서로 몸을 피하기 바빴다.

악마들은 표정을 구기며 도망치려는 몇몇 사람들을 붙잡았다.

나는 즉시 나섰다.

스릉!

공간이동을 펼쳐 사람들을 잡은 악마의 팔을 자르고, 구해준 자를 다시 공간이동으로 안전한 곳으로 옮겼다.

그렇게 악마를 죽이거나 막고 몇 번의 공간이동으로 사람들을 구해 내기를 잠시, 파티장 내부에는 오직 악마들만 존재하게 되었다.

설치되었던 저항석은 다시 떨어져 있었는데, 어차피 악마만 찾고 알아보기 위한 것이어서 내가 마법을 펼치기 좋게 다시 때어놓은 상태였다.

악마들은 두려운 눈길로 나를 쏘아보다가 헤르메인 왕을 노려봤다.

"우리가 속았구나!"

"귀족 사냥을 할 좋은 자리라고 여겨 온 거였는데. 이렇게 도리어 당해 버릴 줄이야."

"이렇게 된 이상 할 수 없다! 성 안의 전부를 죽이고, 우리가 왕과 귀족들 역할을 대신하는 것이다!"

"모두 죽여 버리자! 크아아아~!"

악마들이 완전히 자기 모습을 갖추며 모습을 키웠다.

하지만 그들은 뭔가 이상한 낌새를 느낀 것 같다.

달려들어야 할 기사들이 멈춰 서서 아무것도 하지 않는 게 이상했을 것이다.

"저놈들이 왜 가만히 있는 거지?"

"혹시, 우리를 두려워해서 얼어 버린 게 아닐까?"

"겁 많은 인간들 같으니."

악마 몇이 나를 보았다.

"저 마법사부터 처리하자! 저놈만 죽이면 더는 방해 할 놈이 없을 것이야!"

몇몇이 거의 동시에 나와 헤르메인 왕을 덮쳐 왔다.

지이이이잉-! 지이이이잉-!

그러나 그들은 하늘에서 떨어진 빛줄기로 인해 온몸 곳곳이 꿰뚫리고 말았다.

"아니!"

"하늘이다! 하늘에 이상한 빛이 떠 있다!"

악마들이 당혹스러워 하는 사이 나는 곳곳으로 얼음의 방벽을 만들어 갔다.

차르르르륵-!

뭔가 대단한 건 아니다.

단순히 얼음으로 된 반사판일 뿐이다.

그렇지만 악마들은 조심하며 중앙으로 뭉쳐들었다.

방금 전 하늘에서 쏟아진 빛에 동료가 당하는 걸 봤으니 조심성이 생긴 것이다.

그것이 뭔지 모르는 악마들로서는 경계하는 게 당연했다.

그렇게 악마들이 주춤하는 사이 수많은 얼음판들이 악마들을 모조리 감싸 버렸다.

"무슨 짓을……."

헤르메인 왕이 말했다.

"너희들을 하나하나 찾아내어 색출하자니, 피해만 더 커지고 어려움도 많을 것이라 짐작했다. 하여 너희들을 모두 이곳으로 모은 것이다. 일부러 저항석의 설치도 미뤄 가면서. 바로 오늘을 위해."

악마들이 강하게 저항했다.

"겨우 이딴 걸로 우릴 가둘 수 있을 거라고 보느냐?! 웃기지 마라!"

악마들이 마법을 쏘아내자 얼음판들이 산산이 부서졌다.

하지만 다시 만들어 그곳을 채웠다.

"지금부터가 진짜 볼거리다."

미리부터 만들어져 있던 하늘의 거대한 빛의 덩어리가 중첩된 얼음판들을 꿰뚫고 아래로 쏟아졌다.

그 빛은 천장만 뚫려 있는 얼음판을 통과하여 안으로 들어갔다.

그리고 정중앙에 설치되어 있는 얼음판에 도달한 순간, 빛들이 온 사방으로 뻗어 나갔다.

그리고 동시에 퍼져나간 빛들이 벽과 벽에 닿으며 빛의 그물을 만들어 갔다.

"크아아아악-!"

"끄아아아악-!"

그 빛의 그물을 피할 수 있는 악마는 없었다.

당황하여 얼음판을 깨고 나가려는 순간, 이미 끝이었다.

그리고 내부가 온통 빛으로 가득해져서야 다시 천장이 열렸고, 그곳을 통해 강렬한 빛이 빛의 기둥을 만들며 사라져 갔다.

"드디어 끝난 것인가……."

감격이 가득 담긴 헤르메인 왕의 음성 뒤로 귀족들과 상인들, 그리고 모든 기사들과 병사들의 우렁찬 함성이 흘러나왔다.

"우와아아아아아아-!"

"전하께서 악마들을 모두 쓸어냈다-!"

"국왕 전하 만세-!"

헤르메인 왕이 그 시끄러운 와중에 내게 고마움의 인사를 전해왔다.

"고맙네. 자네가 함께해 주지 않았다면 아무리 잘 준비가 되었어도 꽤나 큰 피해가 있었을 것이야."

"이제야 어둠의 재해가 막을 내리는군요."

"음. 자네라는 축복 덕분이지."

축복이라.

부담되는 말이긴 하지만, 좋은 말이니 받아들이도록 하자.

아무튼 깔끔하게 모두 끝났다.

악마들이 귀족이나 돈 많은 상인들을 노릴 건 너무 뻔히 보이는 수작이었다.

그들은 천 년 전의 일을 반복했고, 그걸 학습한 인간은 승리를 거머쥐었다.

물론, 거대한 악마들을 처리하지 못했다면 매일 공포로 살았어야 했겠지.

그렇지만 나로 인해 이들의 절망은 끝났다.

그리고 그 끝마무리까지 해 주고 났더니 나름 뿌듯하기도 했다.

"자, 그럼 이제 진짜 파티를 시작하자!"

"네! 전하~!"

* * *

나는 한적한 곳으로 와 하늘을 보았다.

-왜 파티를 함께 즐기지 않고?

"어차피 헤어질 사람들인데 인사 같은 거 하면 뭐합니까. 귀찮고
번거롭습니다."

나는 몸을 돌려 왕성의 중심을 보았다.

"자, 그럼 이제 가 볼까요?"

그런데 갑자기 케라가 말을 해왔다.

-잠깐만 기다려라, 최강아.

"네. 왜요?"

-사실은 말이다. 네가 잠을 잘 때, 우리끼리 했던 말이 있다.

"무슨……."

-너의 세계도 신기한 것들이 많고, 무엇보다 뛰어난 음식들의
매력을 잊을 수는 없겠지만, 우리에게는 어울리지 않는다는 결론에
도달했다.

살짝 불안하다.

어쩐지 이분들이 나와 이별을 결심한 것 같았다.

"혹시 이곳에 남고 싶으신 건가요?"

제라로바가 답했다.

-이곳에서는 우리가 할 수 있는 일들이 많을 것 같더구나. 무엇보다 이곳 세계의 마법은 내 세계의 마법과는 달라 즐겁게 마법을 연구하며 살아갈 수 있을 것 같다.

케라도 답했다.

-나 역시 이곳 세상에 뿌리를 내려 새로운 무가 가문을 세우고 싶다.

결론은, 남겠다는 것이다.

그 말을 듣는데 왜 이리도 긴 한숨이 나오고 서운한 마음이 드는지.

"처음엔 그렇게나 떨어지고 싶었는데. 막상 이런 때가 찾아오니 마음이 심란하네요. 저는 저쪽 세상에서 두 분과 함께 여유를 즐기는 상상을 했었는데."

-미안하구나, 최강. 하지만 우리의 뜻을 이해해 주려무나.

원하는 바가 그렇다는데, 내가 막을 명문은 없었다.

하지만 영원한 이별은 아니다.

"이렇게 되면 결국, 저쪽에 넘어가서도 이곳과의 문은 남겨 둬야겠습니다. 악마의 차원은 닫더라도 말이죠."

-그래, 그렇게 하면 된다.

-우리의 인연은 무척 길고 강렬했다. 그 인연을 이대로 끊을 수야 없지.

"네. 그럼요. 당연하죠."

하지만 이분들의 염원을 들어주려면 나는 하루 더 이곳에 머물 필요가 있었다.

그날 저녁.

나는 패트릭 영주와 헤르메인 왕을 불렀다.

그리고 나에게 일어난 일들과 내 힘을 비밀에 관해 알려 주었다.

"허⋯⋯. 그런 일이 있었군."

"사후세계는 늘 신비의 영역이라 여겨 왔거늘. 자네의 말을 듣고 나니 무척 많은 생각을 하게 되는군. 결국 세상에는 각각의 차원이 있고, 그곳들 차원에서 죽게 되면 한곳으로 모이게 되는 것인가⋯⋯."

나는 둘에게 원하는 바를 원했다.

"이곳은 이분들이 있던 세상과 크게 다르지 않습니다. 검을 다루고, 마법이 존재하지요. 그래서 이분들의 뜻에 따라 이곳에 이분들이 자리 잡을 수 있도록 하고 싶습니다. 무엇보다 이분들은 저와 동등한 능력을 지닌 바, 이곳 세상의 수호자가 되어 줄 수 있을 겁니다."

헤르메인 왕이 고개를 끄덕이며 말했다.

"그럼 우리가 무얼 해 주면 되겠는가?"

"이번 재해로 인해 심하게 다친 이들이 많을 겁니다. 그들 중에 살 가망이 없고, 정신을 차리기 어렵다고 판단되는 이들을 모아

주십시오."

"그럼 그들의 몸으로 들어가게 된다는 것인가?"

"찾아야겠죠. 영혼은 이미 미련을 버리고 떠났는데, 육체만 살아 있는 육신을."

인간이 완전히 죽지 않은 몸을 버리고 먼저 떠나는 경우는 무척 드물다고 했다.

심지어 죽어 해골이 되어서도 떠나지 못하는 것이 인간의 미련이란다.

그만큼 그런 몸을 찾기란 희박하다는 뜻이었다.

다음 날 나는 패트릭 영주와 헤르메인 왕이 준비해준 수많은 사람들을 보게 되었다.

방 안 침대에 누워 있는 사람의 수가 족히 육십 명도 넘었다.

"치료사의 말에 따르면 오늘은 버티기 힘든 자들이거나, 깨어나지 못한 지 열흘도 넘은 이들이라고 하는군. 모두가 살 가망이 없는 이들이라고 해."

나는 패트릭 영주에게 물었다.

"이들에게 가족이 없는 자가 있어?"

패트릭 영주가 서류를 살피더니 말했다.

"일곱 명이 가족이 없군. 나이가 어려서 아직 가정을 만들지 못한 자도 있겠지만, 고아라서 군에 위탁하여 훈련을 받다가 기사가 된 자도 있다는군."

"누구인지 알려 줘."

나는 패트릭 영주가 가르쳐 주는 이들의 침대 앞으로 다가갔다.

그리고 손을 이마에 대며 마법으로 확인 작업에 들어갔다.

육신에 영혼이 남아 있는지 보려는 거였다.

한 명, 두 명.

그렇게 일곱 명 모두를 보았다.

"후우……."

헤르메인 왕이 물어왔다.

"뭔가 잘못되었는가?"

"이들 중엔 제가 찾는 이들이 없네요."

아직 죽지는 않았으니 치료해 줄 순 있었다.

하여 나는 선행을 베풀 겸 그들에게 치료 마법을 펼쳐 주었다.

"이번엔 가족이 있지만, 살아나기 어려운 사람들인데……."

나는 다른 이들을 살펴보기 시작했다.

하지만 기대치는 낮았다.

가족.

그것은 영혼을 부여잡는 미련의 끈이다.

아직 죽지도 않았는데, 그 미련을 놔두고 육신을 떠났을 영혼은 없을 것이다.

-잠깐! 최강아-!

"음?"

그런데 두 번째로 살펴보는데, 뭔가 공허함이 느껴졌다.

"비었어……. 영혼이 없는 몸이야……!"

갑자기 가슴 속에서 흥분이 마구 치솟았다.

내 감정이 아니다.

아무래도 케라의 것인 것 같았다.

그러더니 왼손이 움직여 다친 이를 마구 만지기 시작했다.

"어엇!"

패트릭 영주와 헤르메인 왕을 보니 두 사람이 고개까지 뒤로 빼며 이상하게 쳐다본다.

"오, 오해입니다! 제가 그런 게 아니라고요!"

"보기는 좀 그렇군."

나는 얼른 오른손으로 왼손을 꽉 붙잡아 뒤로 빼었다.

"진정 좀 하세요, 형님. 왜 이러십니까, 창피하게."

케라는 여전히 흥분해 있었다.

-이 녀석, 카우라를 익히기에 매우 적합한 몸이다! 이 몸은 반드시 내가 가져야겠다!

"그럼 할아버지가 너무 서운해하지 않을까요?"

그런데 제라로바는 의외로 담담했다.

-몸이 하나뿐이면 케라에게 주자꾸나.

"정말요? 괜찮으시겠어요?"

-비록 한 몸에 함께 들어와 싸우기도 많이 했지만, 정이 든 것도 사실이다. 케라 이놈이 행복할 수 있다면 나도 돕고 싶구나.

-노인네, 당신…….

뭐야, 이 감격스러운 장면은?

그렇게 싸우더니, 언제 서로를 이렇게 챙기게 된 거지?

"잠깐만요. 그래도 아직 더 있으니까 살펴보고 결정하자고요."

하나를 찾고 났더니 기대치가 올라갔다.

그렇게 혹시 모른다는 생각으로 모두의 몸을 살폈다.

그렇지만 두 번의 요행은 없었다.

"더는 없군요……."

그런데 마지막 사람을 확인하며 머리에서 손을 떼려고 하는데, 갑자기 손을 붙잡는 느낌이 들었다.

"으음?"

그리고 그 사람의 몸 위로 영혼이 흘러나와 이런 말을 했다.

[괜찮으시면 저의 몸을 써 주지 않겠습니까?]

"뭐라고요? 하지만 당신은 가족이……!"

[저에겐 가족이 없습니다. 노모께서 계셨지만, 얼마 전에 돌아가시어 아마 기록에는 그러한 사실이 없을 겁니다.]

"아……."

나는 솔직히 이해가 안 갔다.

"당신, 치료하면 살 수도 있습니다. 근데도 죽기를 원하는 겁니까?"

[사실 겨우 견습 기사가 되기는 했지만, 자질이 없어 언제 쫓겨날지 알 수 없는 처지였습니다. 그런 와중에 재해가 일어나 정식 기사로 승격되어 싸우게 되었죠. 이렇듯 아무 능력도 없고 자질도 없는 몸이지만, 영웅께서 뜻깊게 써 주신다면 이 한 몸 기꺼이

바치고 싶습니다. 그것이 나라에도 보탬이 된다면 저는 더 바랄
게 없습니다.]

솔직히 내게는 더없이 좋은 제안이다.

그렇지만 이렇게 살 수 있는 사람의 의지를 꺾고서 몸을 빼앗아도
되는 걸까?

아무리 그가 원하는 일이라고 하지만, 뭔가 좀 불편한 마음이
들었다.

그런데 제라로바가 오른손으로 그의 몸을 슥 만지더니 갑자기
끼어들었다.

-그래! 네가 원하면 내가 너의 몸을 받아주마! 비록 너의 영혼은
다른 곳으로 갈 것이나, 나 제라로바가 너의 몸을 제국 최고의
마법사로 만들어 주겠다! 너에게는 위대한 가문이 생길 것이며,
온 세상이 너를 우러러보며 이름을 외칠 것이다!

"아…… 할아버지?"

-최강, 너는 조용!

"아, 네."

그렇게 제라로바는 어린아이에게 사탕을 건네주듯 몸을 건네주
겠다는 영혼을 보내 버렸다.

그래도 이건 아니지 않나 말하고 싶지만, 이미 가 버린 영혼을
붙잡아다가 들이 앉힐 방법도 없다.

"쩝, 뭔가 좀 찝찝하지만 어쨌거나 몸을 두 개를 구하긴 했네요."

패트릭 영주가 다가와 물었다.

"그럼 이 두 사람으로 결정을 내린 겐가?"

"네. 이 두 사람으로 준비를 해 주세요. 깨끗하게 씻겨서 준비해 주시면 의식을 시작하겠습니다."

나는 의식을 신전에서 거행했다.

마법으로 다른 영혼을 육신에 넣는다고 하니 사제들이 하나둘 몰려들어 구경하기 시작했다.

심지어 거기에는 대사제도 포함되어 멀뚱히 쳐다보고 있었다.

좀 부담스러운데 아무도 들어오지 못하게 할 걸 그랬나.

그렇지만 이왕 이렇게 된 거 이제 와서 쫓아내기도 뭐하다.

이들에게도 새로운 영역을 눈에 담는 좋은 경험일 테니 그냥 내버려 두자.

"시작하겠습니다."

-부탁하마.

-너만 믿겠다.

나의 손이 두 사람의 몸에 닿았다.

어떻게 해야 하는 건지는 이미 전날 제라로바로부터 모두 숙지했다. 나는 그대로 정신과 마력을 일체화시키며 두 몸에 마력을 불어넣었다.

그리고 곧 정신과 영혼 계열의 마법이 일어나 우리를 감쌌다.

스하아아아아아……!

눈을 뜨자 형형색색의 빛들만 가득한 공간에 떠 있었다.

양옆을 보니 예전 사후세계에서 보았던 케라와 제라로바의 모습이 보였다.

그들은 어째서인지 나와 어깨가 착 달라붙어 있었다.

"지금부터가 중요하다. 너의 마력과 정신의 의지를 보내 우리를 떨어뜨리려는 의지를 일으켜라!"

"네, 해 보겠습니다."

잠시 후, 빛이 우리 셋을 감쌌다.

그 빛들은 점차 우리를 갈라놓으려는 듯 따로 감싸 갔다.

그리고 우리 셋은 서로 떨어져 각자의 빛 속에 머물게 되었다.

"드디어 떨어졌네요."

제라로바가 환하게 웃으며 소리쳤다.

"자, 이제 마무리도 끝까지 잘하자!"

"네!"

저만치 흐리게나마 두 사람이 들어갈 육신이 보였다.

나는 의지를 일으켜 두 사람을 그곳으로 밀어 넣었다.

그리고 둘은 각자의 육신으로 스며들 듯 사라지며 강렬하게 빛을 냈다.

스하하하하핫-!

"두 분, 그동안 정말로 감사했습니다……."

* * *

왕성 밑에 존재하는 차원의 문 앞.

그곳에 네 사람이 와서 나를 배웅했다.

"잘 가게나. 나의 영웅이자 이 세상의 구원자여."

헤르메인 왕의 말이었다.

괜히 거창하게 말하니 듣기도 거북하다.

하지만 진심이 담긴 말이라 뭐라고는 못하겠다.

"자네와 친구가 되어서 잠시나마 무척 행복했네. 잘 가게, 친구."

"그래. 떠나는 마당에 그거 하나 못 해 줄까. 친구, 잘 지내고, 잘 살아."

"또 볼 수 있는 거겠지?"

"당연하지. 여기에 두고 가는 사람을 안 보러 올 수가 없거든."

나는 방금 말한 그 둘을 보았다.

새로운 몸을 얻은 케라와 제라로바였다.

"두 분께선 나이도 훨씬 젊어지시고 아주 좋으시겠습니다?"

케라가 말했다.

"말도 마라. 앞으로 해야 할 일이 태산이다. 이 몸이 생각보다 너무 약해서 말이야."

"그래도 저를 단련해 오신 경험이 있으시니 금방 강해지실 겁니다."

제라로바는 다가와 나를 품에 안았다.

"내 몸처럼 아껴왔던 너를 이리 보내자니 마음이 아프구나. 그렇지만 영원한 헤어짐이 아니니 다시 보자꾸나."

"네, 할아버지. 할아버지도 너무 마법에만 매진하지 마시고요.

건강 잘 챙기면서 잘 지내세요."

그가 나와 떨어지더니 웃었다.

"허허, 그건 걱정 마라. 이 몸이 생긴 게 제법 반반해서 여자들이 많이 꼬이더구나. 내 이곳에서 전생에 하지 못한 일들을 많이 즐기며 살 것이다. 흐하하하!"

"하하, 하하하. 젊음을 즐긴다는데, 뭐 따로 드릴 말은 없네요."

"그럼! 안 그래도 힘찬 아침이 무척 즐겁던 차다."

아침? 아, 그거.

윽, 괜히 상상하지 말아야 할 걸 상상했다.

머리에서 지우도록 하자.

"아무튼 이만 가 보겠습니다. 잘 지내세요, 그럼!"

"너무 오래 걸리진 말고! 애인과 같이 놀러 오너라!"

"네!"

"잘 가라, 최강!"

그렇게 난 부푼 가슴으로 심호흡을 하며 차원의 문을 넘었다.

"엄마, 소현 씨. 나 이제 돌아갑니다. 금방 만나러 가겠습니다."

스하하하하하핫ㅡ!

고통도 무엇도 없다.

빨려드는 빛무리 속으로 들어왔다 싶은 순간, 저 앞으로 밝은 빛이 보였다.

그리고 그 빛으로 한 걸음 더 내딛는 순간, 전혀 다른 광경이 눈앞에 펼쳐졌다.

"드디어 돌아왔어."

예전에 제이슨이 보여 주었던 딱 그 차원의 문의 그 공간이었다.

여기서 계단을 통해 올라가면 귀물들을 모아 놓은 금고의 안쪽이 나오는 것이다.

"이렇게 쉽게 오갈 수 있는 거면 여행 삼아 왔다 갔다가 할 만도 하겠네요. 그죠?"

습관처럼 물었다가 아차 싶으며 허탈함이 밀려왔다.

"아, 맞다. 이젠 없지……."

같이 있을 땐 부끄러운 일도 불편한 일도 많았다.

비밀로 간직하고 싶은 것도 항상 그들과 공유를 했어야 했다.

사랑하는 사람과의 그 은밀함까지도.

하지만 위기가 닥쳤을 때, 그들만큼 든든한 조력자도 없었다.

만약 그들이 없었다면, 나는 결코 시간의 틈에서 빠져나오지 못했을 것이다.

"훗, 이젠 익숙해져야겠지. 각자 자기 인생을 찾아가는 거다."

나는 힘찬 발걸음으로 앞을 내디뎠다.

"그럼 이제 밖으로 나가 볼까?"

그런데 막 비밀의 문을 열고 나가 귀물이 있는 곳으로 들어서는 데, 미묘한 진동이 느껴졌다.

"음? 뭐지? 분명 지진 같은 게 살짝 느껴진 것 같았는데."

나는 손목을 쓸었다.

손목의 룬 문양을 만지면 상당히 넓고 깊은 공간의 투시가 가능했다.

물론, 몇 층 위로 걸어 다니고 있을 사람까지도 식별이 가능했다.

그런데 위로는 사람들이 무언가와 싸우며 쓰러지는 게 보였다.

"뭐야, 지금 여기가 공격을 당하고 있는 거야?"

허공 위까지는 볼 수 없었지만, 간간이 지면으로 내려서며 공격하는 저 형체는 틀림없는 악마였다.

"저건 악마잖아! 악마가 어째서……."

나는 서둘러 벽 쪽으로 다가가 관통 마법을 이용해 위로 쭉 하고 올라갔다.

잠시 뒤, 나의 눈에는 충격적인 광경이 들어왔다.

캬아아아아악-!

퍼러럭! 퍼러럭!

하늘 위로 기이하게 생긴 생물체가 날아다녔고, 악마도 함께 날아다니며 밑으로 불을 뿜고 있었다.

수많은 마법이 지상과 지면을 오갔으며, 지면에 있는 귀물 능력자들은 그런 악마들과 필사적으로 싸우고 있었다.

"대체 왜 이렇게 된 거야. 뭐가 어디서부터 잘못된 거냐고."

한쪽에서 고함 소리가 들려왔다.

"놔라, 이 악마야! 놓으라고!"

"흐흐, 형체도 없이 녹여 주마. 푸아아아아."

악마에게 양팔을 붙잡힌 사내가 악마가 뿜어내는 불길에 마구 녹아내리는 게 보였다.

"이런……!"

나는 그제야 구경만 하고 있을 때가 아니란 걸 깨달았다.

여기저기 어둠의 형체들을 만들어 악마들을 공격하게 만들었다.

순식간에 수백의 검은 유령들이 나타나 달려들자 당황한 악마들이 하늘로 떠올랐다.

끼아아아아악-!

"뭐야, 이것들은……! 갑자기 어디서 나타난 거야?"

검은 유령에게 휩싸인 악마들 여럿이 검게 변하며 재로 화했다.

몇몇 놀란 헌터들이 검은 유령을 공격하긴 했지만, 곧 그들은 검은 유령들이 자신들은 공격하지 않는다는 걸 깨달았다.

"적이 아니야……. 대체 누가 이런 마법을……."

하지만 그것으로 끝이 아니었다.

사방으로 강한 광채가 나타났다.

그것들은 곳곳으로 동시에 나타난 반사판에 튕겨졌고, 곧 허공 위로 어마어마한 줄기의 거미줄을 만들어냈다.

"끄아아악!"

날개가 찢겨지고 머리와 심장이 꿰뚫렸다.

하늘을 날던 지독하게 강한 악마들과 괴물들이 순식간에 재로 화하며 사라지는 걸 본 헌터들은 황당함과 경악에 입을 다물지 못했다.

"이제 끝이라고 생각했는데. 악마들이 전부 죽어 버리다니……."

"구원이다……. 우리의 구원자가 돌아왔어!"

헌터들은 그제야 사라지는 검은 유령 속에서 나를 발견하고 쳐다봤다.

"당신이군요! 악마들을 죽인 게!"

나는 모여드는 그들에게 물었다.

"아는 얼굴들이 하나도 없군. 여긴 조율자 조직의 본단일 텐데, 왜 이렇게 된 거지? 혹시 누구 제이슨이 어디에 있는지 아나? 여기 로드일 텐데."

헌터들 사이에서 여자의 목소리가 흘러나왔다.

"로드의 자리는 제가 물려받았습니다."

나는 물러나는 헌터들 사이에서 모습을 드러내는 중년의 여성을 보았다.

아는 얼굴이다.

"당신은 제이슨의 비서였던? 이름이 레이나라고 했던가?"

"기억하시는군요."

"몇 번 봤었으니까. 귀물들이 있는 곳으로 안내했던 것도 당신이었고. 근데 당신이 로드를 이어받았다니, 그게 무슨 말이지?"

그녀가 슬픈 표정을 머금었다.

그 표정만 봐도 제이슨에게 안 좋은 일이 일어났음을 짐작할 수 있었다.

"따라오시죠. 좀 더 조용한 자리에서 설명해 드리겠습니다."

* * *

레이나가 차를 가져오는 사이 나는 핸드폰을 살펴봤다.

다행히 위성 신호는 잡히는데, 업데이트를 했더니 뭔가 이상하게 변했다.

"뭐야, 이거? 날짜가 왜 이래? 그사이에 고장이라도 났나? 내가 이렇게 허술하게 만들진 않았는데."

레이나가 차를 건네며 맞은편으로 앉았다.

"최강 님? 그동안 어디에 가 계셨던 것인지 물어봐도 될까요?"

"아~ 다른 차원으로 빨려들어 갔었어. 갔더니 귀물들이 넘어온 그곳 차원이더라고. 이곳으로 돌아오는 차원의 문을 찾고 넘어오느라 꽤나 고생을 했지 뭐야."

"그러셨군요."

고개를 살짝 기울인 그녀는 어색한 표정을 머금었다.

왜지? 내 설명이 뭐가 이상했나?

아무튼 나는 다시 핸드폰을 살펴보는 데 집중했다.

"아, 근데. 왜 날짜가 2025년으로 찍히는 거지? 정말 고장이라도 난 건가?"

"고장이 아닐 겁니다."

"뭐?"

레이나가 차를 한 모금 마시더니 다시 답했다.

"현재는 그 날짜가 맞으니까요."

"무슨 소리야? 내가 그곳 차원으로 갔던 게 겨우 한 달밖에 안 되었는데."

"그쪽에서는 시간이 어떻게 흘렀는지 몰라도, 여기에서는 최강 님께서 사라지시고 꼬박 3년이 흘렀습니다."

"진짜? 지금 나 놀리는 거 아니고?"

"제가 왜 그런 짓을 하겠습니까? 어차피 여길 벗어나시면 모든 걸 아시게 될 텐데."

나는 살짝 혼란스러웠다.

그렇지만 최대한 현재의 상황을 이해해 보려고 애를 썼다.

"후우, 그러니까 지금 내가 차원을 넘어가고 나서 3년이 흘렀다 이거지."

"네."

"그럼 저 악마들은 또 뭐고? 악마 말고도 이상한 것들까지 날아다 니던데."

"1년 전, 악마의 문이 더욱 거대하게 변하고서는 그곳을 통해 악마들이 쏟아져 나왔습니다."

레이나는 당시의 끔찍했던 기억을 떠올리는 듯 이야기를 이어 갔다.

"차원의 문은 커지고, 거기서 거대한 악마가 기어 나왔죠. 처음엔 셋이 나왔고, 세상은 거대한 악마의 등장에 혼란에 빠졌습니다. 그 거대한 악마를 시작으로 수많은 악마들이 괴물들을 이끌고 넘어왔고, 그 수는 정말 어마어마했죠."

"그래서 지금 온 세상이 악마 천지가 되었다는 거야?"

"악마 차원의 문이 커지고 악마들이 몰려나올 때, 그곳에는 케리나 님께서 계셨습니다. 골드 등급 능력자 중 한 사람으로, 그분께선 온 능력을 쏟아부어 악마 차원의 문에서 나오는 악마들을 모조리 돌로 만드셨죠. 이미 수천도 넘게 나온 문이었지만, 더는 나오게 해서는 안 되었으니까요."

"그래도 능력 있는 수문장 하나는 있어서 다행이었군."

"하지만 그곳에서 돌이 되어 죽었습니다."

"뭐?"

"돌이 된 악마들과 괴물들을 산처럼 쌓아 악마 차원의 문을 막기는 했지만, 폭주한 나머지 그곳 일대의 모든 걸 돌로 만들어 버렸죠. 그리고 그 자리에는 제이슨 로드께서도 함께였습니다."

"그러니까 제이슨은 돌이 되어 죽었다······."

"그분과 함께 몇몇 헌터들까지."

"음······."

레이나는 슬픔에서 벗어나 미소를 머금었다.

"제이슨 로드께선 몇 달간 보이지 않는 최강 님을 보며 그곳에서 일어났던 폭발에 휘말렸다고 여기셨습니다. 사실 죽었을 거라고 보는 게 맞는 거였는데, 제이슨 로드는 끝까지 믿더군요. 당신께서 살아계실 거라고."

"당시 놈들은 사람의 영혼이 담긴 수정구를 이용해 악마 차원의 문을 보다 넓히려고 했었어. 나는 그걸 막고자 그 수정구를 회수했는데, 그 순간 차원이 찢겨지는 폭발이 일어나더군. 나는 벗어날 수 없었고, 결국 그 차원의 틈으로 빨려 들어가서는 귀물들이 존재했던 차원으로 넘어가게 되었던 거야."

"분명 악마 차원의 문 근처에서 다른 차원으로 빨려 드셨을 텐데, 어째서 악마 차원이 아니고, 귀물의 차원이었을까요?"

"말하자면 길어."

"시간은 많습니다."

나는 빛과 어둠의 세상이 둘로 나뉜 저 너머의 세상에 관해 알려 주었다.

역시나 이야기를 들은 레이나는 충격이 큰 얼굴이었다.

"그러니까 이곳에 생긴 두 차원의 문이, 실제로는 그곳에서 한 차원이다."

"문만 이곳으로 열려 있던 거였지. 경유지처럼."

이번엔 내가 물었다.

"근데 말이야. 내가 사라지고 2년이나 흘렀을 때까지 대체 악마 차원의 문은 왜 닫지 않은 거야?"

"닫으려고 했습니다. 근데 하필……!"

"하필 뭐?"

"하아, 최강 님께서 그 문을 닫는 보석을 가지고 가셨기 때문에 닫지를 못했어요. 혹시라도 살던 곳에 보관을 해 놓으셨을까 싶어 찾아가 봤지만 찾을 수가 없었다고요."

"문을 닫을 보석?"

그때, 저쪽 차원에서 벽에 그려져 있던 그림들이 떠올랐다.

붉은 보석을 눈물로 흘렸다던 호아스 신.

"말도 안 돼. 그럼 설마……!"

나는 나도 모르게 팔에 감겨 있는 팔찌를 보았다.

지금은 작게 보이는 붉은 보석.

"이게 그 호아스 신의 눈물이었다고? 내가 이걸 가지고 사라졌기 때문에 지금 이 세계가 이렇게 되었다는 거야?"

"케리나 님과 조르센 님을 제외하고는 아무도 몰랐으니까요. 심지어 관리자인 저도 마찬가지였고요. 아마도 그 두 분께선 아무도 모르도록 하는 게 낫다고 여기셨던 것 같습니다."

"미친……. 그 중요한 걸 대체 왜 숨겼던 건데?"

"행여 우리 중에 붙잡힌 누군가가 그것에 대해 발설할까 봐 그게 걱정되셨던 거겠죠."

"후우…… 그래서 지금 세상엔 악마가 얼마나 되는 건데?"

"매우 많죠. 아주 많습니다."

"악마 차원의 문은 막았다면서?"

"호호, 근데 멍청한 나라들이 그 문을 없애겠다면서 그곳에 핵폭탄을 퍼부었지 뭡니까. 겨우 묻힌 악마의 문은 다시 세상에 나왔고, 다시 악마들이 쏟아져 나오기 시작했던 거죠."

나도 황당하고 어이가 없었다.

겨우 봉인해 둔 걸 그렇게 망가뜨렸다고?

정말 고집스러운 인간들의 어리석음이란.

대체 왜 그런 짓을 했을까?

아우, 됐다.

안 그래도 속이 답답한데, 그놈들의 탁상공론까지 짐작하지는 말자.

레이나는 다시 말을 이었다.

"세계 각지에 있는 나라와 군대는 이미 붕괴하였습니다. 돌아다니고 있는 거대한 악마의 공격으로 그렇게 되어 버렸죠. 그 악마는 너무도 강력하여 마법도, 인간의 무기도 소용이 없었습니다. 작정하고 쏘아낸 핵폭탄도 그곳에서 뛰어올라서 피해 버렸죠. 직격탄이 아니어서야 그렇게 큰 피해도 주질 못했고요. 그래서 지금은 생존자와 저항군만이 남아 있을 뿐입니다."

나는 내가 가장 걱정되는 부분을 물었다.

"혹시 말이야. 나하고 여기에 같이 왔던 여자, 기억해?"

"최소현 씨요. 기억하고말고요. 직접 최강 님의 집으로 보석을 찾으러 갔을 때도 만났으니까요."

"그 여자가 지금 어디에 있는지는?"

"아무래도 한국 땅에 있지 않을까 싶지만, 그 이후로는 알 수가 없었습니다. 지금은 무전을 제외하고는 모든 통신이 마비된 상태니까요."

"그렇군."

나는 자리에서 일어났다.

그런 나를 보며 레이나도 함께 일어났다.

"어딜…… 가시렵니까?"

"최소현을 찾으러."

"최강 님, 지금 저희에겐 최강 님의 힘이 절실합니다."

"알아. 근데 난 그 사람, 그리고 내 어머니……. 이 두 사람의 안위부터 먼저 살펴야겠어. 이기적이라고 해도 좋아. 그렇지만 내가 사랑하는 사람들인걸. 나한테는 지금 세상의 안위보다 그게 가장 중요해. 두 사람을 찾게 되면 금방 다시 올게. 그러니까 조금만 기다려 줘."

* * *

하늘 위에서 바라보는 서울의 풍경은 이미 내가 알던 그 풍경이 아니었다.

남산타워는 꺾여서 부러지듯 무너져 있었고, 도심의 빌딩들도 절반이 무너지거나, 그나마 서 있는 것들도 상태가 온전치 못했다.

거기에 마치 거대한 폭탄이라도 떨어진 듯 휑한 부분들까지.

마치 한차례 전쟁이 휩쓸고 지나간 것만 같은 풍경이었다.

"몰랐어. 진짜 몰랐다고."

그냥 적합성이 맞아서 가지고 나왔던 돌이 설마 차원의 문을 닫는 도구였을 줄 누가 알았겠냐고.

근데 내가 가지고 간 그 보석 때문에 일이 이 지경이 되었다고?

아무리 몰랐다지만, 가슴이 쓰린 게 사실이다.

"후우……. 여기서 소현 씨를 어떻게 찾아야 하나."

여전히 있을 리 없지만 그래도 혹시 모른다는 생각으로 집으로 향하려고 했다.

"마음은 참 심란한데, 이 마음을 말할 사람이 없다는 게 참 우울해지는군."

케라와 제라로바와 함께 있을 땐 적어도 외로움은 없었는데.

지금은 가슴이 뻥 뚫린 것처럼 공허함만 가득했다.

"음?"

그런데 막 시선을 돌리려고 하는데 저쪽에서 뭔가 번뜩이는 게 보였다.

카우라를 끌어올려 자세히 보았다.

그곳에서 뭔가 붉은 게 날아다녔다.

악마.

혹시라도 누군가가 위험에 빠진 게 아닐까 싶은 나는 주저함 없이 그곳을 향해 공간이동을 했다.

스륵.

무너진 도심에서는 총격전이 벌어지고 있었다.

"하늘에 있는 악마부터 떨어뜨려!"

"밑에 있는 악마 개도 조심해!"

"이쪽으로 온다!"

카아아아앙-!

머리 둘 달린 불타는 개가 사람들을 공격하려다 말고 총알 세례에 뒤로 물러나고 있었다.

개만 십여 마리가 되었고, 하늘 위에서도 세 마리의 악마가 날아다녔다.

악마한테 마리라는 표현이 좀 그런가?

그렇다고 사람처럼 대하고 싶진 않으니까 넘어가도록 하자.

"악마가 온다!"

"불을 조심해!"

"불에 닿으면 안 돼-!"

악마들은 하늘을 날아다니며 아래로 불을 뿜어 대고 있었다.

총을 쏘는 사람들은 그 불을 피하려고 무척 애를 썼다.

불길이 닿는 곳이면 땅이고 거리에 새워진 차고 다 녹아내리기 때문이다.

화르르르르륵-!

"성현아, 피해!"

"어억! 으아아아악-!"

막 불길에 휩싸이려던 사내는 손으로 눈앞을 가리며 눈을 질끈 감았다.

어이가 없다.

몸을 굴려서라도 피했어야지, 그렇게 주저앉아서 눈만 질끈 감으면 무슨 소용이야.

움직임이 둔한 걸 보니 평소 운동을 안 하거나, 훈련받은 자가 아님은 분명했다.

그렇지만 안심해라.

당신 앞에는 내가 있으니까.

나는 그의 앞으로 나타나 반지의 마법으로 방어막을 만들어 그를 구해 냈다.

"당신은…… 누구지?"

"초면에 반말이냐? 괜히 살렸네."

"누구……세요?"

"당신 목숨을 구한 사람."

그런데 사내 하나가 가까이 다가와 희망찬 얼굴로 물어왔다.

"혹시 최강 원로위원이 아니십니까?"

"나를 알아? 당신, 발라스인가?"

"네, 그렇습니다. 예전에 아이들에게 청부업을 시킨 놈들을 잡으러 다니며 곁에서 모셨던 적이 있었습니다."

"아……."

기억을 떠올려 보니 기억이 난다.

며칠 같이 있었던 것뿐이었는데, 그래도 아는 얼굴을 보니 반갑다.

그리고 이 사람을 통하면 어쩌면 최소현에 대한 정보도 얻을 수 있을지 몰라 살짝 기대도 되었다.

"잠깐 뒤로 물러나 있어. 일단 저것들부터 처리하고."

"하지만 저것들은……!"

나는 하늘로 떠올랐다.

"악마들이라 조심해야 하는데……."

뒤에서 그런 말이 살짝 들려오긴 했지만 신경 쓰진 않는다.

저런 작은 악마들은 내 상대가 아니다.

손짓 한 번이라도 가볍게 죽일 수 있었다.

그렇지만 그렇게 쉽게 죽일 생각은 없다.

이곳 세상을 이 지경으로 만든 걸 생각하면 화가 치밀어서 말이다.

"어떻게 죽여 줄까?"

악마가 소리쳤다.

"인간! 네놈도 귀물 소유자인 것이냐?"

"아니. 난 마법사야."

"마법사라고?"

"빛의 세계에선 그렇게 불렸지. 근데 더 말을 섞진 말자고. 내가 무척 불쾌하거든."

나는 손을 뻗었다.

4단계에 접어들었더니 더 강하고 빠르며 자유로운 원소 마법의 발현이 가능했다.

그래서인지 순식간에 악마 셋을 바람의 감옥에 가둘 수 있었다.

"꺼윽! 이게 뭐야!"

"나갈 수가 없어!"

나는 씩 웃었다.

"설마, 나갈 수만 없을까."

나는 그 안을 산소로 가득 채웠다. 그리고 즉시 불의 원소를 집어넣었다.

쾌광-! 쾌광-! 쾌광-!

세 번의 폭발.

찢겨지며 재로 화하는 악마들.

아래로 주눅 드는 악마 개가 있었지만, 시선을 주며 바람을 날카롭게 날리자 저마다 그 자리에서 두 동강이 나며 재로 화해 버렸다.

사람들은 총을 내리며 입을 다물지 못했다.

"말도 안 돼……."

"지금 이거 실화냐? 꿈꾸는 거 아니지?"

"들키면 살아남는 것만도 다행인 악마들을 저렇게나 쉽게 죽이다니."

모두가 나를 우러러보는 게 보였다.

시선들이 살짝 부담스럽기는 하지만, 지금은 견뎌 내자.

이들에겐 물어볼 게 많으니까.

* * *

예전 발라스였던 사내의 이름은 유동기라고 했다. 그는 나를 자신들의 은신처로 데려가며 자신들의 사정을 얘기했다.

"지상은 악마들이 돌아다니고 있어서 가끔 이렇게 분대를 이뤄서 식량을 구하러 나오고는 합니다. 그리고 살아남은 대부분의 사람들은 예전 지하철 터널이나, 빌딩 지하주차장을 은신처로 삼고 있죠."

그들을 따라서 지하도로 내려오니 꽤나 견고해 보이는 철문이 보였다.

비밀번호를 눌러서야 바깥쪽으로 저절로 열리는데, 제법 기술이 있는 사람이 장치를 만든 거로 보였다.

그리고 그 앞으로는 두 개의 고정된 총기가 설치되어 있었다.

적과 아군을 식별하여 자동으로 쏘는 첨단장비였다.

"방비가 상당히 철저하게 되어 있군."

"안쪽으로도 몇 개가 더 설치되어 있습니다. 이것들이 시간을 끌어줘야 악마들이 들이닥쳐도 도망칠 시간을 벌 테니까요."

"총이 악마한테 통하던가?"

"화력이 좋은 총들은 가까운 곳에서도 좀 통하는 것 같은데, 조금만 멀어져도 잘 안 박히는 것 같았습니다. 그나마 저격용 총은 확실히 통하지만 누가 간 크게 악마들한테 그럴 수가 있어요, 들키면 그대로 녹아내려 버리는데."

하긴, 악마들의 표피가 웬만한 갑옷보다 튼튼하기는 했다.

저쪽 세상에서야 성검의 힘이 있어 벨 수라도 있지, 여기선 총이 전부인데 그게 통하지 않으면 아무리 잘 훈련된 군인일지라도 악마를 상대할 방법이 없었다.

기이이이이이.

철컹!

안으로 들어가자 뒤섞인 냄새들이 코를 확 찔렀다.

내부는 음식 냄새와 오래된 곰팡이 냄새로 가득했다.

그리고 몇 계단을 내려갔을 때, 나는 터널 속에 만들어진 마을을 볼 수 있었다.

"정말로 이러고 살아가고 있다고……."

철로를 뜯어낸 건지 아래는 평평했다.

철로를 따라 양쪽으로 음식을 파는 점포와 많은 주거시설이 들어차 있었다.

판넬로 지어진 집이 있는가 하면, 벽돌로 지어진 집도 있었다.

가운데로는 세 사람이 겨우 나란히 걸어 다닐 수 있는 길이 있었는데, 그곳으로 정말 많은 사람들이 지나다녔다.

"많군. 여기에 숨어 있는 사람이 얼마나 되지?"

"각 호선마다 전부 이런 환경이니 대략 수십만은 되지 않을까 싶습니다."

"수십만……."

서울에만 대한민국 국민의 1/3이 산다는 말도 있었다.

천만도 넘던 그 많은 사람들은 어쩌고 겨우 수십만만 있다는 걸까.

"그럼 나머지 다른 사람들은?"

"간혹 자기 집을 떠나지 않고 숨어 있는 사람들이 있기는 하죠.

그렇지만 아파트 단지를 살펴보면 대부분 베란다 문이 깨져 있고, 그 밑으로 시신이 있는 경우가 많았습니다. 사실상 악마들에게 사냥을 당하고 있는 거죠."

"숨어 있는 사람도 있지만, 많은 사람들이 죽었다는 거군."

"그렇습니다."

우리는 한참을 걷다가 옆으로 빠져 제법 큰 공간으로 들어갔다.

그곳엔 제법 많은 사내들이 무기를 짊어진 채 서 있었다.

"동기야, 식료품은 잘 챙겨 왔어?"

"아뇨. 나가서 얼마 지나지 않아 악마의 습격을 받았습니다."

"운이 없었군. 그래, 몇이나 당했는데?"

"그게…… 여기 계신 최강 원로위원님 덕분에 다들 목숨을 구할 수 있었습니다."

"원로위원?"

턱수염 사내가 나를 빤히 쳐다봤다.

근데 어쩐지 못마땅함이 가득한 시선이다.

껄끄러워하는 걸 떠나 내가 마음에 들지 않는 표정이었다.

곧 유동기가 나에게 턱수염 사내를 소개했다.

"이쪽은 이곳 2호선을 책임지고 있는 최민석 대장입니다. 대장도 예전엔 발라스였죠. 정우찬 회장님 소속으로 꽤나 유능한 간부였다고 합니다."

"아, 그래. 반가워. 나 최강이야."

악수를 청해 보지만, 그는 피식 웃어 보이고는 고개를 돌렸다.

"언제 적 원로위원이야?"

"대, 대장?"

유동기가 난처해할 때, 최민석이 나를 힐끔 쳐다봤다.

"원로위원? 이제 와서 그딴 게 다 뭔데? 이쪽 발라스는 이미 해체된 지 오래야. 그러니까 예전 지위를 이유로 대접받을 생각일랑은 안 하는 게 좋을 거야."

"훗, 그래. 더는 발라스가 아니라고 한다면, 나도 강요할 생각은 없어. 그리고 여기서 뭔가 해 보자고 온 것도 아니니까 안심해. 당신 자리 빼앗을 생각은 없으니까. 난 하나만 알면 되거든."

"뭐가 알고 싶은데?"

"혹시 최소현이라고 들어 봤나?"

"최소현?"

"한때 경찰이었지만, 국가정보원으로 옮겨와서 요원으로 생활했었어. 그 여자, 남들과는 특별한 능력을 지니고 있어서 세상이 이렇게 변했으면 가만히 있었을 리가 없어. 누구든 이름 정도는 들어 봤을 것 같은데."

"잘 모르겠군."

나는 그녀의 능력에 관해 알려주었다.

"뭔가 손을 휘저으면 주변 것들이 저절로 잘리거나 베이는 능력이 있었을 거야. 거울 속으로도 들락날락할 수 있고."

그제야 주변에 있던 사람들의 표정이 뒤바뀌었다.

"설마……! 악마 헌터를 말하는 거야?"

"악마 헌터?"

유동기가 설명을 이었다.

"그게 말입니다. 얼굴을 가린 여자 하나가 나타날 때면 허공에 떠 있던 악마들도 사지가 조각조각 잘려서 떨어진다고 해서 악마 헌터라는 별명이 붙었습니다. 그 여자, 거울에는 비치는데 그 진짜 모습은 본 사람이 없어서 고스트라고도 불립니다."

아무래도 최소현은 도심을 다니며 사람들을 돕고 있었던 모양이다.

그녀의 그 정의감 넘치는 성격으로 보자면 그러고도 남았다.

나는 그녀의 무사함을 기뻐하며 다시 물었다.

"그러니까 살아 있다는 거지?"

"그건 잘……. 몇 달 전까지만 해도 사람들 입소문으로 종종 들려오긴 했습니다만, 한 번은 거대한 악마가 다른 악마들과 함께 이곳을 휩쓸고 지나간 이후로는 악마 헌터를 봤다는 사람을 보지 못했습니다."

"그래……. 큰 악마들은 조금 상대하기가 벅찼을 텐데."

싸워 봐서 안다.

놈들 중에는 더러 나조차도 상대하기 힘든 놈들이 있었다.

빛의 세상에서 비늘에 싸여 있던 놈을 상대했던 걸 생각하면 지금도 아찔하다.

공간이동 능력이 없었다면 공략할 방법을 찾는 데 상당한 애를 먹었을 것이다.

아무튼 이곳에서는 정보를 더 얻을 수 없을 것 같았다.

"아무튼 고마워. 그럼 난 이만 가 보도록 하지."

몸을 돌리려는데 최민석이 말했다.

"여기서 산다고 하면 자리 하나 정도는 마련해 줄 수 있어. 물론, 원로위원으로서의 대접은 바라지 말아야 할 테지만."

이 새끼, 자기 지위에 흠뻑 취해서는 선심 쓰듯이 말하는 게 굉장히 거슬리네.

"최민석 대장이라고 했나?"

"그래."

"정우찬 회장이 아랫사람 교육을 제대로 안 시킨 모양이군."

"뭐?"

"정우찬 회장이 나에 관해 조금만 거론했어도, 당신이 나한테 이렇게 행동하지는 못했을 거거든."

이놈, 단단히 심기가 뒤틀린 모양이다.

갑자기 잔뜩 흥분해서는 얼굴을 구기며 다가왔다.

"원로위원이었다고 해서 참아 줬더니, 아직도 자기가 원로위원인 줄 아나 봐. 어이, 곱게 보내 줄 때 꺼져. 이제 여기 주인은 나야. 당신 같은 거 하나 쥐도 새도 모르게 죽이는 거, 나한테는 일도 아니라고."

옆에서 유동기의 당황한 목소리가 들려왔다.

"대, 대장! 그러시면 안 될 것 같은데요."

"넌 뭔데 자꾸 끼어들어!"

"그, 그게 아니라! 저희가 악마에게 둘러싸였을 때 악마를 죽여 준 게 이분이셨는데……."

"뭐?"

최민석이 놀라며 뒤로 물러났다.

그곳에 있던 모두도 깜짝 놀랐는지 다들 나를 다시 보는 눈치다.

"여기에 있는 전부를 쥐도 새도 모르게 죽일 수 있는 사람을 두고서 그런 말을 하면 위험할 텐데……."

내 말이 섬뜩했을까, 유동기가 당황해서 사정을 해왔다.

"최강 원로위원님! 대장이 몰라서 그랬을 겁니다. 그러니 제발 고정해 주십시오."

나는 공간이동으로 그 자리에서 사라져, 최민석의 뒤로 나타나 그의 어깨로 손을 얹었다.

턱.

"허억!"

"최민석 대장."

"뭐야……. 언제 내 뒤로……."

"너는 이 쥐굴에서 평생 대장 노릇이나 하고 살아. 근데 말이야. 저 바깥세상이 정리되고 나면 다시 올라올 생각은 마. 내가 절대로 용납하지 않을 거거든."

"끄음……."

나는 그를 스쳐 지나가며 말했다.

"발라스의 진짜 주인이었던 사람 앞에서 건방 떨지 말란 소리다.

회주가 바지사장이었던 것도 모르는 애송이 주제에."

잔뜩 얼어붙은 걸 보니 이제야 속이 좀 후련하다.

나는 딱딱하게 굳어진 얼굴로 나를 보고 있는 유동기에게 말했다.

"유동기 너는 내가 기억해 두도록 하지. 다음에 꼭 나를 찾아오도록 해."

"그냥 가시는 겁니까?"

"훗, 나를 저렇게 눈엣가시처럼 보는 사람들이 있어서야 내가 불편하잖아."

"그렇지만 최강 원로위원님께서 계시면 이곳이 좀 더 안전할 텐데……."

나의 능력을 보았으니 더는 악마를 두려워할 필요가 없다는 걸 깨달았을 것이다.

의지도 하고 싶을 테고.

하지만 내겐 해야 할 일이 있어 그래 줄 수가 없다.

"그건 걱정 마. 오늘 안으로 최소한 이 서울 도심에서는 악마를 보는 일이 없도록 해 줄 테니까. 큰 악마도 죽여 본 나거든."

"허억! 정말이십니까?!"

"나는 찾아야 할 사람이 있어서. 이만 갈게. 잘 지내. 반겨 준 건 고마웠어."

* * *

최강이 나가는 걸 보며 최민석이 유동기에게 물었다.

"어이, 유동기. 정말이야? 정말로 저 새끼가 악마를 죽였다고?"

"그 왜 이상한 초능력으로 악마들을 죽인다는 헌터라는 자들 있잖아요. 아무래도 최강 원로위원님도 그런 능력이 있는 것 같았습니다. 성현이가 악마의 불꽃에 당했는데, 갑자기 그 앞으로 나타나서는 보호막 같은 거로 보호하고, 간단히 손짓 몇 번 하니까 악마하고 악마 개들이 싹 죽어 버리더라고요. 정말 신처럼 보였다니까요. 아~ 저분만 있으면 진짜 밖에서 온갖 음식들을 다 가져올 수 있을 텐데."

"최강 원로위원이 그런 사람이었다고? 음……."

최민석은 살짝 입술을 오므리며 표정을 찌푸렸다.

왠지 자신이 큰 말실수를 한 게 아닌가 하는 불안한 생각이 들어서였다.

2. 나는 신입니다

빙의로
최강요원

나는 서울 도심 하늘 위로 떠올랐다.

높이 오를수록 옥상 위라든가, 빌딩 중간에 악마들이 있는 게
보였다.

"으압-!"

나는 강하게 소리치는 음성에 바람의 원소를 실었다.

그 음성은 마치 확성기처럼 강하게 울려 퍼졌다.

그 소리를 듣고 악마들이 하나둘 위를 올려다봤다.

그리고 날갯짓을 하며 곳곳에서 나를 향해 날아오기 시작했다.

"호기심이든 뭐든, 오는 게 당연할 테지."

잠시 뒤, 오십도 넘는 악마들이 내 주변을 날며 나를 쳐다보았다.

쓸데없이 귀찮은 일만 생기게 왜 이런 짓을 하냐고?

나는 아직 악마들이 이곳으로 넘어온 계기를 전혀 몰랐다.

그걸 알자면 당사자들인 악마에게 묻는 게 가장 빠른 거 아닐까?

그래서 이렇게 불러모은 거다.

놈들에게서 정보를 얻을 수 있을까 해서.

그게 아니더라도 지하도에 사는 이들에게 했던 말도 있고 하니, 청소하는 셈 치고 봉사 활동을 좀 한다고 생각하면 된다.

"너는 인간이잖아? 근데 어떻게 하늘을 날고 있지?"

이런 질문이 들려올 때마다 나는 늘 같은 말을 한다.

"난 마법사거든."

"뭐?"

갑자기 악마들이 크게 웃기 시작했다.

"흐하하하하하!"

"으하하하하! 어디서 미친놈이 하나 나타났구나."

나도 웃었다.

"훗, 그 미친놈이 하늘에 떠 있다는 자각을 좀 했으면 하는데. 평범한 인간이 아니라는 것쯤은 알 수 있는 거 아닌가?"

악마 하나가 내게 물어왔다.

"가만. 근데 너는 어떻게 우리말을 하는 거지?"

"나는 빛의 세계 사람들은 물론, 지적 생명체와는 모두와 대화가 가능하니까."

"빛의 세계를 알아?"

"알다마다. 방금 전에 거기서 온 건데."

악마들이 살며시 나를 경계하기 시작했다.

"너, 귀물 능력자구나. 그래서 이렇게 떠 있을 수 있는 거였어."

"이렇게 떠 있는 건 마법이라니까."

도돌이표 같은 대화는 여기서 그만.

이놈들은 나를 죽여야 할 대상으로 볼 뿐이겠지만, 나는 이놈들에게도 얻어야 할 게 있었다.

"하나만 묻지. 손에서 나오는 실로 너희를 죽이고, 거울 속을 넘나드는 인간, 혹시 본 적이 있나?"

"아~! 그 무시무시한 인간! 본 적이 있지!"

"그래? 어디서 봤는데?"

"흐흐흐, 말해 주기 싫은데."

나는 쓴웃음을 머금었다.

그래, 악마가 그렇게 친절할 리가 없지.

"그럼 입을 열게 만들어야겠군."

잠시 후. 나는 도로 한가운데에서 내 질문에 답하기 싫다는 악마를 짓밟고 있었다.

"커걱! 컥!"

나는 악마의 목을 밟고 검 끝으로 악마의 이마를 파듯이 돌리며 물었다.

"이제 말해 줄 생각이 좀 드나?"

"마, 말할게. 그러니까 살려만 줘."

"몇 가지 질문에만 답하면 살려 줄 거야. 너를 이용해서 소문을 퍼트릴 생각이거든."

"뭐든 물어봐. 다 말해 줄게."

오십이나 되는 악마를 단숨에 재로 만들어 버렸더니 이놈이 아주 고분고분해졌다.

"먼저 아까 내가 물어봤던 여자의 행방은?"

"우린 대우모스 님의 휘하에 있는 병사들이야. 그리고 그분과 함께 이곳으로 왔을 때, 그 인간이 강하게 저항하며 인간들을 지켰지."

"그런데?"

"그 인간은 우리 악마들을 죽이며 인간들을 보호했어. 그리고 인간들을 숲으로 피하게 한 후에 그 뒤를 따랐지."

숲.

좋지 않다.

그녀의 강점은 도심에서 빛을 발한다.

도심은 온 사방이 비추는 것들로 가득하니까.

근데 숲이라면 거울 능력을 쓸 수가 없어 위험했다.

"그래서 어떻게 됐는데?"

"대우모스 님은 땅의 힘을 지닌 분, 그분께서 인간들이 향한 곳으로 몇 갈래로 땅을 찢어 버렸고, 그 이후로 그 인간은 보이질 않았어."

나는 한쪽 방향을 쳐다봤다.

서울 도심을 벗어나는 지점으로 할퀸 듯이 땅이 갈라진 부분을 봤었다.

"그럼. 그게 그때 생긴……."

그 커다란 악마의 능력으로 최소현이 죽기라도 했을까 겁이 났다.

무슨 일이 일어났는지는 알았지만, 여전히 그녀의 행방은 오리무중이다.

"역시 소현 씨의 물건을 이용해서 추적 마법을 사용하는 게 빠르겠어."

그녀가 있는 위치를 알려면 그녀가 살던 집으로 가면 된다.

그녀의 물건 하나만 있어도 그녀가 있는 곳을 단박에 알 수 있으니까.

"그럼 다른 걸 묻지. 너희는 어떻게 갑자기 이렇게 악마 차원의 문을 통해 이곳으로 쏟아져 나올 수 있었던 거지?"

"우리의 왕과 장군들께서 호아스 신의 눈물로 실험을 했어. 그리고 어느 순간, 희망의 회오리가 생겨났지."

"희망의 회오리?"

"우리의 역사에선 빛의 세상으로 갈 수 있는 통로라고 했어."

"그렇군. 빛의 세상에선 재해라고 불리던 게, 악마들에겐 희망일 수도. 아무튼 범람의 띠나 어둠의 재해가 일어난 이유가 그것 때문이란 건데……."

나는 다시 물었다.

"계속해 봐."

"우리 모두는 잠깐 생겨났다가 사라지려는 희망의 회오리를 향해 전력으로 달려들었어. 우리의 왕께서 가장 먼저 닿으셨고, 그분의 측근인 네 장군께서 그 뒤를 따랐지. 그런데 그분들이 사라진 직후 이상한 일이 벌어진 거야."

"이상한 일이라니 뭐?"

"호아스 신의 눈물이 파괴가 된 거지."

"음……."

"그 파괴는 차원의 문을 강하게 키웠어. 그리고 그 커진 크기로 인해 우리 모두가 이곳 세상으로 넘어올 수가 있었던 거지. 물론, 그 힘이 다해 버렸는지 더는 넘어올 수 없는 모양이지만."

범람의 띠, 어둠의 재해, 그리고 이곳 세상이 이렇게 된 것까지. 그 원인은 전부 알았다.

근데 한 가지 의문이 생겼다.

"근데 말이야. 너희들의 왕도 그 희망의 회오리로 사라졌다고 했는데."

"맞아. 우리 악마들을 통합하고 악마들 중에 가장 강력하신 분이지."

가장 강력하다?

악마 왕과 네 명의 장군이 넘어갔다고 했는데.

그리고 난 분명 다섯을 해치웠잖아?

"혹시 말이야. 몸이 뱀 비늘처럼 되고, 그 비늘에서 가시가 돌아나서 날려 보내는 악마가 너희들 왕이야?"

"우리의 왕을 알아?"

진짜 그놈이 악마의 왕이었다고?

헐.

"아…… 안다고 해야겠지? 내가 빛의 세상에서 죽여 버렸으니까……."

"뭐……? 그, 그럴 리가……. 말도 안 된다. 그분은 역대 최강의 악마 왕이라고 불리던 분이었어! 한데 어떻게 인간이……! 거짓말. 거짓말이야!"

"훗."

나는 절로 웃음이 다 나왔다.

"그러니까 그놈이 너희 중에 가장 강력한 놈이다, 이거지. 그리고 더는 그놈보다 강한 놈이 없다는 거고."

그렇다면 이곳 세상에 커다란 악마가 몇 있다고 하지만, 내 상대는 아니란 얘기다.

"엄마와 소현 씨만 찾고 나면 아주 지구 전체를 빙빙 돌며 모조리 쓸어버려 주마."

나는 발을 치웠다.

그리고 일어나는 악마를 향해 말했다.

"너희 악마들에게 똑똑히 전해. 빛의 세상에서 온 악마들을 모조리 쓸어버린 내가…… 너희 모두를 하나하나 찾아 쓸어버릴 거라고. 그 공포와 두려움이 싫으면 하루빨리 너희 세상으로 돌아가."

"끄음……."

"아마 하루나 이틀……. 나의 일이 끝나면 그때부터가 시작일 거야. 그럼 또 보는 일 없도록 해."

"정말로 이대로 보내 준다고?"

"그럼 죽을래?"

"아냐. 가, 갈게……."

하지만 이 악마가 가는 걸 기다리며 지켜봐 줄 생각은 없다.

나는 공간이동으로 허공으로 자리를 옮겼고, 곧 예전에 살던 방향을 보며 그곳을 향해 이동했다.

* * *

내가 살던 빌라.

나에겐 상당히 의미가 있는 장소다.

누명을 벗고 난 이후로 첫 홀로서기를 했던 장소이기도 했으니까.

여기서 최소현을 다시 만났고, 알콩달콩 사랑도 키워나갔다.

그때가 정말 행복했는데, 난 대체 뭐가 아쉬워서 여기까지 오게 된 걸까.

아마도 좀 더 모든 걸 완벽하게 가지려고 했던 욕심이 불러온 과오는 아니었을까.

"집은 또 왜 이 지경이야……."

내가 살던 빌라는 한쪽이 뜯겨 나가서는 와르르 무너져 있었다.

주변을 보니 뭔가 커다란 게 짓밟고 간 흔적처럼 보였다.

필시 거대한 악마가 밟고 다녔으리라.

내 집도 창문이 깨지고 베란다 일부가 무너져 있었다.

나는 즉시 공간이동을 해 집안으로 들어왔다.

"아주 엉망이네."

누군가가 침입했던 걸까, 서랍은 다 열려 있고, 주방 찬장도
전부 열려 있었다.

누군가가 먹을 것을 찾거나, 필요한 걸 가져가기 위해 뒤진
듯싶었다.

그런데 컴퓨터가 있던 자리를 보던 나는 어쩐지 웃음이 흘러나왔
다.

"컴퓨터는 가져갔는데, 이건 또 놔두고 갔네."

소울 카드를 컴퓨터와 연결시켜 두었는데, 컴퓨터만 쏙 가져가
고 소울 카드는 놔두고 간 거였다.

"누군지는 몰라도 이것의 가치를 알 턱이 없었겠지."

그렇지만 나에게도 이곳엔 필요한 게 없었다.

나는 즉시 관통 마법으로 최소현의 방으로 넘어갔다.

스륵.

그런데 집이 텅 비어 있다.

"뭐야……."

어쩐지 불안감이 스친다.

"이사라도 간 건가……. 하아."

몇 년을 연락이 안 되었을 나다.

그녀가 화가 많이 났을 건 당연했다.

나도 없고 하니 더는 이곳에 머물 이유가 없었을 것이다.

그래서 다른 곳으로 이사를 가 버린 건 아닌가 싶었다.

"아무리 사정이 있었다고는 해도, 이 미안함을 어떻게 설명해야
할지. 그래도 어떻게든 만나기만 합시다. 보고 싶으니까."

그래도 혹시라도 흘리고 간 것은 없을까 샅샅이 뒤졌다.

그러다가 놔두고 간 침대 밑에서 머리핀 하나, 침대 구석으로
머리카락 조금, 화장실 쓰레기통에서 다리털을 밀었을 법한 면도기
를 하나 찾아냈다.

"면도기라……. 음……."

탁구공도 하나 찾았는데, 이런 건 여기에 왜 있나 싶었다.

"아무튼 작은 거 몇 개라도 찾아서 다행이야. 그럼 시작해 볼까."

나는 면도기와 머리카락 일부를 섞어 속으로 주문을 외웠다.

4단계가 넘어가고부터는 굳이 소리 내어 주문을 외울 필요가
없었다.

연상하고, 속으로 주문을 떠올리면 곧바로 마력이 일어나 마법
을 실행했다.

사실 손목에 있는 마법 문양들도 더는 필요치 않은 것들이지만,
습관이 되어 놔서 계속 쓰게 된다.

스하하핫!

마법이 실행되자 수많은 길들이 당겨지며 많은 것들이 보였다.

숲을 지나 또 도시를 지나고 한참을 뻗어 나갔다.

그런데 어떻게 된 것인지 대전쯤에서 보이던 게 뚝 하고 끊어졌다.

"엇! 뭐야……. 이거 왜 이래?"

나는 살짝 당혹스러웠다.

"이런 적은 한 번도 없었는데……."

마치 마법이 무언가에 튕겨 나간 느낌이랄까.

무언가에 방해를 받은 느낌이었다.

"어디 다시……."

다시 시도해 보는데, 또 똑같은 현상이 일어났다.

"이거 도대체 뭐야……. 왜 이러는 거야?"

제라로바라도 있으면 물어볼 텐데, 이젠 그도 없으니 물어볼 사람도 없다.

원인을 모르니 답답하기만 하고, 최소현에 대한 걱정은 더욱 커져만 갔다.

"미치겠네, 이거……."

나는 자리에서 일어났다.

"그래도 분명 대전까지 향했어. 대전 톨게이트가 보였으니까. 그리고 보니까 엄마 집도 그 근처이긴 한데……."

어차피 가야 했을 곳.

"엄마도 찾아야 하니까 일단 거기로 가 보자. 가 보면 왜 이런 현상이 일어나는 건지 알 수 있겠지."

이제 최소현의 집에서 찾은 물건 중에 남은 것은 겨우 탁구공 하나.

나는 그걸 챙기며 서둘러 대전으로 날아갔다.

그곳에서 두 사람 모두를 찾기를 간절히 기도하며.

* * *

거대하면서도 온몸이 온통 근육으로 가득한 악마가 작은 언덕에 걸터앉아 있었다.

악마계의 친위대 대장인 대우모스는 무료한 듯 주변을 둘러보다가 아래를 보았다.

그의 시선이 닿는 곳에는 수십여 개의 철창이 놓여 있었다.

철창 안에 갇혀 있는 건 다름 아닌, 인간.

그곳에 갇혀 있는 인간들은 아이, 어른, 노인 할 것 없이 각각의 연령층을 지니고 있었다.

"엄마, 나 무서워."

일곱 살의 아이는 엄마를 부둥켜안고서 바들바들 떨었다.

"괜찮아. 괜찮아, 광훈아."

그러나 아이를 안아 주는 엄마도 떨기는 마찬가지다.

이미 수많은 이들이 죽는 걸 눈앞에서 보아 왔기에 그녀도 두려운 것이다.

"크음."

그런데 바로 그때였다.

대우모스가 겁에 질려 엄마에게 안기던 아이가 있는 철창으로 손을 뻗었다.

"꺄아아아악-!"

"으아아아악-!"

철창 안에서 인간들이 여기저기 뛰어다니고 철창 구석으로 붙으며 흩어졌다.

악마 대우모스는 커다란 손으로 인간들을 한주먹 잡더니 끄집어 올렸다.

"아아악-! 엄마-!"

엄마에게 달라붙어 있던 아이가 그 손에 걸리며 딸려 올라갔다.

"광훈아-! 안 돼, 광훈아-! 아아아아악-! 누가 좀 도와줘요! 광훈아아아아!"

아이 엄마는 팔짝팔짝 뛰며 도움을 청해 보지만, 누구도 그녀와 시선을 마주치지 않는다.

"엄마아아아아-!"

대우모스는 손을 입속으로 넣었다.

"아웅."

그러면서 와그작와그작 씹어 먹는데, 그 입가의 옆으로 피가 주룩 흘렀다.

"안 돼에에에에-!"

비명을 지르며 울부짖는 아이의 엄마를 대우모스가 쳐다봤다.

"흐흐, 그럼 너도 먹어 주지."

두 손가락으로 아이의 엄마를 잡은 대우모스.

아이의 엄마는 눈물을 흘리며 체념해 버렸다.

대우모스는 그런 아이의 엄마를 입으로 훅 던지며 다시 먹는 것을 반복했다.

"톡톡 터지는 맛이, 역시 인간들은 맛있어. 퉤엣!"

대우모스가 씹다가 뱉어낸 것은 사람들이 입고 있던 옷이었다.

그 옷들이 내장들과 뒤섞여 뱉어지자, 악마 개들이 달려들어 그것을 핥아먹는 모습이었다.

인간들은 두려움과 공포에 치를 떨었다.

한데 바로 그때였다.

"으음?"

대우모스가 허공 한 곳을 보았다.

악마 하나가 날갯짓을 하며 날아오고 있었다.

악마는 대우모스의 앞으로 오더니 그 앞에 부복했다.

"대우모스 님을 뵙습니다."

"그래, 어쩐 일이냐? 인간들과 노는 게 재미가 없어?"

"그게 아니오고, 함께 간 동료들이 전부 전멸하는 바람에……."

대우모스가 히쭉 웃었다.

"지난번처럼 어디서 꽤 하는 인간이 나타난 모양이구나."

대우모스가 큰 몸을 일으켜 방그레 웃으며 물었다.

"그래, 어디냐? 그 인간은 어디에 있어?"

"대우모스 님, 가시기에 앞서 제 말 좀 들어 주십시오."

"나는 무료하다. 이곳은 너무 심심해. 대항할 줄 아는 인간이 없거든. 뭔 이상한 것만 쏴 대지, 제대로 싸울 줄 아는 인간이 없어."

최강에게 붙잡혔다가 풀려난 악마는 식은땀을 흘리며 큰소리로 외쳤다.

"그 인간이……! 우리의 왕을 죽였다고 했습니다!"

악마의 외침에 주변에 있던 악마들이 그를 쳐다봤다.

그리고 하나둘 모여들며 주변을 감쌌다.

대우모스는 아래로 내려다보더니 크게 웃었다.

"흐하하하하! 네가 어디서 미친 소리를 듣고 왔구나! 인간이 감히 누굴? 미쳤느냐? 그분이 어떤 분이신데. 손짓 한 번으로도 가시를 날려 악마를 꿰뚫어 버리는 분이시다. 어떤 공격도 그분의 그 단단한 육체에는 피해를 입힐 수가 없어. 근데 뭐?"

"저도 솔직히 처음에는 믿지 않았습니다! 하지만 제 동료 오십을 순식간에 죽여 버린 그 인간이 말했습니다. 비늘을 하고 있고, 그 비늘에서 가시가 나오는 악마를 죽였다고……. 그리고 자신은 빛의 세상에서 왔다고도 했습니다! 사실이 아닌데, 어찌 인간이 저희들의 왕을 안단 말입니까?"

"흠……. 그것도 이상하긴 하구나. 놈은 대체 어떻게 우리의 왕을 알고 있을까?"

"더군다나 그 인간은 저희와도 아무 문제 없이 대화가 가능한 놈이었습니다!"

대우모스가 수하에게 물었다.

"정말로 그 인간이 우리의 말도 하더냐?"

"네, 그렇습니다. 그리고 자신의 볼일을 마치고 나는 날에는, 우리를 사냥할 것이라는 말을 전하라고 하였습니다."

대우모스의 표정이 신중해졌다.

"그놈이 우리의 말도 하고, 빛의 세상에서 왔다고 했다고."

하지만 인간이 자신들의 왕을 죽인다는 건 도저히 있을 수 없다는 게 그의 생각이었다.

"그럼 그 빛의 세상에서 먼저 간 동료들에 의해 쫓겨 도망쳐온 것이겠지. 네놈이 인간의 허풍에 당한 것이다."

"그럼 저희 동료들을 그리 쉽게 죽인 것은요? 제 이 두 눈으로 똑똑히 봤습니다!"

"그 정도 능력을 지닌 놈이 허풍까지 지닌 거겠지. 자, 그냥 말해라. 그 인간은 어디서 볼 수 있는 것이냐?"

"여기서 남쪽……. 인간들의 가장 큰 도시가 있는 곳이었습니다."

"알았다. 내가 직접 가서 그놈이 지껄인 말이 허풍이라는 걸 증명해 보이마. 흐흐, 전부 그곳으로 갈 것이다."

* * *

허공에서 내려다보이는 대전의 모습은 참혹한 지경이었다.

"저게 대체 뭐야……."

붉은색의 거대한 막이 대전 도심을 전부 둘러싸고 있었다.

그 붉은 막은 마치 살아 있는 생명체인 것처럼 보였다.

가까이 다가가서 보니 정말로 곳곳으로 혈관 같은 것들이 가득했고, 그 안에서는 무언가가 흐르고 있었다.

"알인가? 그게 아니면…… 고치?"

마법의 환영에선 이런 건 안 보였는데.

하지만 이것에 막혀서 더는 볼 수 없었던 게 맞는 것 같았다.

고치 주변으로는 상당한 마력도 느껴졌다.

나는 뒤를 돌아보며 주변을 둘러봤다.

개미 새끼 한 마리도 없이 고요하기만 했다.

그런데 때마침 고치로 보이는 곳 한 곳이 살며시 열리더니 그곳으로 백여 마리는 될 법한 악마들이 우르르 빠져나와 하늘을 나는 게 보였다.

"악마가 여기서 나온다고?"

마을로 향하는 거로 봐서는 무언가 목적이 있어 보였다.

"그럼 이 안에 뭔가가 있긴 하다는 건데."

아지트야 뭐야?

한 번 찔러볼까?

처러럭!

나는 칼을 빼었다.

그리고 카우라를 가득 담아 칼을 휘둘렀다.

추룩!

뭔가 피 같은 것이 줄줄 흘러내렸다.

"어으, 찝찝해."

마치 피에 다른 진액을 섞은 듯한 기분 나쁜 액체였다.

그런데 갈라진 그 틈의 안쪽으로 또 다른 도시가 보였다.

"뭐야, 안에 도시가 그대로잖아?"

이유는 알 수 없지만, 아무래도 이 고치 같은 것이 도시를 가둔 것 같았다.

그리고 얼핏 보기에 바깥의 도시와는 다르게 안으로 보이는 도시는 비교적 멀쩡해 보였다.

"엄마 집도 이 고치의 안에 있어. 결국 들어가야 한다는 건데."

단순히 살아 있는 생명체의 안쪽이 아니란 걸 확인한 나는 액체가 몸에 묻을까 봐 관통 마법을 펼쳐 안으로 들어갔다.

그리고서 이상한 소리가 들려 뒤를 돌아보니 갈라진 부분이 다시 회복되고 있었다.

"보통 사람은 쉽게 빠져나가기 어렵겠는데……."

아무튼 나는 추적 마법이 대전을 향했던 이유가 있을 거라고 여기며 안으로 걸음을 옮겼다.

* * *

얼마 걷지 않아 나는 황당한 광경을 목격해야 했다.

거리에 사람이 다니고 있었다.

광장이 있는 곳이었는데, 분수대 근처에서는 아이들이 웃으며 뛰어놀고 있었다.

사람들은 이곳저곳에 앉아서 쉬기도 했으며, 서로 웃으며 대화를 나누기도 했다.

너무도 평범한 일상.

"뭐지, 이 사람들은? 어떻게 아무렇지도 않게 살아가고 있는 거야……."

나는 하늘을 보았다.

하늘 전체를 혈관 같은 것들이 꿈틀거리는 막이 두르고 있었다.

"이 아래에서 이런 생활을 아무렇지도 않게 한다고? 다들 제정신인가."

혹시 최면에 걸린 건 아닐까, 나는 길을 지나는 커플을 멈춰 세우며 물었다.

"저기요, 말 좀 물을게요."

"무슨 일이시죠?"

"혹시 저 하늘에 붉은 막 같은 게 안 보입니까?"

둘은 서로를 보더니 웃었다.

"하하하!"

"호호호!"

그러더니 말했다.

"안 보일 리가 없잖아요. 저렇게 크게 여길 두르고 있는데."

그러니까.

근데 어떻게 이렇게 정상적으로 생활을 하고 있냐고, 당신들은.

"아까 밖에서 보니까 악마들이 밖으로 엄청 나가던데. 여기에 있는 사람들은 괜찮은 건가요?"

둘이 놀라며 나를 쳐다봤다.

"밖에서 왔다고요? 잡혀 온 게 아니고?"

이들을 놀라게 하기보단, 일단은 맞춰줘야 대화가 될 것 같았다.

그래서 난 갓 잡혀 온 척을 하기로 했다.

"잡혀 온 게 맞죠. 네. 아, 제가 여기 온 지 얼마 안 되어서요. 하하."

"그렇죠? 아휴, 저희는 또 밖에서 사람이 왜 스스로 여길 들어오나 싶어서 깜짝 놀랐네요. 여긴 들어오고 싶어서 들어오고, 나가고 싶어서 나갈 수 있는 곳이 아니거든요."

그래, 보통 사람이라면 맨정신으로 여길 들어올 생각은 안 하겠지.

애초에 이런 커다란 생물체 안에 도시가 존재할 거라고 누가 생각이나 했겠냐?

아마 나도 악마들이 우르르 나오는 걸 보지 못했다면 이런 곳이 있는지 전혀 몰랐을 거다.

어쨌거나 이들은 나의 질문에 대답을 해 주었다.

"악마들이 밖으로 나가면 꼭 몇 사람씩 잡아 오거든요. 그렇지만 바로 죽이거나 하진 않아요. 적응을 잘하면 저마다 자기의 생활을 할 수 있도록 자유를 주죠."

"악마들이 그러는 이유가 뭘까요?"

여자가 말했다.

"진짜 여기 온 지 얼마 안 되셨구나. 여기 살던 사람은 다 아는데. 아직 중앙으로 안 가 보셨죠?"

"중앙에 뭐가 있죠?"

"그곳에 가면 커다란 악마의 태아가 있는데요, 열흘에 한 번씩 부적응자나 범죄자가 열 명씩 제물로 바쳐져요. 그리고 부족한 수는 추첨을 통해 채워지죠."

"그럼 그 악마의 태아가 사람을 먹는단 말입니까?"

"그런 건 아니고요. 그 위에 있는 커다란 탕에 내던져져요. 그럼 거기서 사람이 녹아내리고, 그렇게 녹은 양분을 태아가 흡수하는 것 같았어요."

"결국 사육장이란 거네요. 이곳은……. 근데 어떻게 이런 환경에서 제정신으로 살 수 있는 거죠?"

둘은 쓴웃음을 머금었다.

"그럼 어쩌겠어요. 절망에 울며 하루하루 겁에 질려서 살까요? 이렇게 된 지 벌써 1년도 넘었습니다. 어쩌다가 운이 좋아 계속 살아남기를 바라면서 살아가는 거죠. 내가 걸리지 않기를 바라면서요. 그렇게 전부…… 적응을 해 버린 겁니다. 그래도 죽기 전에 할 수 있는 건 마음껏 하고 살자. 다들 그런 마음으로 하루하루를 소중히 살아가고 있는 거죠."

"궁금한 건 다 알았죠? 그리고 처음 오시는 거면, 중앙으로 한 번 가 보세요. 악마 태아를 보는 게 상당한 구경이 될 거예요."

커플은 자기 갈 길을 갔다.

근데 참 이 이질감을 참을 수가 없다.

"부적응자는 제물이 되니 어쩔 수 없이 적응을 하며 살아가고 있다고……."

완전한 사육.

어쩐지 인간이 가축에게 스트레스를 안 주기 위해 노력하던 그런 광경을 보는 듯했다.

"인간들이 자기 스스로를 돌보며 살아가고 있으니 관리도 필요 없겠다, 아주 완벽한 사육장이로군."

속에서 뭔지 모를 화가 부글부글 끓었다.

인간을 가축 다루듯 하는 악마들을 모조리 찢어 죽이고 싶은 심정이었다.

"후, 일단 소현 씨와 엄마부터 찾고. 그때까지만 참자."

나는 사람이 없는 곳으로 가서 투명화 마법으로 아무도 모르게 날아서 갈까 했지만, 골목으로 들어가 반대편을 보니 택시가 보였다.

"허어?"

이런 곳에 택시라고?

정말 신기한 마음에 다가가 택시를 타 보았다.

운전기사가 나를 보며 묻는다.

"어디까지 가십니까?"

솔직히 조금 어색하고 이상하긴 했다. 악마의 사육장 같은 곳에 택시라니. 이게 말이 돼?

"깨끗한 세상 2차 아파트요."

나는 목적지를 말한 후에 물었다.

"근데 여긴 택시도 있네요. 요금 같은 건 어떻게 지불해야 하나요? 아직도 돈을 받으시나요?"

택시 운전기사가 웃으며 답했다.

"여기 처음이시구나?"

"아, 네. 오늘 왔습니다. 오늘……."

"여기선 요금 그런 거 안 받습니다. 이곳 사회에 도움이 될 일만 하면 악마들이 음식을 제공해 주거든요. 원체 할 줄 아는 게 이것밖에는 없어서. 그래서 여기서도 택시를 몰고 있네요."

"아, 네……."

택시기사는 이곳 사정에 관해 이런저런 말들을 많이 해주었다.

조금 느리게 가는 것이긴 해도, 악마들이 치안을 담당한다던가, 10시 이후로는 외출 금지라던가, 악마의 태아에는 손을 대어서는 안 된다는 등, 여러 가지 주의사항들을 알려 주었다.

"우월한 악마 종의 출산을 위해 인간들을 자율적으로 사육하는 세상을 만들었다는 거네요."

"어디서 가져오는 건지는 모르지만, 악마들의 통솔로 식재료도 주기적으로 공급되고 있더라고요. 그래서 다들 먹을 거 걱정 안 하고, 들어오는 전기 쓰며, 수도도 잘 쓰고 그렇게 지내고 있답니다."

"두렵지는 않으십니까?"

너무 갑자기 핵심을 찌른 걸까.

운전기사의 표정이 굳어졌다.

"왜 안 두렵겠습니까. 자려고 누울 때면 추첨에 내 이름이 나오는 꿈을 꾸고는 합니다. 생각을 안 하려고 해도, 돌아오는 열흘째이면 늘 걱정과 불안감에 떨어야 하죠. 그러면서도 내가 아닌 것에 안도하는 나 자신을 볼 때면 얼마나 부끄러워지는지. 결국 다른 사람의 희생으로 이 삶을 살고 있는 거니까요."

"그렇군요."

"아, 그러고 보니 오늘이 그 열흘째인데. 운이 좋으셔야 할 겁니다."

"운은 왜……."

"정말 재수가 없는 경우이긴 합니다만, 들어와서 이름을 등록하자마자 추첨이 되어서 제물이 되는 사람도 봤거든요."

"끄응, 그거 정말 운 없는 사람이네요."

이 안에 사람도 엄청 많은데.

하필 잡혀 오자마자 제대로 살아 보지도 못하고 제물이 된다고?

아무튼 이런 저런 얘기를 하는 동안 목적지에 도착.

나는 택시기사에게 인사를 했다.

"태워 주셔서 고맙습니다."

"뭘요. 아무튼 행운을 빌어요."

"네."

그런데 바로 그때였다.

갑자기 허공 위에서 귀가 따가울 엄청난 소리가 울려 퍼졌다.

띠우우우우우우우······!

그러더니 택시기사가 차에서 내렸다.

"시작되었네요. 이게 바로 추첨을 알리는 신호입니다. 하늘을 보면 영상이 하나 뜨는데, 거기에 생년과 이름이 나오게 되죠. 자, 같이 한 번 지켜봅시다."

주변을 둘러보니 애 어른 할 것 없이 모두가 약속이나 한 듯 허공으로 시선을 주고 있었다.

그래서 나도 하늘을 보았다.

도대체 무슨 일이 일어나는지 한번 지켜보고 싶었다.

하늘로 홀로그램 같은 것이 떴다.

수많은 이들이 하늘을 긴장 어린 시선으로 쳐다보는 가운데, 생년과 이름이 나왔다.

[97년 8월 1일 윤성희]

하나의 이름이 뜨자 주변에서 멈췄던 숨이 터져 나왔다.

자신이 아니라는 것에 대한 안도감이다.

나는 그런 모두가 안타까웠다. 인간이 이렇게도 길들여질 수가 있구나 싶어 기분이 무척 착잡했다.

"미쳤어, 다들⋯⋯."

그러고 있는데 또 하나의 이름이 떴다.

[67년 7월 19일 김기철]

[82년 4월 13일 김다윤]

그리고 마지막으로 하나의 이름이 더 떴다.

[91년 8월 15일 이혜나]

그러면서 화면에서 폭죽 같은 것이 터졌다.

사람들은 기뻐하며 서로를 부둥켜안았다.

"됐어! 앞으로 열흘은 걱정 안 해도 돼!"

"아빠, 그럼 우리 이제 산 거야?"

"그래, 아빠가 오늘은 물놀이 데려가 줄게."

"와! 신난다!"

나는 그들을 지나치며 말했다.

"그 물놀이, 오늘은 좀 쉽시다. 내가 이 거지같은 세상 다 뒤집어

놓을라니까."

그들은 이해 못 할 시선으로 나를 쳐다본다.

나는 개의치 않고 걸음을 내디뎠다.

그리고 엄마가 살고 있던 아파트로 올라갔다.

띵동!

초인종 소리가 울리고 나는 긴장된 마음으로 기다렸다.

제발 누군가 나와 주길.

그리고 그 사람이 엄마이기를.

그냥 마법으로 집으로 들어가도 되지만, 텅 빈 집이면 어쩌나 그것이 겁이 났던 모양이다.

그래서 초인종을 누르게 됐다.

평범한 누군가의 방문처럼.

그런데 안에서 무언가 인기척 소리가 났다.

"어, 엄마?"

나는 기쁨에 환하게 웃었다.

"엄마, 나야! 최강! 나라고!"

안에서 급하게 문을 여는 소리가 들려왔다.

그리고 열리는 문을 향해 나는 환하게 웃었다.

"엄……!"

그런데 나오는 사람은 엄마가 아니었다.

웬 사내가 눈물을 펑펑 쏟으며 흐느끼고 있는 거였다.

"당신은……."

"혜나 씨 동생분이셨군요."

아, 맞다.

기억이 난다.

엄마 남친이라고 했던 사람.

이름이 아마 유정기라고 했던가?

"유정기 씨? 저기요. 저희 누나 집에 있습니까?"

"아뇨. 방금 전에 나갔습니다."

"어디로 나갔습니까?"

"허ㅎㅎㅎ흑-!"

유정기가 갑자기 주저앉으며 울음을 토했다.

방금 전에 나갔다고 하니 아무튼 살아는 있다는 거였다.

근데 뭔가 상황이 안 좋다는 기분이 스치는 건 왜일까?

"이봐요! 우리 엄마⋯⋯! 아니, 우리 누나 어디에 있냐고요!"

"방금 전에 추첨을 보지 못했습니까? 거기에 혜나 씨 이름이 떴습니다. 그래서⋯⋯ 제물이 되기 위해 나갔다고요. 나는, 나는 아무것도 할 수가⋯⋯ 커ㅎㅎㅎ흑!"

"그게 무슨⋯⋯!"

아, 맞다!

엄마 이름은 내가 아는 엄마 이름이 아니지!

"아⋯⋯! 최정순이 아니라, 이혜나인건데⋯⋯! 그럼 마지막에 떴던 그 이름이⋯⋯!"

"아아아앙-!"

집안에서 아이 우는 소리가 들려왔다.

설마, 둘 사이에 아이가?

아무튼 지금은 그게 문제가 아니다.

"어딥니까. 누나가 어디로 갔냐고요!"

"중앙. 악마 태아가 있는 곳……."

* * *

이혜나는 행복하게 웃으며 길을 걷는 사람들을 보았다.

모두가 자신은 넘어갔다는 생각에 얼굴에 웃음이 가득했다.

"하아……."

그녀는 스스로 형장으로 향하며 서글픈 생각이 들었다.

"죽기 전에 아들 얼굴 한 번만 더 봤으면 소원이 없을 텐데."

그렇지만 그녀는 안다.

더는 아들을 볼 수 없다는 것을.

슬픈 마음에 눈물이 주룩 흘렀다.

"강아, 보고 싶구나. 이 엄마…… 지금 네가 너무 보고 싶어……."

때마침 그때였다.

하늘에서 악마가 내려와 그녀를 확인했다.

"이혜나……."

어눌한 이름으로 그녀를 부르는 악마.

그녀는 고개를 끄덕였다.

"네, 접니다."

"간다. 너는 제물이다."

"네. 알아요. 가고 있었어요."

그렇게 그녀는 악마들에게 둘러싸여 중앙에 있는 악마 태아가 있는 곳으로 향했다.

잠시 뒤, 중앙의 대로 사이로 사람들이 모여들었다.

4차선 사거리의 중앙에는 마치 양수 속에 들은 것처럼 커다란 악마 태아가 몸을 웅크리고 있었다.

그리고 그곳으로 여러 설비들이 설치되어 있었다.

악마들이 사방에서 그곳을 지켰고, 열 명의 사람들이 하나둘 계단을 올라 악마 태아가 있는 곳 위로 오르기 시작했다.

"흐흐흐흑!"

첫 번째 사내는 몸을 바들바들 떨며 걸음을 내딛지 못하고 있었다.

옆에 있던 악마가 무시무시한 눈으로 그를 쏘아봤다.

"들어가."

"그렇지만……!"

"들어가!"

결국 머리를 붙잡힌 사내는 악마에 의해 강제로 항아리 같은 곳으로 내던져졌다.

"아악! 아아아악-!"

잠깐 발버둥 치던 사내는 마치 산에 의해 녹는 것처럼 순식간에 뼈까지 녹아내렸다.

차례를 기다리던 사람들은 눈을 질끈 감지만, 그렇다고 죽음을 피할 방법은 없다.

두렵지만 피할 수 없는 죽음.

모두가 눈을 질끈 감으며 살아있는 항아리 속으로 몸을 던지기 시작했다.

그리고 결국 이혜나의 순서까지 오게 되었다.

"들어가."

"네."

그녀는 눈물을 흘렸다.

결국 이 자리에까지 오게 되었구나.

나는 이제 죽는구나.

두렵고, 자신의 처지가 무척 슬펐다.

"아들, 보고 싶어……. 허흐흐흑! 너무 보고 싶어……."

"들어가!"

악마가 주춤하는 그녀의 머리를 움켜잡았다.

그녀는 앞으로 일어날 일을 알기에 눈을 질끈 감았다.

그런데 갑자기 머리를 잡은 힘이 사라지며 주변에서 놀란 음성들이 흘러나왔다.

"허어어업!"

"저, 저게 뭐야!"

"어떻게 저럴 수가……!"

그리고 그녀의 뒤에서 목소리가 흘러나왔다.

"보고 싶으면 보면 되잖아. 바보같이 왜 이런 곳에 있는 거야."

이혜나는 놀라 눈을 크게 떴다.

그녀는 천천히 뒤를 돌았다.

눈앞으로 익숙하면서도 그리운 얼굴이 있었다.

"가, 강이니? 정말로…… 우리가 강이 맞아……?"

최강도 눈물을 글썽였다.

"응, 나야. 보고 싶었어, 엄마. 그리고 미안해. 내가 없어서 너무 고생이 많았지?"

그녀는 이게 꿈일까 싶었다.

죽음 직전에 꾸는 꿈.

떨리는 손을 살며시 내밀어 보기를 잠시, 그녀는 손끝이 최강의 얼굴에 닿는 그 순간, 최강에게 달려들어 그를 부둥켜안았다.

"허흐흐흑! 강아……! 허흐흐흐흑!"

"괜찮아. 이제 내가 왔으니까 다 괜찮아. 내가 엄마를 구할 거야. 그 어떤 누구도 엄마를 해치게 두지 않을 거야. 그러니까 걱정하지 마."

악마들이 사방에서 떠올라 최강의 주변을 포위했다.

"인간! 죽인다!"

악마들이 동시에 최강과 그가 안고 있던 이혜나를 향해 불길을 토했다.

화르르르륵!

그러나 최강은 순식간에 공간이동을 하여 엄마를 사람들 틈으로 보냈다.

"엄마, 잠깐만 기다리고 있어. 나 저놈들 좀 처리하고 올게."

"최강아, 조심해야 해! 저 악마들은 총도 통하질 않아!"

최강은 미소를 지어 보이며 답했다.

"알아. 그래도 걱정 마. 나만 믿어, 엄마."

최강은 돌아서더니 중얼거렸다.

"애초에 총 같은 거로 죽일 생각이 없거든요."

악마들이 다시 최강을 발견했다.

"놈이 저기에 있다!"

"귀물 능력자다! 조심해라!"

악마들은 자신들의 언어로 말하지만, 최강은 그 말을 다 알아들을 수 있었다.

"큰 마법은 주변에 사람이 있어서 쓰기 어려울 것 같고, 깔끔하게 가려면 칼을 써야겠군."

악마들이 동시에 날아 최강을 덮쳐올 그때, 최강이 수평으로 검을 휘둘렀다.

"공섬!"

강렬한 파동과 날카로운 빛줄기가 악마들을 스쳐 지나갔다.

악마들은 동시에 몸이 두 동강 나며 떨어졌고, 고통에 몸부림치다가 재로 화하며 사라져갔다.

"악마를 또 죽였어……."

"저 사람 대체 정체가 뭐지?"

"사람이 맞기는 한 거야?"

하지만 불안한 시선으로 나를 보는 이들이 하나둘 늘어 갔다.

"당신 미쳤어?! 악마를 죽이면 어떻게 해!"

"맞아! 이제 당신 때문에 악마가 우리 전부를 죽이려고 할 거라고!"

최강은 차갑고도 냉정한 시선으로 그들 모두를 쳐다봤다.

"그래서 뭐 어쩌라고. 내 알 바는 아니잖아?"

"뭐……?!"

"당신들처럼 말하는 사람들까지 구할 생각은 없다는 거야. 어차피 살인이고 뭐고 처벌도 안 받는 세상, 죽기 싫으면 꺼져."

사람들은 더 뭐라고 하지 못하고 주변으로 물러났다.

최강은 다시 엄마에게로 가며 말했다.

"엄마, 일단 가요. 여긴 위험하니까."

"뭘 어떻게 하려고, 강아."

"어쩌긴요. 엄마를 안전한 곳에 두고서 여기에 있는 악마들을 전부 죽여야죠."

"혼자서 그게 되겠어?"

최강이 미소를 답했다.

"아직도 아들을 몰라요? 하지 못할 일을, 한다고 말하진 않아요. 알잖아요. 그런 아들인 거."

"그렇지. 우리 아들이 그랬지."

"나, 믿죠?"

"응, 믿어."

"그럼 나만 따라와요."

최강이 손을 잡자 그녀가 말했다.

"잠깐만 강아. 집에 정기 씨가 있어. 그 사람도 데려가야 해."

"그 사람을 뭐하려요? 엄마가 이런 곳에 오는 걸 말리지도 못한 사람인데?"

"그게 아냐. 사정이 있어."

"설마……. 집에 있던 아기 때문에 이래요?"

주변에서 악마들이 날아오고 있었다.

"사정은 나중에. 아무튼 아이하고 정기 씨도 데려가야 해. 응? 제발, 아들."

"미치겠네. 알았어요. 그럼 일단 그쪽부터 가요."

* * *

나는 몇 번의 공간이동으로 엄마의 집으로 이동했다.

유정기는 우는 아이를 달래고 있었다.

그러다가 우리가 거실로 번쩍 하고 나타났으니 놀라는 게 당연했다.

"엇!"

잠시 당황하던 그는 엄마가 무사한 걸 보고는 울먹이며 다가왔다.

"혜나 씨……. 정말 혜나 씨가 맞는 거죠? 이거, 꿈 아닌거죠? 허흐흐흑!"

"정기 씨. 네, 꿈 아니에요. 진짜 저 맞아요."

서로 안고 울음을 토하는데, 참 옆에서 보고 있기 어색했다.

아들 앞에서 저러고 싶으실까.

"저기요. 지금 그럴 시간이 없거든요?"

유정기가 우리 둘에게 물었다.

"근데 이게 어떻게 된 겁니까? 제물의식은 어쩌고요?"

"우리 강이가 와서 구해 줬어요. 내가 막 제물이 되어서 거기로……."

하여간 한 번 얘기하려고 하면 구구절절 설명을 하려고 하는 엄마의 저 버릇은 여전했다.

나는 길게 설명할 시간이 없다는 걸 다시 상기시켰다.

"시간 없습니다. 얼른 가야 한다고요. 일단 이 안에서는 벗어나자고요."

나는 둘을 붙잡았고, 집을 벗어나 허공으로 떠올랐다.

둘은 기겁하며 놀랐지만, 나는 개의치 않았다.

잠시 이곳 악마 사육장의 밖 풍경을 떠올린 나는 그곳으로 공간이동을 펼쳤다.

순식간에 밖으로 나오게 되자 둘은 믿기지 않는 표정들이다.

"우리 정말로 밖으로 나온 거야?"

"네. 그렇지만 안심하긴 일러요."

나는 저 멀리 붉은 글씨로 백화점이라고 쓰인 건물을 발견하며 그곳으로 이동했다.

아무도 없는 조용한 4층에 두 사람을 내려준 나는 당부하듯 말했다.

"여기서 꼼짝 말고 숨어 있어요. 저 악마들 좀 처리하고 올 테니까."

엄마는 걱정이 이만저만이 아닌 표정이시다.

"강아. 정말 가야겠어? 상대는 악마들이야. 그리고 큰 악마라도 나타났다간 정말 큰일 난다고. 그러니까 우리끼리 그냥 도망치자. 응?"

보아하니 큰 악마의 무서움을 아는 눈치다.

"걱정 마요. 안심하고 기다리고 있으면, 제가 다 처리하고 올게요. 금방 끝나니까 오래 기다리지 않아도 될 거예요."

그런데 엄마가 또 나를 붙잡는다.

"그럼 잠깐 이 아이 좀 안고 가렴!"

"아니, 엄마. 지금 이럴 시간이……!"

엄마는 유종기로부터 아이를 건네받아 다시 내게로 떠넘겼다.

아이가 동글동글하니 예쁘긴 했다.

"이 나이에 동생을 안아 볼 줄은 꿈에도 몰랐는데. 정말 예쁘네요."

근데 엄마가 뜬금없는 소리를 했다.

"그 아이, 네 아이야."

"네?"

나는 무슨 말인가 했다.

"네 아이라고."

"엄마, 무슨 소리 하시는 거예요. 제 아이라니요. 전 아이를 가진 적이 없는데."

"소현 씨가 그 아이를 맡기고 갔어. 네 아이라고 하면서."

나는 정말 크게 놀랐다.

"엄마가 소현 씨를 알아요? 아니, 어떻게요?"

"이 난리가 났을 때, 시내 전광판에 이런 글씨가 쓰여 있더라. 최강의 어머니를 찾는다고. 대전 역으로 나와 달라고."

와, 이 똑똑한 여자를 봤나.

그 난리 속에서 그런 기지를 발휘하다니.

역시 내 여자답다.

"그럼 이 아이가……."

"소현 씨가 맡기고 갔어. 너를 찾으러 가니까 잘 맡아 달라고. 너의 아이라고."

나는 아이의 얼굴을 보았다.

왠지 가슴이 뭉클거리고 목이 메 왔다.

뭘 알고서 이렇게 방실방실 웃고 있는 걸까.

나는 묘한 감격을 느끼며 나오지 않는 말을 억지로 뱉어 냈다.

"그래, 내가 너의 아빠다…… . 반갑다, 내 아기…… ."

* * *

나는 허공에서 거대한 돔 형태의 악마들의 사육장을 보았다.

"감히 인간을 우습게 여긴 죄, 오늘 전부 죽음으로 갚아라."

니들이 감히 내 어머니를, 내 아이를 사육장 먹이로 치부해?

내 아이를 보고 나서일까, 감정은 격해졌다.

그리고 그 격해지는 감정은 분노로 돌변했다.

"니들이 그렇게나 소중히 키우려는 거! 그거부터 찢어발겨 주마."

나는 두 팔을 벌려 강한 빛의 원소를 모았다.

그리고 한 손을 비틀어 돋보기 같은 얼음판을 겹겹이 쌓아 빛을 관통하게 만들었다.

번쩍-!

빛은 얇았지만, 그만큼 관통력은 대단했다.

그 중앙에 있을 악마의 태아는 그대로 소멸했으리라.

"꺄아아아악-!"

"태아가 사라졌어!"

"뭐야, 갑자기 천장이 왜 뚫린 거야?"

아래로 사람들의 혼란스러운 비명이 들려왔다.

나는 아래를 보며 살짝 고민했다.

"어떻게 하면 저 아래에 사는 사람들의 주거환경을 해치지 않는 선에서 이 돔 같은 사육장을 걷어낼까?"

대충 생각은 정리가 됐다.

"흠, 이러면 되겠군."

나는 아래로 낮게 날며 칼로 둘레를 베어 냈다.

밑을 완전히 자르자 액체들이 쏟아져 나오며 도시를 두르고 있던 막들이 흐물흐물하게 변했다.

막 안쪽으로 쪼그라들며 주저앉으려고 했지만, 가벼워졌으니 차라리 잘됐다.

"자, 멀리 날아가 버려라."

나는 중심으로 강한 바람을 만들어 위로 올려보냈다.

아래로부터 불어오는 강렬한 바람에 무너져 내리던 막이 기구처럼 허공 높이 치솟아 올랐다.

"충분히 올랐으면 더 세게."

거기서 더 강한 바람을 긁어모아 위로 치솟게 만들자 도시를 두르고 있던 막이 까마득하게 높은 곳까지 올라 멀리멀리 날아갔다.

"저 정도 날려 보냈으면 얼추 바다까지는 날아가겠지. 괜히 엉뚱한 사람이 맞으면 곤란한데……."

그제야 사람들이 하늘에 떠 있는 나를 발견한 모양이다.

"하늘에 사람이 떠 있어!"

"뭐야, 악마가 아니고?"

"방금 저 감옥을 날려 보낸 것도 저 사람인 모양이야!"

"슈퍼맨인가?"

"그런 게 세상에 진짜로 있을 리가 없잖아요!"

슈퍼맨?

그런 건 없지.

하지만 마법사는 있다.

이 세상 유일의 마법사.

바로 나 최강.

이미 평범함에서 벗어났다는 것쯤은 스스로도 자각하고 있다.

그리고 그만큼 나의 힘이 얼마나 대단한지도 잘 알고 있다.

무엇을 할 수 있는지도.

"이제 시작이다. 자, 와라. 모조리 죽여 주마."

그제야 나를 발견한 걸까, 악마들이 한 건물에서 벌 때처럼 날아들며 나에게로 덮쳐 왔다.

"훗, 그래. 더 올라와. 더……."

나는 내 주변으로 바람의 골렘을 만들었다.

연상하는 게 익숙해서인지 그냥 둥근 산소 공을 만들어도 되는데 자꾸 저게 만들어진다.

아무튼 악마들이 충분히 올라왔을 때, 나는 백 개도 넘는 바람의 골렘을 떨어뜨렸다.

저마다 가슴에 붉은 심장을 지닌 골렘들은 악마들과 뒤섞여 들었다.

쿠궁! 쿵! 쿠구궁! 쿠궁!

내가 하늘에서 공간이동으로 지면으로 내려왔을 땐, 하늘에는 뿌연 재만이 흩어질 뿐이었다.

"악마들이 전부 사라졌어……."

"저 무섭던 악마들이 저렇게 쉽게 죽는다고?"

나는 사람들을 향해 소리쳤다.

"지금부터 저의 말을 잘 들으십시오! 지금부터 저는 이 나라를 시작으로, 전 세계를 돌며 모든 악마를 죽일 것입니다! 그러니 모두 각자의 집으로 돌아가 며칠만 숨죽이고 계세요! 그럼 다시는 악마를 보지 않아도 될 것입니다!"

그때, 한 노인이 내게 다가와 감격한 얼굴로 물어왔다.

"당신은 누구십니까? 혹시, 신이십니까?"

신.

그래, 한때 그렇게 불렸던 적도 있었지.

폴란드의 전쟁에 끼어들었을 때.

나는 노인에게 답해 주었다.

"저는 그냥…… 무척 화가 많이 난 한 부모의 아들이며, 한 아이의 아빠일 뿐입니다. 그 외엔 아무도 아닙니다."

"하지만 어찌 사람이 그런 힘을 지닌단 말입니까?"

그래, 차라리 이들에겐 신이라고 하는 게 이해가 빠를지도 모른다.

그런 희망을 주어야 앞으로도 살아갈 수 있을 테니까.

그래야 선량함을 유지하며 악행으로 타인을 괴롭히는 행태도 없을 테니까.

"한때, 폴란드에서 저를 폴란드의 신이라고 부르는 사람들이 있기는 했죠."

"그럼 당신이 그 전쟁의 신……?!"

전쟁의 신?

사람들이 원한다면 그래, 까짓거.

되어 주지 뭐.

"신! 네, 나는 신입니다! 그러니 모두 제 말을 잘 들으십시오! 나는 오늘 이날을 시작으로 이 세상에서 악마들을 모조리 괴멸시킬 것입니다! 저 악마의 세상으로 몰아내고, 모조리 죽일 것입니다! 하니 모두 각자의 집으로 들어가 기다리십시오! 열흘이 흐르는 그 날! 악마는 더 이상 인간 세상에 나타날 수 없을 것입니다. 그날이 악마들의 종말이며, 인류가 다시 원래의 땅을 되찾는 날이 될 것이니 그날을 기다리십시오!"

"와아아아아아아아-!"

"신님 만세-!"

"신께서 우리를 구원하러 오셨다-!"

택시 한 대가 멈춰 서서는 운전기사가 내려 나를 쳐다봤다.

"신이라고? 당신이……?"

나는 그에게 웃음을 지어 주고는 그대로 지면을 박차며 하늘 높이 날아올랐다.

도시를 돌며 날자 수많은 함성이 나를 따라오는 걸 느낄 수 있었다.

"그래, 까짓거. 신 해 주면 되지. 인류의 구원이나, 악마들을 쓸어버리는 것이나 하는 일은 매한가지인데."

* * *

유정기는 백화점 점포 구석에서 아이를 흔들며 재우는 이혜나를 보았다.

그러던 중에 뭔가 이상한 게 떠올랐을까, 유정기가 그녀에게 물었다.

"근데 말입니다, 혜나 씨."

"네, 정기 씨. 왜요?"

"아까 동생 분이 찾아왔을 때, 초인종을 누르면서 어머니를 찾으시던데. 어머니께서는 오래전에 돌아가셨다고 하지 않으셨나요?"

"아…… 그게……."

그녀는 어찌 말해야 하나 고민이 많았다.

속일 수 있다면 평생을 속이고 싶었다.

그를 너무도 사랑하게 되어서다.

진실이 그를 자신으로부터 떨어뜨리게 할까 봐 겁이 났다.

떠나는 자신을 위해 얼마나 펑펑 울던지 아직도 기억 속에 그 모습이 선명했다.

자신이 대신 제물이 되겠다고 하기도 했고, 같이 도망치자고도 했던 유정기지만, 그녀는 고개를 저었었다.

그럼 둘 다 죽게 될 걸 잘 알아서다.

악마들에게 그런 융통성도 없거니와, 자신이 사랑하는 이 사람을 대신 죽게 할 수도 없었다.

그래서 펑펑 우는 이 사람을 억지로 떼어 내고, 따라오지 말라며 혼자 나간 길이었다.

"정기 씨. 나…… 그동안 당신을 속인 게 하나 있어요."

"아뇨. 이런, 내가 곤란한 걸 물었나 보네요. 미안해요. 갑자기 궁금해서. 곤란한 거면 얘기 안 해도 돼요. 신경 쓰지 말아요."

다른 남자였으면 속인 게 뭐냐고 꼬치꼬치 캐물었을 만도 하건만.

이 남자, 이렇게나 이해심도 깊다.

그래서 그녀는 이 남자를 도저히 사랑하지 않을 수가 없었다.

모든 걸 자신의 입장에서 이해해 주고, 행복을 위해서라면 뭐든 감수하려 하기에.

결심을 굳힌 그녀는 유정기를 보며 말했다.

"아뇨. 이번 기회에 꼭 말할래요. 나를 향한 정기 씨의 실망이 클 테지만…… 언제까지 속일 순 없으니까요. 나, 사실은요……!"

그런데 때마침, 최강이 그곳으로 나타났다.

"엄마, 저 왔어요."

"엄마?"

유정기가 되묻자, 최강이 당황하며 얼버무렸다.

"아…… 그, 그게……! 누나요. 제가 자꾸 누나를 엄마라고 부르네요. 하하, 하하하."

이혜나는 솔직히 말했다.

"제 아들이에요. 강이는 제 아들이 맞아요."

최강과 유정기가 깜짝 놀라며 그녀를 쳐다봤다.

최강은 그녀가 걱정이 되었다.

"엄마, 괜찮겠어요?"

"응, 이제는 다 말해야겠어. 나 이 사람, 정말 많이 아끼거든. 나 대신에 제물이 되겠다면서 펑펑 울던 이런 사람을, 어떻게 계속 속이겠어. 그건 정말 못 할 짓이잖아."

"하아……."

유정기는 이해할 수가 없었다.

"이게 다 무슨 말이에요, 혜나 씨. 혜나 씨 나이가 몇인데, 어떻게 이런 큰 아들이 있어요. 그건 말이 안 되잖아요."

"사실 이 모습은 가짜예요. 내 아들이 마법으로 다른 모습으로 바꿔 준 거예요."

"네? 아니, 그럼…… 원래는 다른 모습이란 겁니까?"

"네……. 미안해요. 다른 삶을 살고 싶어서. 그래서 거짓말로 시작한 관계가 이렇게 여기까지 오게 되었네요. 정말 미안해요, 정기 씨……."

"아, 네……."

의외로 침착하고 담담히 받아들이는 유정기다.

그러더니 뜬금없는 소리를 하며 웃었다.

"그래도 다행이네요."

"다행이라니요?"

"저는 또 저 말고 다른 애인인 거면 어쩌나 걱정했거든요."

"네에?"

"그거만 아니면 됐어요. 그래도 여전히 혜나 씨는 저를 사랑하고, 방금 말한 것처럼 저를 아낀다는 거잖아요. 그렇죠?"

"네……."

"저도 여전히 혜나 씨를 아끼고 사랑하니까. 서로가 같은 마음이 면 된 거죠."

"정기 씨……."

최강은 꽤나 충격적인 마인드라고 생각했다.

"그게 괜찮다고요?"

"네. 괜찮아요. 어쨌든 혜나 씨는 나를 사랑하고, 아낀다는 거니 까. 그건 변함이 없는 거잖아요. 그렇죠, 혜나 씨?"

이혜나는 고개를 끄덕였다.

"그럼요. 당연하죠."

"그거 봐요. 그럼 된 거죠."

최강은 고개를 갸웃했다.

"뭐지, 이 사람……. 뇌 구조가 특이하네……."

근데 유정기가 최강에게 이런 소리를 했다.

"특이하고 말 것도 없습니다. 세상이 이렇게 되고 그 힘든 시기를 함께 겪었어요. 1년을 같이 지냈고, 아이도 함께 키웠습니다. 혜나 씨는 이미 저한테 부인이나 다름없는 사람인데, 서로가 사랑하는 마음만 여전하면 됐지, 여기서 뭘 더 바라겠어요. 더는 내세울 지위가 있는 것도, 집안이 있는 것도 아닌데……. 우리 둘만 마음이 변치 않으면 그걸로 된 거라고 생각합니다."

최강은 과거에도 그를 보며, 있는 집안 자식이 집을 나와서 이렇게 지내고 있는 것만도 특이하다고는 생각했었다.

근데 참, 생각하는 게 착했다.

"늘 엄마를 상처 주면 어쩌나 걱정이었는데. 당신 같은 사람이면, 끝까지 믿고 맡길 수 있겠네요. 고맙습니다. 우리 엄마를 좋아해 주어서."

"아뇨. 제가 더 고마운걸요. 못난 나 같은 사람, 끝까지 아껴 주고 챙겨 줘서. 혜나 씨가 아니었으면 전 아마 이런 세상, 절대로 못 견뎠을 거거든요."

이 어려운 세상에서 서로를 이렇게나 지켜 주고 아끼는 것도 쉽지가 않을 텐데.

최강은 이 두 사람의 마음이 참 아름다운 사랑이지 싶었다.

"아무튼 진실을 알았음에도 잘 정리가 된 것 같아서 다행이네요. 그보다 저 궁금한 게 있는데요. 소현 씨가 이 아이를 맡기고 갔다면서요. 어디로 간다는 말은 안 했어요?"

"해외로 나가 보겠다는 말 외에는 해 준 말이 없어."

"그래요……."

"아, 조율자들을 찾으면 너를 찾을 수 있을 거라고 했던 것 같다."

"아무래도 그들은 만나지 못한 모양이네요. 여기에 오기 전에 제가 그들을 만났거든요."

"아……. 그래……."

"아무튼 저를 찾아서 다니고 있다고 하니까. 곧 만나게 되겠죠. 악마들을 없애나가다가 보면 언젠가 만날 수 있겠죠."

쿠궁! 쿠궁! 쿠구우웅-!

그런데 어디서부터인가 커다란 진동이 울리더니 점점 가까워지고 있었다.

"뭐죠, 이건? 지진인가?"

유정기의 말에 최강은 표정을 굳혔다.

"지진이 아닙니다. 이건 일정한 보폭에 의한 소리예요."

"이게 발소리라고요?"

세 사람은 창가로 가며 붉은 무언가가 지나가는 것을 볼 수 있었다.

"허업……!"

"크, 큰일입니다! 큰 악마가 나타났어요! 저 악마가 도시로 가면, 모두가 죽을 거라고요!"

최강은 두 사람의 앞으로 섰다.

"두 분, 여기서 꼼짝 말고 숨어 계세요. 제가 저 괴물 같은 악마를 처리하고 올 동안, 절대로 나서서도, 눈에 띄어서도 안 됩니다. 아셨죠?"

"강아. 정말 괜찮겠니?"

"네, 저를 믿어요. 신이 되는 저의 첫 데뷔 전투가 될 테니까."

"신?"

최강은 왔던 것처럼 똑같이 그 자리에서 사라졌다.

그에 두 사람은 그저 밖에서 지나가는 커다란 악마를 불안한 눈길로 쳐나만 볼 뿐이었다.

쿠궁-! 쿠궁-! 쿠궁-!

저 큰 악마에게 느끼는 두 사람의 감정은 오직 두려움뿐이었다.

* * *

하늘에는 200여 마리가 넘는 악마들이 있었다.

커다란 악마를 따라 이동하는 거였다.

카아앙-! 카앙-!

파다다닥!

지면 아래로도 악마 개들이 짖어 대며 빠르게 뒤따르고 있었다.

커다란 악마의 한 걸음은 매우 커서 그 한 걸음을 쫓아가려면 악마 개들은 상당히 빠르게 달려야 하는 것 같았다.

쿠궁-! 쿠궁-!

나는 그 커다란 악마의 앞으로 공간이동으로 나타났다.

스륵.

"으음?"

갑자기 나타난 나로 인해 커다란 악마가 멈추었다.

"어이, 거기 덩치. 잠깐 멈추지그래. 네가 더 나아가면 내가 곤란해서 말이야."

커다란 악마가 향하는 곳에는 수많은 사람들의 주거공간과 그곳에 사는 사람들이 존재했다.

저지도, 싸움도 그곳까지 끌고 가서는 안 된다.

그래도 엄마나 아이가 있는 곳에서는 조금 떨어져야 했기에 딱 그 중간쯤에서 놈을 멈춰 세운 거였다.

"하늘을 나는 인간이라. 흐흐, 너로구나. 내 부하를 죽였다는 인간이. 안 그래도 너를 찾으러 온 거였는데, 찾는 수고를 덜었어."

"나의 경고를 전달받았군. 그럼 숨어서 죽음을 기다리거나 너희들의 세상으로 넘어갈 것이지, 왜 여길 직접 온 거지?"

"네놈의 허풍이 거짓이란 걸 증명하고 싶었거든."

"너희의 왕을 죽였다는 걸 믿지 않는 거군."

"빛의 세상에서 귀물로 힘을 좀 얻은 모양인데, 그깟 힘으로 날벌레 몇 죽였다고 자만하면 안 되지. 인간 따위가 우리의 왕을? 웃기는 소리 하지 마라. 너희 인간은 그럴 능력이 없어."

나는 미소를 머금었다.

"그럼 보여 줘야겠군. 대신 관람료가 좀 비쌀 거야. 그 목숨이 그 값이니까."

커다란 악마는 씩 웃었다.

"이 몸의 이름은 대우모스 님이시다. 네놈을 죽이는 분의 이름쯤은 기억하고 가라."

갑자기 거대한 풍압이 휘몰아쳤다.

그리고 거대한 두 손이 양쪽으로 밀려와 나를 향해 맞부딪쳤다.

쩌어어억-!

손이 큰 만큼 엄청난 돌풍이 일어나 사방을 휩쓸었다.

공간이동을 사용한 나는 보다 높은 허공 위에서 살짝 표정을 굳혀 가는 대우모스를 보았다.

손 안에 아무런 느낌이 없다는 걸 알아차린 것 같았다.

근데 내가 모기도 아니고 말이야.

손뼉으로 나를 잡으려 들어?

이 새끼, 지금 나를 완전 무시한 거 맞지?

좋아, 알았어.

"그럼 나도 예고 없이 가지."

나는 팔찌와 발찌를 할 수 있는 최대한으로 끄집어내렸다.

떨어지는 나의 몸엔 가속도가 붙었다.

그리고 칼을 빼어 공섬을 펼치며 대우모스의 정수리부터 가르며 지면 아래로 내려섰다.

쿠궁-!

정말 1초조차 걸리지 않는 순식간에 일어난 일이었다.

지면에 공기의 원소로 완충시켰지만, 그럼에도 그 속도가 엄청 났던 만큼 발바닥이 찌릿했다.

하지만 결과만은 만족스러웠다.

"어……."

대우모스가 의문을 나타낸 그 순간, 정확히 반으로 갈라지고 사방으로 피를 뿌리며 양쪽으로 쓰러지고 있었기 때문이다.

나는 그 피 분수를 맞아 줄 생각이 없기에 얼른 자리를 피했다.

악마들은 쓰러짐과 동시에 재로 화하는 대우모스를 보며 경악했다.

"대, 대우모스 님께서 당하시다니……!"

"믿을 수 없어……. 저런 게 정말로 인간이라고?"

나는 공간이동으로 악마들의 중심에서 나타나며 답했다.

"맞아. 나는 인간이야. 근데 오늘부터 신 놀이 좀 해 볼까 해. 그러니까 너희도 이곳 세상의 신과 싸운다고 생각해보도록 해."

나는 그 중심에서 사방으로 눈 깜짝할 사이에 수십여 번 공섬을 펼쳤다.

뻗어나가는 날카로운 예기 속에서 모든 악마들이 재로 화하며 흩어졌다.

쓰ㅇㅇㅇㅇ…….

"크윽!"

그렇지만 딱 하나, 모습이 익숙한 악마 하나만은 남겨 두었다.

나는 그 악마에게 다가가 물었다.

"너지, 내 말을 전한 그놈?"

"마, 맞아……."

다 비슷해 보이긴 해도 뭔가 모를 익숙함이 있었다.

그래서 알아볼 수 있었다.

"수고했어. 덕분에 굳이 찾아갈 수고를 덜었어. 그 대가로 목숨은 살려 줄게."

"정말로…… 또 살려 준다고?"

"대신 해 줘야 할 일이 있어."

"설마, 또?"

"다른 곳으로 가서 오늘 있었던 일들을 알려. 그리고 믿지 않는 놈들은 너희가 온 차원의 문으로 모이라고 해. 내가 그곳에 있을 거라고 하면 될 거야."

"미쳤구나, 인간. 네가 아무리 강하기로서니, 우리 전체와 싸워서도 이길 수 있다고 생각하는 것이냐?"

"그건 데려와 보면 알 거야. 아직도 내가 너희의 왕을 죽인 걸 못 믿는다면 말이지."

* * *

도시의 사람들은 대우모스가 다가올 때까지만 해도 공포에 질려 숨어 있었다.

특히 높은 층에 사는 사람들은 모든 광경을 지켜보고 있어서 더욱 두려워했다.

하지만 그때, 사람들이 신이라고 부르던 존재가 나타났고, 순식간에 커다란 악마를 해치웠다.

"아빠, 방금 저 큰 악마가 우리의 신한테 죽은 거 맞는 거죠?"

아이는 신이 나서 아빠에게 물었다.

아이의 아빠는 얼떨결에 답했다.

"어? 어, 그래…… . 우리의 신은 굉장히 강한 것 같구나."

"우와! 그럼 이제 우리 더는 악마를 보고 살지 않아도 되는 거네요?"

"신께서 우리 인간들에게 열흘을 약속하셨으니까. 저분의 말대로라면 정말로 열흘 후면…… 그렇게 되는 거겠지."

도로에서는 벌써부터 무릎을 꿇고 신을 향한 경배를 올리는 이들이 넘쳐났다.

어디서나 믿음이 넘치면 이런 광경이 펼쳐지고는 했다.

최강도 멀리서 들려오는 함성을 들으며 그곳을 쳐다보고 있었다.

"인간의 믿음이란 건 참 재미있네. 그래도 희망은 필요하니까. 거기에 기대서라도 살아갈 수 있다면 그걸로 다행인 거겠지."

그는 시선을 돌려 멀리 사라져 가는 악마를 보았다.

"며칠이나 걸릴까. 일주일 후에 가면 충분하려나…… ."

살려 보내는 악마가 그사이 온 세상을 돌며 소문을 퍼트리지는 못할 것이다.

그래도 최강은 악마들 사이에서도 최소한의 연락망 정도는 갖추고 있지 않을까 싶었다.

"확인을 위해서든, 나를 없애기 위해서든, 최대한 많이 모여들어야 할 텐데."

* * *

나는 엄마를 원래 살던 집으로 모셔다드렸다.

날은 어두워졌고, 나는 저녁을 함께 먹으며 엄마에게 잠시 떨어져 있어야 함을 밀씀드렸다.

엄마는 나의 말을 듣고서 깜짝 놀라셨다.

"여길 떠나 있어야 할 것 같다니. 그게 무슨 말이냐, 강아. 이제야 겨우 만났는데."

나는 아이를 보며 말했다.

"그래도 아이는 엄마한테서 커야죠. 소현 씨가 어디서 나를 찾고 있을지 모르지만, 제가 금방 찾아서 데려올게요."

"이 넓은 세상에서 그 아이를 어떻게 찾으려고?"

"세상을 둘러보며 악마들을 없애 가다 보면 사람들 사이에서도 소문이 퍼질 거예요. 그러다 보면 마주치게 되겠죠."

솔직히 신이라는 우습지도 않은 행동에는 사람들에게 희망을 심어주기보단, 소문을 더 빨리 퍼트리기 위한 목적이 더 컸다.

소문이 퍼진다면 그녀도 나를 찾아올 거니까.

그럼 더 빨리 만나게 될 거라는 게 나의 생각이었다.

나는 하룻저녁을 아이와 함께 보냈고, 간간이 깨어 우는 아이에게 우유를 먹이며 즐거운 시간을 보냈다.

"에에에엥~!"

"응, 괜찮아. 아빠 여기 있어. 배고프지? 자, 여기 맘마 있다~!"

피곤함 따위는 회복 마법으로 날려 보낼 수 있는 나이기에 아이와 함께 있는 시간은 아무런 힘겨움이 없었다.

그저 이 아이가 내 아이구나 하는 신기함과 행복한 마음만 있을 뿐이었다.

그리고 이 아이를 혼자 낳았을 최소현을 생각하며 미안함도 함께 번져 왔다.

다음 날 아침.

여전히 불안해하는 엄마를 나는 따뜻하게 안아 드렸다.

"이 땅에서는 더는 악마를 보지 않아도 되게 해 놓고 갈 겁니다. 그러니까 안심하고 기다려 주세요. 열흘, 그 안에 소현 씨도 데려올게요."

"조심해야 해. 알았지?"

그렇게나 나의 강함을 보았을 텐데도, 엄마는 여전히 불안한 모양이다.

"네, 엄마. 조심할게요."

나는 해맑게 웃으며 나를 쳐다보는 아이를 보았다.

뭘 알고나 웃는 건지.

그저 눈만 마주치면 좋다고 웃는다.

또 그 모습이 그렇게 예쁠 수가 없었다.

"후…… 너를 두고 가는 마음이 참……. 아빠가 엄마 데려올게. 그러니까 그때까지 할머니랑 잘 있어야 해? 알았지, 아들?"

아이가 눈에 밟히지 않는다면 거짓말일 거다.

나는 아이의 얼굴을 눈에 가득 담았다.

그거로는 성이 안 차는 마음에 두고두고 보려고 사진까지 찍었다.

가끔씩 영상 통화라도 하면 좋으련만, 현재는 통신 체계가 완전히 무너져서야 거기까진 불가능했다.

지금은 이 정도로 만족해야 하는 것이다.

* * *

나는 반나절이란 시간을 들여 다시 조율자 조직의 본단에 도착했다.

레이나가 몇몇 사람들과 다급하게 뛰어오는 게 보였다.

그 표정만 봐도 다시 돌아온 나에 대한 반가움이 가득해 보였다.

"오셨군요, 최강님."

"어."

"가신 일은 잘되었습니까?"

"엄마는 찾았는데. 최소현은 아직 못 찾았어. 듣기로는 나를 찾아서 다른 나라로 갔다고 하는데. 혹시 들은 거 없어?"

"저희도 겨우 무전으로 각지에 있는 헌터들과 연락을 취하고 있는 실정이라. 정보를 얻는 데 많은 어려움을 겪고 있습니다. 통신망이라도 복구를 한다면 어떻게든 좀 나을 것도 같은데……."

"나을 것 같은데……? 뜸을 들이는 건 뭐야?"

"혹시 가능하시다면 도움을 주시면 어떨지 싶어서요."

"흠……."

안으로 들어간 나는 간단한 설명을 듣게 되었다.

"그러니까 각 나라의 통신사와 기지국 관련해서 몇몇 복구 작업만 하면 전화도 쓸 수 있게 된다. 그거잖아?"

"네, 맞습니다. 기술자들도 저희가 이미 확보해 둔 상태입니다."

"근데 문제가 뭐지?"

"그것이……. 악마들이 통신사는 물론, 설비가 있는 곳에 주둔하고 있어서 진행에 많은 어려움이 있습니다. 혹시 이 부분에 도움을 주실 순 없는지."

"그러니까 우선은 이 나라 안의 통신망 회복을 위해 그 주요 부분을 점거하고 있는 악마들을 처리해 달라."

"네, 그런 거죠."

살짝 고민이 되기는 했다.

"며칠 후면 어차피 싹 몰려올 놈들이긴 한데……."

"그게 무슨 말씀이시죠?"

"아, 그게 사실은 말이야."

나는 큰 악마를 없애며 작은 악마 하나에게 소문을 퍼트리도록
했다는 사실을 알려주었다.

예상은 했지만, 그걸 들은 레이나는 물론, 헌터들 모두가 크게
놀랐다.

"저, 정말로 큰 악마를 죽이셨단 말씀이십니까?"

"왜, 그러면 안 되는 이유라도 있나?"

"아뇨! 그런 게 아니라…… . 믿기지가 않아서요. 그 악마는 너무
강력해서…… 헌터들이 상대했다가 수십여 명이 죽는 일이 있었거
든요. 그나마 골드 등급인 조르센이 없었다면 정말 큰일 날 뻔했었
죠."

"그러고 보니 골드가 총 셋이었다고 했었지. 하나는 내가 죽였고,
하나는 돌이 되었다고 했는데. 남은 하나는 능력이 얼마나 되지?"

"커다란 악마와 대등하게 싸울 정도는 됩니다. 하지만 오래
싸울 수 없는 단점이 있죠."

"커다란 악마와 대등하게 싸운다고. 능력이 궁금하군."

"지금은 다른 나라에서 활동 중이긴 합니다만, 통신망을 복구하
고 나면 아마 연락이 닿을 수 있을 겁니다."

"그럼 악마들이 차원의 문으로 몰려들었을 때, 도움이 될 순
있겠군."

레이나는 불안해하며 물어왔다.

"정말로 그 많은 악마들과 싸우실 작정이십니까?"

"놈들의 역량은 이미 파악했어. 그 최대치까지도 겪어 봐서

내 힘이 놈들한테 얼마나 통할지도 알아. 저쪽 빛의 세상에 있을 때, 내가 놈들의 왕도 죽여 버렸거든."

레이나는 물론, 함께 있던 헌터들과 사람들도 입을 벌리며 놀라 했다.

"악마들의 왕을…… 죽였다고요?"

"엄청 강한 놈이 있어서 상당히 고전했던 적이 있었거든. 근데 여기에 와서 들어 보니까 그게 지들 왕이라지 뭐야. 그놈이 가장 강한 놈이었다고 하니까 이제 더는 내 상대가 없다는 얘기지."

나는 자리에서 일어났다.

"일단 통신망 복구라는 거, 해 보자. 그게 원활해지면 어쩌면 최소현이 있는 곳을 더 빨리 알아낼 수 있을지도 모르지. 무엇보다 나에겐 그 사람의 안전을 확보하는 게 가장 우선이니까."

빙의로
최강요원

3. 그냥 내 심판을 받아

빙의로
최강요원

각 나라마다 백여 명씩 있던 헌터도 이제는 그 수가 확 줄어 얼마 되지 않았다.

그런 상황에 갑자기 나타난 최강의 존재는 그들에게 마른하늘에 단비와 같은 희망이었다.

하지만 그에 관해 모르는 몇몇은 못 미더운 게 사실이다.

최근에야 귀물을 얻어 헌터가 된 젊은 자들은 더욱 그러했다.

"그 사람 말이야. 큰 악마도 죽이고, 빛의 세상에 가서 악마들의 왕도 죽였다고 하는데. 그게 사실일까?"

"애초에 골드 등급 중에서 최강이었던 제블런 님도 죽인 자라고 들었어. 손짓 한 번으로 고위급 헌터 수십을 그 자리에서 전멸시켰다는 말도 있고. 그 정도 능력이면 진실이지 않을까?"

또 다른 누군가는 불신이 가득했다.

"누가 봤어?"

"어?"

"빛의 세상에 다녀왔다. 거기서 악마의 왕을 죽였다. 다 그 사람이 혼자 한 말이잖아. 누가 그걸 본 것도 아닌데 어떻게 믿냐고?"

"그것도 그렇긴 한데……."

"악마들이 점거한 통신사로 함께 가기로 했으니까 가서 보면 알게 되겠지. 정말로 말로만 듣던 것처럼 그만한 능력이 있는지."

* * *

레이나의 부름을 받고 사무실로 간 나는 덩치의 흑인을 보게 되었다.

오다가다 몇 번 보기는 했는데, 이름까진 알지 못했다.

누구일까 싶어 빤히 쳐다보는데, 레이나가 그를 소개했다.

"이 사람은 현재 헌터들의 대장을 맡고 있는 로타라고 합니다."

"대장? 헌터는 원래 각 특성에 맞는 사람들끼리 팀을 이뤄서 다니던 거 아니었나?"

로타가 직접 사정을 설명했다.

"예전엔 그랬지만, 지금은 수도 많이 줄고 서로 능력의 호흡을 훈련할 시간적 여유가 없었습니다. 그리고 무엇보다 어쩌다가 나타난 악마를 한둘 잡으러 가는 일보단, 여럿이 동시에 나타나는 일이 많아 그런 소규모의 작전은 불가능한 게 현실이죠."

"그렇군."

레이나가 다시 말했다.

"모든 진두지휘는 여기에 있는 로타가 할 것입니다."

"그럼 나는?"

"위험한 일이 생길 시 그 위험으로부터 모두를 지켜 주셨으면 합니다."

"보모 역할인 건가. 나를 못 믿는 사람들이 많다는 얘기로군."

로타가 레이나와 시선을 마주치더니 솔직히 말해 왔다.

"수많은 헌터들이 죽고, 그 귀물들을 수거하여 아직 훈련조차 다 마치지 못한 훈련생들에게 나눠주었습니다. 당신이 사라지고 난 이후에 들어온 어린 헌터들은 당신의 능력을 믿지 못하는 게 사실이죠."

"결국 직접 두 눈으로 봐야 믿을 거라는 거로군."

"아직 경험도 미흡하고 철이 없는 아이들도 많습니다. 하니 양해 부탁드립니다."

오호라. 그러니까 어린놈들이 뭣도 모르면서 나를 무시한다 이거지?

"신경 쓰지 마. 나도 귀찮은 일 떠맡는 건 싫으니까. 당신이 알아서 지휘해."

"고맙습니다."

고맙기는 무슨.

이 참에 기를 바짝 죽여서 감히 나를 올려다볼 수조차 없게 만들 작정인데.

새파랗게 어린놈들아.

조금만 기다려라.

이 형님의 능력을 제대로 보여 줄라니까.

"그럼 전 이만 준비를 위해 먼저 나가 보겠습니다."

로타가 나가고 나는 레이나에게 물었다.

"아, 근데 말이야. 요 밑에 있는 차원의 문을 좀 이용할까 하는데. 괜찮겠지?"

"거길 들어가는 건 지금까지는 금기로 되어 있었는데……."

"근데 내가 거기로 나왔거든? 이미 그 금기는 깨졌다고 보는데."

"그 통로는 안전한 것입니까?"

"다른 사람이라면 위험하겠지만, 나는 괜찮을 거라고 봐. 저쪽에서도 난 충분히 인정받는 존재가 되었으니까."

다른 사람이 들어간다면 위험할 거다.

결계 마법으로 인해 튀겨질 테니까.

그곳을 지키는 빛의 기사들에게 허락을 구하고, 마법진을 해제해 주기를 부탁해야 할 문제였다.

"다시 그쪽 세상으로 넘어가시려는 이유가 있습니까?"

그녀의 물음에 난 미소를 머금었다.

"어. 누굴 좀 데려와야 할 것 같아서."

"대체 누굴……."

그런 사람들이 있다.

헌터들보다 악마들에게 더 강한 힘을 보일 수 있는 자들이.

* * *

헌터 스무 명과 기술자 스무 명이 도심으로 은밀히 숨어들었다.

목적지는 통신사의 건물이었다.

"뭐부터 해야 하지?"

"통신사 내부의 메인 시스템부터 손을 봐야 합니다. 각 지역의 중계기를 살피는 건 그 다음의 일이죠. 메인부터 열어 놔야 각 지역의 통신도 열릴 겁니다."

로타가 말을 이었다.

"그러고 보면 악마들이 나타나기 시작하고 며칠도 안 되어서 온 도시의 통신이 하루만에 마비가 되었습니다. 가까운 그 누구와도 통화를 할 수가 없었죠."

"인간들 틈으로 둔갑한 악마가 스며든 거야. 인간들이 서로 연락을 주고받는 것이 자신들에게 불리할 걸 알고서 그것부터 공략한 거지. 악마들을 단순한 괴물로 보면 곤란해. 놈들도 상당한 지능을 가진 존재들이거든."

로타는 선발대가 돌아오는 걸 보며 물었다.

"어때?"

"도시 중심가로 악마들이 잔뜩 몰려 있습니다. 그리고 통신사 빌딩 주변으로는 중형급 악마도 보였습니다."

나는 처음 듣는 말이어서 물었다.

"중형급?"

"한 번도 못 보셨습니까?"

"작은놈들하고 큰놈들은 많이 보긴 했는데."

"작은 악마들보단 몇 배 크면서도 팔이 여럿 달린 악마들이 있습니다. 움직임도 빠르지만, 그림자를 통해 움직이는 놈들이어서 무척 위험한 놈들이죠. 거기다가 얼굴에선 불을 뿜어 내고, 여섯 팔 중에 두 팔은 마법을, 다른 손들은 무기를 쓰기도 합니다."

"팔이 여럿이라면, 꼭 아수라처럼 말이지."

"네, 그렇게 보시면 될 겁니다."

어쩌면 오래전에 나타난 악마들이 수많은 신화나 종교와 뒤섞이며 상상이 보태어졌을지도 모른다.

당시의 사람들은 실제의 모습을 보고 그 강력함과 두려움을 느꼈을 테니 그 이야기가 전승되며 변화해 온 것이다.

"신화의 신이나 악마도 그냥 만들어진 건 아니란 건가……."

"먼저 헌터들이 진입하여 바깥에 있는 악마들부터 제거해나가야 할 것 같습니다. 그리고 일부가 중심 쪽에 있는 악마들을 유인한 사이에 통신사 건물로 진입을 한다면……."

약하거나, 힘이 비등한 상황이라면 그가 말하는 전략이 옳을 거다.

그렇지만 내가 있는 이상 이쪽이 우월하게 강력한 힘을 지니고 있는 게 사실이다.

이런 경우엔 싹 쓸어모아서 한 번에 해치우는 게 빨랐다.

"복잡하게 가지 말고 쉽게 처리하자고."

내가 떠오르자 로타가 다급히 말해 왔다.

"뭘 하시려는 겁니까? 그러다가 들키십니다!"

"내 행동이 무모해 보일지 몰라도, 내 입장에선 이게 쉬운 길이란 걸 알았으면 싶군."

시끄러운 소리에 악마가 몰려들까 걱정된 헌터들과 기술자들은 얼른 건물 안쪽으로 몸을 숨겼다.

나는 그들이 잘 숨는 걸 보며 피해가 가지 않도록 조금 떨어져 허공 높이 올랐다.

그리고 산소와 불을 이용해 폭발을 일으켰다.

콰앙-!

모든 악마들의 시선을 끄는 건 성공.

놈들이 나를 바라본다.

그저 소리가 들려오니 준 시선이다.

나의 존재에 관해 모르기에 호기심만 가득할 뿐이다.

악마들은 하나둘 날아 나에게로 다가오기 시작했다.

그리고 중형급이라고 불리던 악마 다섯도 곳곳의 그림자 속에서 나타나 허공으로 떠오르고 있었다.

근데 뭐야, 저것들.

날개가 없어도 날 수 있는 거였어?

"그렇지. 그렇게 나와야 정상이지. 자신들이 강하다고 생각하는
놈들이니 당연히 호기심에 다가올 수밖에. 그게 죽으러 오는 건
줄도 모르고 말이야."

* * *

"로타 대장님, 저 사람, 말려야 하는 거 아닙니까?"

"맞습니다! 아무리 힘자랑을 한다고 해도 그렇지, 저건 너무
무모합니다! 저러다가 죽는다고요!"

로타는 최강이 하고 갔던 말을 떠올렸다.

["내 행동이 무모해 보일지 몰라도, 내 입장에선 이게 쉬운
길이란 걸 알았으면 싶군."]

누군가에겐 무모해 보이는 행동.

하지만 그의 입장에선 아무것도 아닌 행동일 수 있다.

어떤 변수가 생기더라도 충분히 이겨 낼 자신감이 없다면 할
수 없는 행동일 것이다.

"저 사람이 처음 우리 조율자 조직을 공격했을 때, 저 사람은
다짜고짜 전면전으로 달려들지 않았다. 다른 조직으로 시선을

끝고, 자신에게 위협이 되려는 자들부터 차근차근 제거하였지. 그런 후에 모습을 드러내어 수많은 헌터들을 순식간에 제거해 버렸어."

로타가 불안해하는 헌터들을 보았다.

"이 말이 무슨 뜻인 줄 아느냐?"

"충분히 전략적인 행동을 취할 수 있는 사람이란 거군요."

"그런 철두철미한 사람이니 국제적인 조직과 우리 조율자를 손에 넣을 수 있었던 거겠지."

"그런 사람이 왜 저런 짓을……."

"저렇게 하고도 자신에게 어떠한 위협도 되지 않음을 자신하는 거겠지. 우린 그저 지켜보기만 하면 된다. 저 사람의 능력이 자신감인지, 무모함인지는 그 다음에 판단할 문제야."

"만약 저 사람이 밀리면요? 우리가 돕는다고 해도 상황이 달라지지 않는다면요? 그럼 이번 작전은 어찌 되는 것입니까?"

로타가 하늘로 모여드는 악마와 최강을 보며 말했다.

"믿음을 가져야겠지. 제블런 님과 높은 등급의 헌터들을 단숨에 죽일 수 있었던 저자의 능력에."

로타는 최강이 위험해질 경우 어떻게 대처할지에 관해선 대답하지 않았다.

그래서 헌터들은 내심 무척 답답해하고 있었다.

하지만 로타는 최강을 잃을지언정, 헌터들을 위험에 빠뜨릴 생각은 없었다.

'반드시 이겨야 할 거요. 당신의 그 무모함을 내 아이들의 목숨으로 대신하고 싶지는 않으니까.'

* * *

악마들은 신기해하는 듯 내 주변을 빙빙 돌았다.

"분명 인간이 맞는데."

"근데 하늘에 떠 있어."

"혹시 귀물 능력자인가?"

"아무리 그래도 미친 거지. 감히 우리 앞에 모습을 드러내 보이다니."

나는 중형급 악마라는 것들을 보았다.

팔이 여섯 개나 달리고 맨 위에 있는 두 손바닥 안에는 투명한 수정구가 들려 있었다.

수많은 전투를 거쳐 온 것인지 온몸에는 깊고 얕은 상처들이 넘쳐났다.

"그래도 얼굴은 하나군. 셋일 줄 알았는데."

"호오? 인간이 우리말을 해?"

"훗, 어딜 가나 같은 반응이군. 근데 아직 내 소문은 못 들었나 봐?"

"소문이라니?"

"그런 게 있어. 내가 소문을 퍼트리라고 악마 하나를 살려 보내 준 게 있거든."

중형급 악마들은 서로를 보았다.

그리고는 다른 녀석이 말을 걸어왔다.

"평범한 인간은 아닌 것 같구나. 근데 이렇게 우리의 시선을 모은 이유가 뭐지?"

근데 이놈이 갑자기 아래를 살피기 시작했다.

"혹시 우리를 유인하고서 무슨 다른 짓이라도 할 생각인가?"

이놈들, 머리가 좋다.

로타는 둘로 나누어 한 팀이 시선을 모으는 사이 다른 팀을 기술자들과 함께 통신사 건물로 숨어들게 할 계획이었다.

근데 이런 놈들이라면 단순히 어떤 곳에서 무슨 일이 일어난다고 해서 쉽게 몰려갈 것 같지가 않았다.

"훗, 어쩌면 그 작전은 실패했을 수도 있었겠군."

"후후, 뭔가 우리를 모은 이유가 있다는 말이구나."

나는 놈을 보았다.

"일망타진이란 말 들어 봤나?"

"무슨 뜻이지?"

"한 번의 그물을 쳐 모든 물고기를 잡는다는 뜻. 즉, 한데 모아서 전부 죽이겠다는 뜻이야."

악마들이 서로를 보더니 크게 웃기 시작한다.

"흐하하하하!"

"크하하하하!"

그래, 이것도 어딜 가나 똑같은 반응이다.

근데 몇 번 보니까 이것도 짜증이 난다.

아무리 인간이 우습다고 하지만 이렇게 일관적인 반응이어서야 비웃음당하는 인간 입장에서는 상당히 불쾌하다.

"죽기 전에 실컷 웃어라. 그게 마지막이니까."

나는 습관적으로 손목을 만져 관통 마법을 펼쳤다.

그런 후에 어둠의 원소를 끌어모아 원혼과도 같은 어둠의 존재들을 만들어 냈다.

스륵! 스륵! 스륵!

"음!"

"뭐야, 이것들은?"

"갑자기 어디서 나타났어?"

어둠의 존재들은 악마들 사이사이에서 나타나는 것은 물론, 주변으로 포위하며 백여 개나 나타났다.

"시작하지. 쇼 타임."

어둠의 존재들은 검은 기운을 연기처럼 흘리며 악마들에게로 달려들었다.

악마들이 들고 있던 무기로 어둠의 존재들을 베어도 보지만, 어둠의 존재들은 몸이 베이면 상체만으로도 날아 악마들에게 달려들었다.

"끄아아아악!"

어둠의 존재들에 닿는 악마들은 닿는 부위부터 검은 재로 화하며 흩어져 갔다.

아무리 공격해도 사방을 돌며 달려드는 탓에 악마들은 별다른 저항 한번 못 해 보고 죽어갔다.

화르르르륵!

끼아아아악!

그런데 반대로 중형급 악마가 마법을 펼치는 순간, 어둠의 존재 하나가 소멸해버렸다.

"역시 중형급은 좀 한다는 건가?"

다섯 중형급 악마들은 화염과 광선 같은 것을 쏘아내어 어둠의 존재들을 없애 갔다.

하지만 소용없다.

없어지면 또 만들어 내면 그만이니까.

어둠의 존재는 사라지는 것만큼 빠르게 다시 생성되어 악마들을 덮쳐갔다.

"4단계가 좋기는 하군."

이 경지는 몸 내부의 마력만으로 마법을 펼치는 게 아닌, 외부에서 마력을 끌어와 마법을 펼칠 수 있는 단계였다.

이 정도 원소 마법은 주변에서 얻는 마력만으로도 무한대로 펼치는 게 가능하다는 것.

나는 어둠의 존재에게 팔 하나를 잃고서 고통스러워하는 중형급 악마를 보며 미소 지었다.

"끝없이 싸우다가 지치면 그걸로 끝이겠지."

그때, 중형급 악마 하나가 나를 보며 소리쳤다.

"저놈이다! 이놈들을 부리는 저놈을 죽여야 해!"

오~ 그걸 알았어?

역시 바보들은 아니다.

저 말이 떨어지기 무섭게 중형급 악마 둘이 빠르게 나에게 달려들어 불을 내뿜고, 칼로 베어 왔다.

화르르르륵!

스잉-!

"아니!"

"공격이 안 통한다고?"

"베는 느낌이 전혀 없었어!"

당연하다.

어둠의 원소 마법을 펼치기 직전, 나는 관통 마법을 미리 펼친 바 있었다.

왜?

저 아수라 같은 악마의 능력을 잘 모르니까 혹시나 하는 공격에 대비해서다.

그리고 내가 모르는 어디에 있을지도 모를 다른 강력한 악마의 공격에 대한 대비도 있다.

사람 일은 모르는 거니까.

"하도 싸움을 많이 하다 보니까 이젠 알게 되는 거지. 무모함에도 늘 대비는 필요하다는 것을."

적은 나를 공격할 수 없다.

이 관통 마법에는 어떠한 마법도 통하지 않는다.

물론, 나 역시도 마찬가지로 물리적인 공격은 할 수 없다는 단점도 있다.

하지만 상관없다.

마법으로 공격하면 되니까.

제라로바의 말에 의하면 주변 공간을 뒤흔드는 강력한 공격에는 관통 마법도 풀릴 수 있다고 듣기는 했지만, 이런 놈들에겐 그런 능력은 없어 보인다.

아마도 시간의 틈까지 베어 버리는 케라의 능력이라면 위협이 될지도.

그렇지만 그런 실력자가 없는 이상, 안심하고 쓸어버릴 수 있을 것 같았다.

"끄아아악!"

중형급 악마도 팔다리 하나씩 잃으며 어둠의 존재들에게 휩싸여 갔다.

이미 다른 악마들은 죽어 버린 지 오래였다.

그나마 중형급 악마들이 한데 뭉쳐 저항하고 있지만, 사방을 메워 버린 어둠의 존재로 곧 끝날 것 같았다.

"끄아아아아! 이렇게 당할 순 없어!"

콰광-!

갑자기 거대한 폭발이 일어나며 중형급 악마 하나가 사방을 포위한 어둠의 존재를 뚫고서 튀어나왔다.

뒤도 안 돌아보고 쏘아지는 것이 이대로 도망을 칠 생각인가 보다.

"놓치지 않아."

나는 내 앞으로 강력한 빛의 덩어리를 만들어 냈다.

그 앞으로 거대한 얼음판을 십여 개 정도 크기별로 생성시켰을까, 하나의 빛줄기가 도망치는 악마를 훑고 지나간 순간, 끝.

도망치던 악마는 재조차 남기지 않고 소멸해버렸다.

"역시 쉽군."

나는 모든 할 일을 마치고 허공에 떠 있는 어둠의 존재들을 보고는 시선을 아래로 주었다.

"그래도 혹시 모를 잔당이 있나 살펴는 봐야겠지?"

악마라는 것들도 하나의 생명체.

투시와 색적 마법을 펼치자 곳곳에 숨어 있는 몇몇 악마들이 보였다.

호기심이 있는 놈들이 있는 반면, 아무것도 신경 쓰고 싶지 않은 놈들도 있는 거다.

그렇지만 방금 전의 싸움을 보았을 터.

그래서인지 다들 쥐 죽은 듯이 있는 것 같지만, 놔두면 기술자들이 일하는 데 방해가 될 게 분명하다.

그래서 나는 손가락을 세워 앞으로 내밀었다.

"공격. 하나하나 다 찾아내서 없애 버려."

키하아아아~!

어둠의 존재가 파도처럼 도시를 휩쓸었다.

곳곳에서 악마의 저항인 듯 폭발 소리와 불길이 솟구치긴 했지만, 그것도 잠시일 뿐이다.

도심은 고요함과 정적이 감돌며 안전지대로 변해 버렸다.

"어려운 일은 신중하게 차근차근하게, 그렇지만 할 수 있는 일은 빠르고 신속하게. 이런 게 일처리라는 거지."

* * *

헌터들이 멍한 얼굴로 하나둘 걸어 나왔다.

"말도 안 돼. 방금 하늘에 떠 있던 유령들은 뭐야?"

"그것들이 악마들을 전부 없애버렸어."

"소환술 같은 걸까?"

로타가 어색한 얼굴로 다가왔다.

"수고하셨습니다."

"수고랄 게 있나. 포크 하나 드는 것만큼 쉬운 일인데."

"최강 님의 경우에는 그럴지 몰라도, 저희는 목숨을 걸어야 할 일이었으니까요."

"그래서 시도도 못 하고 있던 걸, 내가 나타나서 해 보려는 거 아니었어? 통신복구 말이야."

"그렇기는 합니다만. 강하실 줄은 알았어도 이 정도일 줄은 몰랐던 거죠."

"훗, 나도 이쪽에 있을 때보다 더 강해져서 돌아온 건 사실이니까."

"네? 그건 무슨 말씀이신지……."

"빛의 세상에 갔을 때, 내 경지가 더 올랐거든. 가기 전에는 겨우 할 수 있었던 일도, 이제는 이렇게 쉽게 할 수 있다는 거지."

로타가 멍하니 나를 쳐다봤다.

왜 그런 표정이야?

"뭘 그렇게 봐?"

"네? 아, 아뇨. 그때도 그만큼이나 강하셨던 분이, 거기서 더 강해지셨다고 하니 황당해서……."

"사람이 때 지나면 깨달음도 얻고, 지혜도 늘어나고 하는 거지 언제까지 제자리일까. 당연한 거 아냐?"

"그럼 지금에서도 더 강해지실 수도 있다는 말씀이십니까?"

"그야 나도 모르지. 아무튼 악마들은 전부 처리했으니까 안심하고 일 봐도 될 거야."

로타는 그제야 해야 할 일을 깨달은 듯 헌터들을 보았다.

"말씀 들었지? 지금 바로 기술자들을 경호하며 통신 복구에 들어간다. 서둘러!"

로타와 함께 있는데 몇 시간 후 무전이 들려왔다.

-메인 시스템의 수리가 끝났고, 문제없이 가동됩니다, 대장님.

"알았다."

혹시나 싶어 핸드폰을 켜 보니 정말로 신호가 잡혔다.

내 핸드폰은 로밍 같은 거 필요 없이 어떤 신호든 받아들일 수 있도록 만들어둔 바 있었다.

"근처 중계기는 문제가 없는지 안테나가 뜨는군."

"그래도 주변 통신을 전부 복구하려면 모든 중계기를 살펴봐야 합니다."

"뭔가 빠르게 할 방법이 없으려나……."

주변을 둘러보던 나는 버스 한 대를 발견했다.

그 순간, 좋은 생각이 떠올라 절로 미소가 머금어졌다.

"후훗, 이러면 되겠군."

잠시 후, 우리는 버스에 올라 하늘을 날아다녔다.

중계기는 버스의 짐칸에 잔뜩 실어놓은 터라 기술자를 필요한 위치에 내려주고 다른 곳으로 이동했다.

그들이 설치하는 사이 다른 곳으로 가 기술자들과 보호해 줄 헌터들을 내려놓고, 다시 역순으로 돌아 그들을 태워갈 생각이었다.

"버스가 하늘을 날다니……."

"굉장히. 이런 것도 가능하다니."

"우리와는 달리 여러 마법을 쓸 수 있다고 했는데, 대체 얼마나 많은 마법을 쓸 수 있는 걸까?"

어린 헌터들의 대화에 나는 다가가 설명해 주었다.

"응용력까지 함께한다면 몇백 가지도 넘지 않을까?"

"저, 정말입니까?"

나는 손을 펼쳐 보였다.

그리고 그 위에서 불과 물, 얼음은 물론, 빛과 어둠과 전기불꽃까지 보여 주며 말했다.

"세상에 존재하는 모든 원소를 다룰 줄 알고, 거기에 상상력을 보태면 생각하는 모든 걸 이룰 수 있지."

손 위에서 각각의 원소들이 사람의 형태를 이루며 서로 다투는 광경을 만들었다.

헌터들이 그 작은 전투를 놀라서 바라볼 때, 나는 손아귀를 쥐어 모두 사라지게 만들었다.

아쉬워들 하기는.

정말 표정들이 나이만 먹은 어린아이들이 따로 없다.

"너희들의 마법도 여러 원소를 다루는 걸 테지만, 단순히 쏘아 내고 뿜어 내는 거로 끝내지 말고 어떤 활용이 있을지를 연구해. 그걸 사용할 줄 아는 것에서 만족하지 말란 거다. 알아들었나?"

"네! 최강 님!"

아이고, 귀청이야.

이놈들, 한 번 능력을 보여 주고 났더니 태도가 변했다.

역시 뭐든 우러러보게 만들어야 따르는 법인가 보다.

아무튼 전부 나를 선망의 눈빛으로 바라보고 있는 거로 보면, 더는 건방진 생각을 품는 녀석은 없는 것 같았다.

* * *

레이나의 사무실로 다급히 헌터 하나가 들어왔다.

"로드! 밖으로 나와 보십시오! 무언가가 이쪽으로 날아오고 있습니다!"

"뭐라고요!"

레이나는 급하게 밖으로 나와 하늘을 보았다.

무언가가 빠르게 날아오고 있어 방어를 준비하던 헌터들은 저마다 힘을 거두고 있었다.

"뭐야, 저거."

"저거 버스인 거야?"

"버스가 하늘을 난다고?"

레이나도 황당하기는 마찬가지다.

"대체 이게 무슨……."

버스는 마치 우주선처럼 허공에 멈춰 서더니 천천히 지면으로 내려섰다.

헌터들은 혹시 모르는 상황에 대비하듯 자세를 갖춰갔다.

그러나 레이나의 시선에는 보였다.

내부에서 막 내리려는 사람의 모습이.

"로타 대장?"

"네? 로타 대장이라고요?"

치이이이이.

버스의 문이 열리고 정말로 로타가 버스에서 내렸다.

"정말로 로타 대장님이잖아?"

레이나가 다가가 물었다.

"아니, 버스를 타고 날아오다니. 이게 다 무슨 일이죠? 그리고 갔던 일은 어쩌고요?"

"궁금하신 게 많으시겠지만, 안으로 들어가서 설명해 드리도록 하겠습니다."

최강이 버스에서 내리며 말했다.

"그럼 난 잠깐 빛의 세상에 다녀올 테니까, 뒷얘기는 당신들끼리 알아서 나누라고."

그러면서 땅으로 쑥 꺼지듯 사라져 버렸다. 모두가 그가 어디로 사라진 것인지 궁금해하지만, 레이나는 알고 있었다.

그가 어디로 향했는지.

필시 지하에 있을 차원의 문으로 갔을 것이다.

이번 일이 끝나면 저쪽에서 누군가를 데려오겠다고 했었으니까.

"후우……."

그녀는 로타를 보며 말했다.

"좋아요. 얘기는 자리를 옮겨서 듣도록 하죠."

잠시 뒤, 레이나는 도시에서 있었던 일들을 로타에게서 전부 설명 들었다. 당연히 충격과 놀라움이 클 수밖에 없었다.

"정말로 도시의 악마들을 그분께서 전부 몰살시켰다고요?"

"네, 그렇습니다. 강한 걸 알았고, 도움이 될 거라고 여기긴 했지만, 정말 그 정도일 줄은 상상도 못 했습니다."

"그 정도였다고요……."

"버스를 타고 날아다니면서도 악마들이 뒤쫓아 왔지만, 갑자기 가슴에 불을 지닌 이상한 형체의 사람이 나타나 덮치자 악마들이 폭죽처럼 터져나가더군요. 가벼운 손짓 한 번에 악마들이 죽어 나가는데, 정말이지 꿈을 꾸는 것만 같았습니다."

"그래서 통신은요?"

"일단 서쪽 지역은 대부분 복구시켰습니다. 망가진 게 많지 않아 비교적 쉽게 처리할 수 있었습니다. 이렇게 며칠이면 이곳 나라만큼은 모든 통신을 복구할 수 있을 거로 생각됩니다."

"그나마 발전소들을 미리부터 복구시킨 보람이 있네요."

"방금 보신 것처럼 버스로 날아다니면 다른 나라의 통신 복구도 그리 오래 걸리지 않을 거로 보입니다. 어떻게 된 것인지 버스가 날아가는 속도가 웬만한 비행기보다도 빠르더군요."

레이나를 혀를 내둘렀다.

"정말 어떻게 그런 것까지 가능한 것인지. 그분의 능력은 끝이 없군요."

"말도 마십시오. 빛의 세상에서 더 강해져서 돌아오셨다고 하는데, 그 말을 듣는 저는 얼마나 황당했겠습니까."

"안 그래도 강한 사람이…… 더 강해졌다고요……."

"정말 무서운 능력이긴 하지만, 저희 편이라는 게 얼마나 다행인지 모릅니다."

"훗."

그녀의 웃음에 로타가 고개를 갸웃했다.

"왜…… 웃으십니까?"

"예전에 제이슨 로드께서 한 말이 떠올라서요. 로드께서 그랬거든요. 그분의 밑으로 들어가는 건 굴욕이 아니다. 오히려 조율자 조직이 큰 힘을 얻은 것이다. 하고요. 근데 이제 와서 보니 그 말씀이 얼마나 현명했던 것인지, 이제야 이해가 되는 것 같군요."

"그러셨군요."

"아마 우리가 끝까지 그분을 적으로 삼았더라면, 우린 진즉에 사라졌을 겁니다."

"그렇겠죠……."

"하지만 그분께선 우리의 편. 이제 우린 최강 님을 의지하며 다시 새롭게 일어서면 되는 겁니다. 그러니 함께 힘내 봅시다."

"네, 로드. 저 역시 힘을 보태어 최선을 다할 것입니다."

* * *

헤르메인 왕이 급하게 복도를 걸었다.

그리고 신전으로 향하며 앞선 사제에게 물었다.

"최강, 그가 무슨 이유로 다시 돌아왔는지는 모르느냐?"

"네, 저는 잘 모르옵고, 전하를 서둘러 만나고 싶다는 말만 전해오셨습니다."

"그렇군."

헤르메인 왕은 신전 입구에서 케라와 제라로바를 만났다.

"그대들도 왔군."

둘은 그에게 고개를 조아렸다.

"전하를 뵈옵니다."

"일단 들어가서 그부터 만나보세."

"네, 전하."

그들 세 사람이 도착했을 때, 최강은 막 봉인 마법진을 해제한 대사제 덕분에 마법진을 넘어온 상태였다.

"전하."

"최강, 자네는 어찌 돌아온 것인가? 자네가 간 지 하루도 되지 않았거늘."

"역시 이곳과 저곳의 흐름은 다르군요. 저쪽에선 이미 며칠이 흘렀습니다."

"며칠이 흘렀다고?"

"아무래도 시간의 흐름이 몇 배는 차이가 나는 것 같습니다."

"흠, 어쨌거나 다시 돌아온 이유가 궁금하군."

"시간이 없으니 짧게 설명해 드리겠습니다."

최강은 자신의 세상에 악마들이 침범하여 모든 게 망가졌음을 알려 주었다.

인간들은 악마들에게 먹이로서 사육당하거나, 그렇지 않은 이들은 겨우 숨어 지내고 있다는 설명도 보태었다.

"악마들이 그곳 세상을 점령했다니, 큰일이구나."

"저 혼자 놈들을 몰아내거나 막아내는 건 무리가 있습니다. 하여 이곳의 기사들을 지원해 주셨으면 하여 이렇게 찾아오게 된 겁니다."

"기사들을 지원해 달라고……."

"큰 악마들은 제가 각지를 돌아다니며 먼저 처리할 것입니다. 기사들이 상대할 건 작은 악마들이 전부일 것입니다. 그리고 그곳 세상의 귀물 능력자들이 그들을 도울 것입니다."

"흠, 얼마나 지원해 주면 되겠는가?"

"많으면 많을수록 좋습니다."

"그렇군."

"그리고 그 누구보다도 먼저, 엘리우스를 데려가고 싶습니다."

"엘리우스? 흠, 그렇군. 그러면 큰 도움은 되겠어."

"네. 커다란 악마도 능히 상대할 수 있는 그라면, 반드시 큰 도움이 될 것입니다."

"귀족들과 상인들을 초대했을 때 이곳에 와 있던 그이니, 내 불러 줌세."

"네, 고맙습니다, 전하."

헤르메인 왕이 미소를 지으며 말했다.

"자네는 우리 세상을 구한 은인일세. 도움을 받았으니 당연히 도움을 주는 것이 당연하겠지. 내 온 힘을 다하여 도울 것이니 걱정 말게."

"고맙습니다, 전하."

"고맙기는. 은혜는 은혜로 갚아야 함이 마땅한 게야."

헤르메인 왕은 등 돌려 급히 사라졌다.

아무리 왕이라고 해도 다짜고짜 기사들을 불러 모을 순 없었다.

서둘러 귀족들을 불러 모아 이 사안에 관해 상의코자 발걸음을 서두르는 거였다.

헤르메인 왕이 사라지고, 케라와 제라로바가 말해 왔다.

"너의 세상이 위험하다고 하니, 우리도 가서 도우마."

최강은 살짝 어색한 미소를 머금었다.

"아직은 무리가 있지 않을까요?"

"뭐?"

"두 분은 이제 막 다른 몸으로 들어가셨습니다. 시간만 있으면 얼마든지 강해지실 두 분이겠지만, 지금은 그리 강하지 않습니다. 오히려 무리를 하시다가 위험에 처할까 걱정됩니다."

"끄음……."

아쉬워하는 둘에게 최강이 웃으며 말했다.

"저를 돕고자 하시는 마음은 정말 고맙습니다. 하지만 지금은 힘을 키우는 데 전념하세요. 그러서야 합니다."

"후우, 너의 말이 맞다. 우린 아직 너를 도울 만큼 강하지 않아."

케라에 이어 제라로바도 아쉬워했다.

"최소한 1년만 시간이 주어졌어도 충분히 도울 수 있었을 것을. 참으로 안타깝구나."

그냥 내 심판을 받아 165

"괜찮습니다. 이곳의 기사들이라면 악마에게도 대항해 볼 만하니까요. 보호석을 지닌 그들인 만큼, 악마들의 마법이 통하지 않으니 충분히 잘 싸울 수 있을 겁니다."

케라가 현실을 직시하며 말했다.

"현재로서는 엘리우스가 가장 도움이 되겠군."

"네, 맞습니다. 이제 성검의 능력을 완벽하게 사용할 수 있는 그는, 유일하게 저와 검을 맞댈 수 있는 강한 자이니까요."

제라로바는 최강을 걱정하며 물었다.

"그보다 그 아이와 어머니는 잘 계시고?"

최강의 표정에 살짝 그늘이 졌다.

"어머니는 찾았지만, 아직 소현 씨를 찾지 못했습니다. 저쪽 세상의 통신을 복구하고 나면 찾는데 좀 더 수월해질 것 같기는 한데, 그 일을 서두르기 위해서라도 도움이 절실합니다."

"너희 세상에는 위성이란 게 있지 않느냐? 악마들도 그걸 건드리진 못했을 터인데."

"위성 전화가 있긴 하지만, 안테나 문제도 있고 그걸 가지고 있는 사람이 많지는 않으니까요. 해서 악마들을 처리하며 각 나라의 통신을 복구해 볼 생각입니다."

* * *

레이나는 나와 함께 온 엘리우스를 보며 살짝 어색해했다.

"그러니까 이분이 저쪽 차원에서 넘어오신 분이다, 그 말씀인 거죠?"

"맞아."

엘리우스가 자신만의 예의를 갖추며 자신을 소개했다.

"엘리우스 도리언이라고 합니다. 잘 부탁합니다."

"네, 저희야말로 잘 부탁드립니다. 도움의 손길을 주려 이 먼 곳까지 와 주셨으니까요."

나는 레이나에게 물어왔다.

"근데 내가 가고 얼마나 지났지?"

"하루가 지났지요."

"그렇군."

"왜 그러시죠?"

"시간이 너무 빨리 지나가서. 저쪽에 있었던 게 한 시간도 채 되지 않았던 것 같은데. 여기서 벌써 하루가 지났다고 하니까."

"시간의 차이가 그렇게나 난다고요?"

"어. 저쪽에서 병력을 정비하고 보내 주는 데 하루는 걸릴 것 같으니까 아마도 여기서는 한 달 후겠어."

"병력을 보내 준다고요?"

"어. 이제 한 달 후면, 악마 하나를 거뜬히 상대할 수 있는 기사들이 수없이 넘어오게 될 거야. 그때부터는 더는 악마를 두려워할 필요가 없게 될 테니까 기대하라고."

"그렇지만 그쪽 세상 사람들이 그렇게 넘어오게 되면 이쪽 세상 사람들의 혼란이……."

"그들은 도움만 주고 전부 돌아갈 거야. 그게 약속이니까 그 부분은 걱정하지 않아도 돼."

엘리우스가 내게 물어왔다.

"최강, 내가 여기서 해야 할 일은 무엇인가?"

"통신을 복구하러 다니는 사람들의 경호를 맡아 줘. 악마들로부터 무사할 수 있도록."

"통신이란 게 뭔지는 몰라도, 아무튼 사람들을 지키면 된다는 얘기군."

"맞아."

"알았네."

"두 팀으로 나누면 좀 더 일하는 게 빠를 거야. 나는 큰놈들을 대충 처리하고 다른 나라로 넘어갈 거니까, 그사이에 이 나라의 통신 복구를 맡아 줘."

"알았네."

* * *

다른 지역에 존재하는 커다란 악마들이 한곳으로 모여들었다.

커다란 악마 셋은 눈앞에서 벌벌 떨고 있는 작은 악마를 보며 무서운 표정을 머금었다.

"너의 그 헛소리를 지금 우리더러 믿으라는 것이냐? 빛의 세상에서 우리의 왕을 죽이고 온 인간이 있다니, 말이 안 되지 않느냐?"

"그렇다. 우리의 왕은 악마장군 넷과 싸워서도 이긴 최강의 악마시다. 그런 분을 인간 따위가 죽였다니, 있을 수 없는 일이다."

벌벌 떨던 악마는 크게 외쳤다.

"하지만 대우모스 님께서 당하시는 걸 제 눈으로 똑똑히 목격했습니다! 그놈은 작은 칼 하나로 단칼에 그분을 베어 버렸단 말입니다!"

커다란 악마 셋이 서로를 쳐다봤다.

"대우모스가 당해?"

"이놈이 대우모스의 수하인 건 맞아."

"그렇지만 믿을 수 없는 말인 것도 사실이야."

작은 악마는 말했다.

"그놈이 그랬습니다! 복수를 하고 싶거나 자신의 말을 확인하고 싶으면 저희가 넘어온 차원의 문이 있는 곳으로 오라고요! 6일 후, 그곳으로 온다고 하였습니다!"

커다란 세 악마는 서로 대화를 하였다.

"어찌할까?"

"어떤 놈인지 궁금하긴 하구나."

"이놈이 거짓말을 하는 게 아니라면, 특이한 힘을 지닌 인간인 게 맞을게야. 사실이라면 죽여야 해."

"그렇다고 해도 우리의 왕을 죽였다는 말은 믿을 수가 없군."

"그걸 확인하기 위해서라도 그곳으로 가야겠지."

"그렇군."

"그럼 결정되었군."

세 악마는 말했다.

"우리의 부하들을 너에게 붙여 주겠다. 너의 헛소리를 믿을
녀석들이 얼마나 있을지는 모르겠지만, 우리에게 전한 말을 각지에
있는 악마들에게 전하여라. 우린 지금 바로 차원의 문이 있는
곳으로 향할 것이다."

"네, 알겠습니다."

* * *

1년 전, 통신의 마비된 이후로 핸드폰의 쓰임은 시간을 본다거
나, 간단히 저장된 게임을 하는 용도가 전부였다.

그나마도 태양열을 이용한 보조배터리를 지녔거나, 태양열판의
전기를 이용할 줄 아는 사람들이나 가능한 얘기였다.

발전소의 가동 중지로 전기가 들어오는 지역은 거의 없었기
때문이다.

띠딩! 띠리딩!

"음? 이게 뭐야?"

"엇! 통신이 되고 있어!"

"정말이네? 안테나가 떴어!"

그런데 프랑스 각지에 있는 사람들의 핸드폰이 갑자기 작동하기

시작했다.

그리고 그들에겐 저마다 메시지가 도착하고 있었다.

[최소현. 당신이 이걸 보고 있다면, 나와 함께 갔던 조율자 조직의 본단으로 와 줘. 그럼 나를 만날 수 있을 거야. 최강.]

모두에게 전달된 전체문자.

그곳은 통신사 자체에서 보내 온 거였다.

그리고 사람들은 저마다 가족들에게 전화를 걸며 안부를 전하기 바쁘게 되었다.

"엄마, 괜찮아? 정말 괜찮은 거 맞지?"

"그래, 아들. 가족들은 다 괜찮고? 다행이다. 그래, 나도 무사해. 지금 어디에 있다고? 알았다. 내가 그리로 가마."

"어머니, 보고 싶어요. 살아계셔서 정말 다행입니다. 허흐흐흑!"

최강은 한 통신사 건물 옥상 위에서 아래를 내려다보고 있었다.

"가까운 지역으로는 메시지가 갔겠지······."

그의 곁으로 로타가 다가오며 말했다.

"전체 메시지를 통해 통신 관련 기술자들도 모으고 있습니다. 사람들이 더 모이고 나면 각 지역은 물론, 여러 나라의 통신 복구도 더욱 빨라질 겁니다."

"곧 악마들의 대이동이 있을 거야."

"음······. 정말로 악마들이 그곳으로 모여들겠습니까?"

"각 나라를 돌며 통신을 복구하면서도 커다란 악마들을 몇이나 쓰러뜨렸어. 일부러 몇을 살려 보냈으니까 놈들 사이에서도 소문이 돌겠지."

"사실 조금 걱정이 됩니다."

"훗, 왜? 내가 당할까 봐?"

"한 사람이 다수의 힘을 상대하기 벅찬 건 당연한 거니까요."

최강은 자신감을 담아 말했다.

"걱정 마. 내가 다치는 일은 없을 테니까. 놈들이 나의 실체를 공격하는 일은 없을 거거든. 아무튼 그 일이 잘 처리된다면, 저쪽 세상에서 넘어오는 자들의 일도 훨씬 수월할 거야."

* * *

늦은 밤.

사내 하나가 지하에서 나와 밖을 두리번거렸다.

그는 은밀히 한 건물로 들어가 옥상으로 오르는가 싶더니 점차 모습이 변해갔다.

악마가 인간으로 둔갑을 한 거였다.

그리고 그 악마는 한곳으로 날아 커다란 악마가 있는 곳에 도착했다.

"인간들 사이에서 그런 것이 돈다고……."

"네, 아무래도 인간들이 통신을 복구하고 있는 것 같았습니다."

"벌레들이 귀찮은 짓을 하는군."

"그리고 그 통신을 복구하는 놈들이 주변 악마들을 죽이고 있다는 소문도 들려왔습니다."

"그건 나도 들었다. 놈들 중에 강력한 인간이 있다고 하더군."

"혹 악마들 사이에서 돌고 있는, 우리의 왕을 죽였다는 그 인간이 아닐까요?"

커다란 악마, 아르코나가 몸을 일으켰다.

잠시 잠깐, 그의 몸에서 붉은 섬광이 흘렀을까, 놀랍게도 그의 몸이 작은 악마처럼 작아지기 시작했다.

그리고 아르코나는 작은 악마와 눈높이를 함께하며 물었다.

"그놈이 찾고 있는 인간이 있다고?"

"네."

"골드 킹의 마스터에게 알려, 어떤 인간인지 알아내라. 그놈들이라면 그 생김새까지도 자세히 알아낼 수 있을 것이니."

"네, 아르코나 님."

수하를 돌려보낸 아르코나는 비릿한 미소를 머금었다.

"후후후, 이렇게 재미있는 일을 그냥 넘길 수야 없지."

* * *

영국을 시작으로, 독일, 프랑스, 네덜란드를 돌던 중 희소식이 날아들었다.

나는 한걸음에 달려가 나를 만나러 온 사람을 만났다.

"루카스!"

"최강 님!"

"살아 있었군!"

"대체 어찌 되신 겁니까? 저는 최강 님께서 잘못되신 줄로만 알았습니다. 오라고 한 곳으로 갔을 땐, 이미 그곳이 전부 사라지고 없었으니까요."

"그럴 만도 해. 사실 위험하기도 했고."

"그동안 어딜 가셨다가 이제야 오신 겁니까?"

"빛의 세상에 다녀왔어. 그게…… 여기 사람들 기준으로는 신계라고 해야겠군."

그 말이 맞을 것이다.

이곳 사람들은 저쪽 차원에서 온 귀물 능력자들을 신이라고 여기며 살아왔을 테니까.

"신계라고요?"

"어쩌다 보니 돌아오는 데 시간이 걸렸어. 여기가 이렇게 되었는지도 전혀 알지 못했고."

"그러셨군요……."

"그럼 그동안 어찌 지냈는지 좀 들어볼까?"

나는 그로부터 아직까지 발라스 조직이 유지되고 있음을 전해 들었다.

각지에 있는 위성 전화를 통해 조직을 유지하고 서로를 돕고 있었다고 한다.

"그래, 발라스라면 그 정도의 장비 정도는 갖췄을 테니 충분히 가능했겠지."

몇몇은 자기 살 궁리로 바빴을 테지만, 유지를 하고 있다고 하니 다행이다.

그런데 거기서 의외의 말을 전해 들었다.

"뭐? 인간들을 악마에게 넘기는 조직이 있다고?"

"네, 그렇습니다."

"미친……. 대체 어떤 놈들인데?"

"최강 님께서 그리되셨을 당시, 그곳에 나타났던 조직입니다. 조율자 조직의 장로파를 돕던 자들 말입니다. 나중에 안 사실인데, 그들은 국제적인 조직인 골드 킹이란 조직이었습니다."

"골드 킹?"

"정이한이란 자가 그 조직을 이끌고 있더군요."

뭐냐, 이 충격적인 말은.

"정이한. 내가 아는 그 정이한이란 말이지."

"한국 사람이고, 한때 발라스의 일원이었다고 하니 최강 님께서도 아시겠군요."

알다마다.

발라스를 나가 해외에서 큰 조직을 일으킨 것까지도 알고 있다.

공조위를 빼돌린 건 물론, 썬 아이즈를 돕던 것도 그의 짓이었으니까.

"근데 그가 악마의 편에 서서 인간들한테 그런 짓을 하고 있었다고?"

"저희들이 사력을 다해 막고는 있지만, 그쪽 조직의 힘이 너무 막강하여 어려움이 많았습니다. 놈들 조직에는 항상 기이한 능력자들이 함께였지요. 거기다가 신체적 능력을 향상시킨 괴물 같은 놈들도 종종 있었습니다. 뿐만 아니라 악마까지 함께하니 맞부딪쳤을 땐, 저희가 항상 물러나야 했지요."

"힘들었겠군."

"운이 좋아 잘 버티고 있었습니다."

나는 그의 어깨를 만져 주었다.

사람들을 위한 조직으로 탈바꿈되라 하였더니, 그 뜻을 이렇게나 잘 지켜 주고 있었다.

그의 노력과 행동들 모두가 고마운 게 당연했다.

"고생했어. 그리고 내가 온 이상, 앞으로는 그런 고생 안 해도 될 거야."

"저는 다른 무엇보다도, 최강 님께서 무사하신 것이 천만다행입니다."

"걱정해 줘서 고맙군."

그의 마음은 고맙지만, 방금 전에 들은 얘기로 나는 속이 마구 뒤틀렸다.

어떻게 같은 인간이면서도 인간을 가져다 바치는 짓을 할 수 있을까?

골드 킹, 이대로 가만히 놔둘 순 없다.

"다른 일들도 급하지만, 골드 킹부터 처리해야겠어. 인간이 악마의 편에 서서 이쪽 일을 방해 놓으면 그거보다 곤란한 일도 없으니까. 마커스, 혹시 놈들의 본거지가 어디인지 알아?"

그러자 마커스의 눈빛이 반짝였다.

"네, 압니다. 알지만 칠 엄두가 나지 않아 두고만 보고 있었죠."

"훗, 그거 잘됐군. 그 위치, 나한테 알려 줘."

"네, 알겠습니다."

* * *

정이한은 악마가 자신을 찾아왔다는 말에 서둘러 복도로 나갔다.

악마는 친숙한 인간의 모습으로 그의 앞으로 다가오고 있었다.

"오셨군요. 이쪽으로 들어가시죠."

둘은 잠시 뒤, 소파에 앉아 얘기를 나누었다.

"나의 주인의 말을 전하러 왔다."

"말씀하시지요. 저희가 무엇을 하면 되겠습니까?"

"어제부터 각지에서 인간들에게 이상한 메시지가 전달되고 있다는 걸 알고 있나?"

정이한은 핸드폰을 꺼내 들었다.

"네, 알고 있습니다. 저한테도 날아왔으니까요."

"그 내용에 관해 알아보라는 것이 나의 주인, 아르코나 님의 뜻이다."

"최소현, 이 여자에 대해 알아보란 겁니까?"

"그래. 아르코나 님께선 특히 그 인간의 모습을 알고 싶어 하신다."

정이한은 살짝 고민했지만, 곧 솔직하게 답했다.

"그 여자에 관한 거라면 제가 일부 자료를 가진 게 있습니다."

"그래?"

정이한은 잠시 뒤에 있는 책상으로 가 컴퓨터로 검색을 하는 것 같았다.

그리고는 태블릿으로 옮겨 와 찾아온 악마에게 최소현의 모습을 보여 주었다.

"이 여자가 바로 최소현입니다."

"예쁘게 생긴 인간이군."

"일전에 최강을 잡기 위해 미끼로 쓰려고 수집한 자료입니다. 그렇지만 최강은 차원의 문 소멸 사건 당시 죽었다고 알고 있는데…… 대체 누가 그를 사칭하여 그 여자를 찾고 있는 건지 모르겠군요."

"매우 강력한 인간이 인간들의 통신을 복구하고 각지를 돌아다니며 우리 악마들을 죽이고 있다고 하더군. 그래서 아르코나 님께서 직접 놈을 처리하실 생각인 듯하다."

"그렇군요."

"우리에게 대항하는 놈을 잡으려고 협력을 구하러 왔건만, 이렇게 자료가 바로 준비되니 좋군. 역시 인간 협력자가 있는 건 편해."

정이한이 영업용 미소를 지어 보였다.

"종을 자처한 저희이니 당연히 따라야지요."

"좋은 자세야. 앞으로도 그렇게만 한다면 그대들의 세력은 잘 유지될 거야."

"바라던 바입니다."

"그럼 난 이만 가도록 하지. 어서 이걸 아르코나 님께 보여 드리고 싶군."

정이한은 악마를 배웅까지 하며 떠나가는 걸 지켜보았다.

그런 그의 뒤로 자츠원 청이 다가와 물었다.

"저 악마는 또 왜 찾아왔다고 합니까?"

"단체 메시지에 대한 내용을 확인하고 싶었던 모양입니다."

"그 최소현인가 하는 여자 말이군요."

"조율자 조직의 골드 헌터를 제외하고는 더는 방해 될 게 없다고 여겨 왔는데. 대체 누가 왜 최소현을 찾는 건지……."

"설마, 그놈이 살아 돌아왔다고 여기시는 것입니까?"

"사실 그게 좀 불안하기는 합니다."

"하지만 3년을 사라졌던 놈이 다시 나타난다니, 뭔가 앞뒤가 맞지가 않습니다. 악마 차원의 문이 있는 곳에서 모든 것들과 함께 소멸했다고 들었는데 말이죠."

정이한은 하늘을 보며 조용히 중얼거렸다.

"악마를 죽이고 다니는 놈이라……. 최강, 정말 너인 것이냐?

정말로 살아서 돌아오기라도 한 거야?"

그가 아는 한, 악마는 쉽게 죽일 수 있는 존재가 아니었다.

하지만 그런 악마를 죽이고 다니는 존재가 나타났다고 하니, 정이한은 혹시라도 그 존재가 최강이지는 않을까 추측해 보았다.

* * *

나는 날을 새어 보았다.

"앞으로 이틀인가."

약속했던 열흘의 시간이 돌아오고 있었다.

열흘 후, 악마 차원의 문 앞에서 보자고 악마들에게 퍼트려 놓았는데.

과연 얼마나 되는 악마가 모일지.

"전부는 아니더라도 반 이상은 모이겠지. 그거면 충분해. 나머지는 빛의 세상에서 오는 기사들로 쓸어버리면 이 세상은 금방 깨끗해질 거야."

물론, 인간으로 둔갑한 악마도 많을 것이다.

아마도 살아남기 위해 인간인 척 숨어서 지낼 것이다.

그러나 그 또한 해결 방법은 있다.

조율자 조직의 마경이면 하나하나 찾아내어 결국에는 전부 잡아낼 수 있을 것이다.

"전부 처리하고 나면 악마 차원의 문을 닫아야 할 텐데…….

그 방법을 누가 알려나."

단순히 보석을 가져다 댄다고 되는 문제는 아닐 것이다.

차원의 문을 막을 수 있는 호아스의 눈물을 가지고 두 번을 넘나들었지만 어떤 반응도 느끼지 못했다.

그래서 전화를 해 레이나에게 물었다.

"어, 나야. 잘 들리나?"

[네, 통화 음질은 괜찮네요.]

"뭐 좀 물어보려고 하는데. 악마들을 모조리 쓸어버리면 악마 차원의 문을 닫아야 하잖아. 혹시 그 방법을 알고 있나?"

[아마 조르센 님은 알고 있을 겁니다. 그분 역시 제블런 님하고 케리나 님과 함께 빛의 세상에서 온 분이니까요.]

빛의 세상에서 넘어온 이들 중에 유일하게 살아남은 골드 헌터.

그가 알고 있다 이거지.

아마 그가 지금까지 삶을 이어 온 것도 다 제블런의 시간 능력 덕분이었을 거다.

시간 능력자는 특정 존재나 대상의 시간을 되돌리는 능력을 지니고 있었으니까.

"그렇군. 그럼 그와 만나 봐야 하는 거군. 알았어. 이만 끊을게."

전화가 되고 나니 확실히 편리하기는 했다.

그렇지 않았다면 소식을 전하고 궁금증을 묻는 데 무척 오랜 시간을 들여야 했을 거다.

"그럼 악마들을 처리하기 전에 인간을 팔아넘기는 암 덩어리부터 제거해 볼까."

* * *

중국의 깊은 숲속.

산의 비탈길을 겨우 지나야 도달할 수 있는 장소로, 누군가
특정한 목적이 있지 않고서는 발길을 들이지 않을 곳이었다.

그런 숲속에는 커다란 농장만 하나 있을 뿐이었다.

나는 나무로 우거진 숲에서 그곳 농장의 건물을 지켜보고 있었
다.

"조용한데. 정말로 여기가 맞아?"

나는 잠시 마커스가 해 준 얘기를 떠올렸다.

["한 번 놈들을 함정에 빠뜨려 큰 피해를 준 적이 있었는데,
위성으로 도망친 놈들을 추적하였을 때 그곳에서 사라진 것을
확인했습니다. 분명 그곳에 놈들의 본거지가 있는 게 틀림없습니
다."]

아마 현재로서는 전 세계에서 발라스가 유일하게 위성을 통한
감시가 가능한 조직일 것이다. 현재는 각 정부가 무너진 것은
물론, 안테나의 파손과 감시로 그런 걸 사용하지 못하도록 악마들
이 막고 있으니까.

"아무튼 위성과 접속할 수 있다고 하니 다행이야. 그거라면 큰 악마들 정도는 그 위치를 정확하게 알 수 있을 테니까."

과학의 발달로 위성은 도로를 달리는 차도 볼 수 있을 정도가 되었다.

작은 악마야 사람과 비슷한 크기여서 분별이 어렵겠지만, 큰 악마는 확실하게 발견할 수 있었다.

이틀 후, 악마들이 악마 차원의 문으로 전부 모이지 않는다고 할지라도 위성을 이용하면 큰 악마 정도는 금방 찾아서 제거할 수 있는 것이다.

"통신의 활용도 점점 높아지고 있고, 위성도 사용할 수 있게 됐어. 이대로 범위만 넓히면 소현 씨도 금방 찾을 수 있겠지."

솔직히 빨리 찾고 싶어서 마음이 급하다.

너무 보고 싶고, 아이에게도 하루빨리 엄마를 데려다주고 싶었다.

하지만 당장 세상을 이 잡듯이 뒤진다고 해결될 일이 아니다.

그녀도 어딘가에서 움직이고 있을 테니까.

시간을 두고 통신을 복구하며 그녀도 내가 자신을 찾고 있다는 것을 알아야 닿을 수 있는 문제였다.

"아무튼 지금은 이 일에만 집중하자. 여기가 맞다고 했으니 확인해 보면 알겠지."

나는 주변을 스윽 한 번 둘러봤다.

"건물은 저 집과 창고가 전부인 것 같은데. 숲에도 딱히 카메라나

감시할 법한 것들이 보이지는 않고."

그래도 혹시 몰라서 투명화 마법을 펼쳐 두기는 했다.

내가 접근하는 걸 적에게 먼저 알리고 싶지는 않으니까.

아무튼 주변에 보이지 않는다면, 조율자 조직의 은신처처럼 지하에 무언가를 두었을 게 분명했다.

그래서 투시와 색적 마법을 펼쳐 보았다.

그런데 그 순간, 놀라운 것들이 보이기 시작했다.

발밑으로 층층이 엄청난 규모의 지하가 보이는 것이다.

"뭐야, 이거. 대체 여기다가 무슨 짓을 해 놓은 거야?"

엄청나게 넓은 부지 전체가 놈들의 본거지였다.

그 밑으로 몇 층이나 되는지 모를 공간이 계속 보였다.

뿐만 아니라, 주변 나무들도 보통 나무들이 아니었다.

나무들 사이로 진짜 같은 가짜 나무들을 심어 놓은 거였다.

그리고 그 나무들 자체가 감시 시스템인 듯 보였다.

그 안쪽으로 카메라들이 존재하여 주변을 감시하고 있는 거였다.

"골드 킹. 이거 발라스에 그리 뒤지지 않은 조직이었겠는데
……."

아무리 소울 카드로 돈을 많이 빼갔기로서니, 정이한이 어떻게 그 단시간으로 이런 조직을 만들 수 있었던 걸까?

어떤 방법을 썼는지 모르기에 이해하기가 어렵다.

한 가지 분명한 건, 이런 조직을 단시간 내에 만든 그의 능력이 보통이 아니라는 것이다.

"그 힘으로 인간들을 돕지는 못할망정, 네놈들의 욕구만 충족하고 있었던 거냐. 이 더러운 놈들."

정이한에게도 정말 많이 화가 났다.

그리고 이쯤 되면 그와의 인연도 끝을 내야 할 때가 됐지 싶다.

"지옥은 악마가 아니더라도 누구든 보여 줄 수 있다는 걸 보여주지."

나는 허공에서 손가락을 움직였다.

투시를 통해 깊숙이 들여다보니 아래의 공간으로 선로가 보였다.

다른 쪽으로 길게 이어진 걸로 보니 지하에 퇴로를 만들어놓은 게 분명했다.

하여 나는 그곳을 통해 도망치지 못하도록 그곳부터 막고자 했다.

곧 일어날 일에 있어, 혹시라도 살아남아 올라올 이들이 오로지 위로만 올라올 수 있도록 하고 싶어서였다.

콰과과광-!

* * *

위이이이잉-!

위이이이잉-!

커다란 경보 소리에 사람들이 분주하게 움직였다.

"무슨 일이야!"

"외부로 빠져나가는 선로 쪽에서 폭발이 있었다고 합니다!"

"뭐? 거기서 왜 폭발이 일어나?"

"모르겠습니다!"

"어서 가서 확인하고, 누가 이 경보 좀 끄든가 해!"

"네!"

외부 탈출용 선로는 그 위층까지 와르르 무너져 상당 부분 매몰된 상태였다.

"누가 장비 좀 가져와서 이것들 좀 치워!"

"네!"

관리자인 사내는 매몰된 곳을 보며 미간을 잔뜩 찌푸렸다.

"대체 뭐야, 이게? 갑자기 왜 이런 일이 일어난 거야?"

단순한 구조적 문제로 붕괴했다 보기에는 무너진 규모가 너무 컸다.

그리고 애초에 그렇게 허술하게 지어졌을 리 없는 곳임을 누구보다 잘 아는 관리자였다.

하여 그는 침입자에 의한 폭발물로 폭발이 일어난 게 아닌가 의심했다.

"어이, 거기! 누가 여기에다가 폭발물을 설치한 건 아닌지, 관리실에 확인하라고 해! 어서!"

"네!"

정이한도 자신의 사무실에 있다가 미세한 진동과 붉은빛으로 번뜩이는 경보를 보고 복도로 나왔다.

"무슨 일이야? 침입자라도 있는 거야?"

지나던 이가 얼른 멈춰 서서 사정을 설명했다.

"그런 것이 아니라, 탈출 전용 선로에서 폭발이 일어나 그 위층까지 무너져 내렸다고 합니다. 지금 원인을 파악 중에 있습니다."

"선로에서 폭발이?"

그는 전용 무전기를 통해 보안실로 연결했다.

"보안실. 들리나? 마스터다."

[네, 마스터. 보안실장입니다.]

"선로에서의 폭발이 있었다고 들었다. 혹시 외부 침입자에 의한 폭발인가?'

[침입에 관해선 전혀 확인된 바가 없습니다.]

정이한은 잠시 생각하더니 다시 물었다.

"그럼 사고 당시의 장면은?"

[지금 찍힌 걸 계속 돌려보고 있는데, 단순히 허물어진 건 아니었습니다. 피해의 규모로 보아 분명한 폭발이었습니다.]

"그럼 우리 내부에 첩자가 있다는 소리야?"

[그럴 가능성도 배제할 순 없을 것 같습니다.]

침입자는 없는데, 가장 하층에서 폭발이 일어났다.

정이한은 아무도 모르게 위층의 보안을 뚫고서 거기까지 내려갔다는 건 말도 안 되는 일이라고 생각했다.

첩자에 대한 의심부터 드는 게 당연했다.

그런데 바로 그때였다.

[마, 마스터……!]

"왜, 또 무슨 일이야?"

[외부 카메라 화면을 봐 주십시오!]

다급한 목소리에 정이한은 사무실로 돌아가 리모컨을 들었다. 그리고 서둘러 외부 카메라를 확인했다.

"뭐야, 저게……."

그의 시야로 들어오는 건 매우 충격적인 장면이었다.

유성과도 같은 거대한 불덩어리들이 자신들의 아지트가 있는 곳을 향해 수없이 많이 떨어지고 있었기 때문이다.

쾅쾅-! 쾅쾅-!

우르르르르르르!

지면에서 일어나는 거대한 충돌과 폭발로 농장의 집과 창고는 불길에 휩싸이며 쓸려나갔다.

"으아아악!"

"끄아악!"

쿠구궁-!

퍼서서석!

지하 1층부터 3층까지 단숨에 와르르 무너지는 건 물론, 그 무너진 위로 또 한 번의 불길이 떨어지며 더욱 거대한 구멍을 만들어 갔다.

정이한은 천장에 금이 가는 것을 보며 얼른 사무실에서 나왔다.

"젠장······! 어서 여길 빠져나가야······!"

하지만 막 움직이려고 했던 그는 표정이 굳어졌다.

이런 일을 대비하여 마련해 둔 탈출로가 이미 막혀 버렸기 때문이다.

"도망갈 퇴로부터 막았어······. 설마, 이게······ 처음부터 계획된 거였다고?"

우연이라고 보기엔 최악의 타이밍이다.

지금 일어나는 일이 악마에 의한 것인지, 인간의 마법의 의한 것인지는 알 수가 없다.

하지만 퇴로 없이 이 공격을 무방비로 받아내야 하는 현실은 변하지 않았다.

"젠장······."

곧 정이한이 있는 곳 천장도 와르르 무너지고 있었다.

두루루루루루룩······!

* * *

온 사방으로 시체 타는 냄새가 진동을 했다.

그나마 목숨을 구한 이들은 허물어진 곳을 붙잡고 위로 오르고 있었다.

"이봐! 여기야! 누가 밧줄 같은 것 좀 내려줘!"

"잠깐만 기다리십시오! 밧줄을 찾아오겠습니다!"

밧줄 대용으로 소방호스와 전깃줄이 이용되었다.

생존자들은 서로를 도우며 하나둘 지면 위로 오르고 있었다.

가장 먼저 위로 오른 사내는 뻥 뚫려 버려 폐허가 되어 버린 아지트를 보며 입을 다물지 못했다.

"이 엄청난 곳이 이렇게 순식간에 무너져 내리다니……."

곳곳에서 하나둘 오르던 사람들이 수십이 되었다.

그들은 망연자실한 얼굴로 주저앉기도 했다.

그러나 바닥이 다시 무너지려고 하여 더욱 멀리 몸을 피해야 했다.

충격의 여파로 지반이 불안정한 거였다.

"대체 왜 이런 일이 일어난 거야?"

하늘을 보지만 하늘은 맑기만 했다.

"정말 여기로 유성이라도 떨어졌다는 거야?"

"이제 우린 어떻게 해야 하는 거지?"

"어떻게든 다른 지부로 찾아가야지."

"그보다 마스터는? 누구 마스터를 본 사람 있어?"

"최하층에 계셨을 텐데……. 과연 저 무너진 곳 사이에서 무사하실지……."

그러나 그 누구 하나 정이한을 찾기 위해 선뜻 아래로 다시 내려갈 사람은 없어 보였다.

방금 전에 겨우 목숨을 구하고 올라온 이들이어서 다시는 저 안으로 들어가고 싶지가 않은 거였다.

겁에 질린 그들의 표정에는 오직 안도만이 머물러 있을 뿐, 누군가를 걱정하는 표정은 그 어디에도 보이지 않았다.

* * *

털이 가득한 괴수가 노인 하나를 안고서 폐허를 빠져나오고 있었다.

괴수가 밟을 때마다 곳곳이 무너져 내렸지만, 괴수는 반발력을 얻어 금방 지면 위로 올라왔다.

터덕.

"여기면 안전할 것 같습니다."

"그래."

괴수로부터 내린 것은 다름 아닌, 자츠윈 청이었다.

그리고 괴수는 순식간에 모습을 바꾸어 사람의 모습으로 돌아왔다.

귀물로서 괴수의 능력을 지닌 덕분에 저 붕괴에서도 무사할 수 있었던 거였다.

"조율자들에게 귀물 능력을 빼앗았기로서니 다행이지, 안 그랬으면 꼼짝없이 저 밑에서 매몰될 뻔했구나."

그들이 빼앗은 귀물은 바로, 조율자 조직의 장로파의 것이었다.

이미 장로파의 모든 이들은 골드 킹에 유전 정보를 빼앗기고 제거되어 그 누구도 살아 있지 않았다.

그로서 골드 킹은 더욱 강한 힘을 지니게 되었지만, 그럼에도 악마의 편에 서서 생존권을 보장받아 왔던 거였다.

싸울 능력이 충분하면서도 말이다.

"근데 대체 이곳으로 뭐가 떨어져 내린 거였을까요?"

"분명 잠깐 카메라에 보였던 걸로는 유성이었던 것 같았는데."

"유성이 꽤나 많아 보였습니다. 그렇게 여러 개의 유성이 단숨에 같은 자리로 떨어지는 게 가능한 것입니까?"

"성층권 아래에서 쪼개진 거라면, 그것도 충돌 직전에 쪼개진 거라면 가능한 일이겠지."

자츠원 청은 허탈한 웃음을 흘렸다.

"흘흘, 하늘이 노하여 우리에게 벌이라도 내린 것인가……. 별일을 다 겪는군."

"한데 마스터께서는 무사하실까요?"

자츠원 청이 자신하듯 고개를 끄덕였다.

"그도 귀물 능력 하나를 얻었으니…… 저런 매몰된 곳에서는 죽지 않을 게야."

"그럼 기다렸다가 만나 뵙고 떠나시렵니까?"

그가 올라오는 걸 봤던 골드 킹의 요원들이 그에게로 몰려들었다.

"연구원장님! 무사하셨군요!"

"그래도 살아남은 자들이 꽤 있군."

"이제 저희는 어찌하면 되는 겁니까?"

"저마다 악마와의 약속된 표식을 지니고 있겠지?"

"네, 있습니다."

"그걸 차고 있으면 적어도 악마들에게 공격당하는 일은 없을 거야. 그러니까 다 함께 타고 갈 차를 찾아 가장 가까운 지부로 이동하자고."

모두는 희망으로 가득하여 저마다 표정이 밝아졌다.

어찌해야 할지 모를 상황에 방법을 제시해 줄 사람이 나타났기 때문이다.

자츠원 청만 믿고 따르면 어떻게든 살길이 열릴 것이라는 게 모두의 생각이었다.

그러나 자츠원 청은 무너져 내린 곳에서 시선을 거두지 못했다.

"죽지 않았으면 나올 때가 되었을 텐데. 왜 아직도 안 나오는 거야."

그는 마스터인 정이한을 홀로 놔두고 가는 것이 마음에 걸렸다.

그래도 조직의 수장인데, 그 생사를 확인하지도 않고 이대로 가 버릴 순 없었다.

"아직 마스터가 나오질 않았다. 나는 좀 더 기다릴 테니, 누군가 가서 차량을 구해 오도록 해라."

"제가 비상시 위장 차량 세워진 곳을 알고 있습니다! 지금 바로 가져오겠습니다!"

"그래."

사내들 몇몇이 본거지 주변으로 비상시에 사용할 수 있는 차량을 가지러 움직일 때였다.

갑자기 곳곳에서 폭발이 일어났다.

콰광-!

쿠아아앙-!

그것은 그들이 숲으로 얼마 들어가지 않았을 때 일어났다.

"뭐야……!"

온몸을 피칠한 사내 하나가 뒷걸음질로 숲에서 나와 넘어졌다.

털썩.

"무슨 일인가?!"

사내는 두려움이 가득한 얼굴이 되어 상황을 설명했다.

"앞서가던 사람들이 갑작스러운 폭발에 죽어 버렸습니다…….
뭔가 바닥에 지뢰가 깔려 있는 것 같습니다!"

"뭐라? 지뢰?"

자츠원 청의 표정이 심각하게 굳어졌다.

"탈출 선로의 파괴에 갑작스러운 유성, 거기다가 아무도 도망치
지 못하도록 지뢰까지……. 그럼 이 모든 것이 누군가의 계획이란
것인가…….""

자츠원 청을 구한 사내가 심각한 얼굴로 물었다.

"누군가 저희를 공격하고 있는 거란 말씀이십니까?"

"그 가능성을 배제할 수가 없구나. 여기서 나가는 건 조심해야겠
어."

자츠원 청이 살아남은 이들을 보며 물었다.

"혹시 귀물을 가진 자가 있느냐?"

그러자 다섯 명이 손을 들며 나왔다.

"저희가 귀물을 지니고 있습니다."

"겨우 다섯뿐이라고……."

자츠원 청은 실망이 컸다.

그렇다는 건, 족히 수십 개가 저 바닥 아래에 매몰되었다는 게 된다.

악마와도 대등할 만큼 싸울 힘들을 허무하게 잃고 말았다는 것이다.

누군가는 힘을 끌어올릴 새도 없이 무너진 더미에 깔렸을 테니 이해가 가지 않는 것은 아니다.

하지만 아까운 건 어쩔 수 없었다.

"지뢰가 있다면 자극을 주면 터질 것이다. 너희는 지금 바로 너희들의 능력으로 주변을 수색하여 길을 열어라."

"네."

그들이 움직이자 괴수로 변했던 사내가 말해왔다.

"제가 먼저 나무를 타고 넘어가서 숲 너머에 적들이 있는지 살펴보겠습니다."

"그렇지. 이 모든 게 의도된 거라면, 이런 짓을 벌인 놈들이 바깥을 지키고 있지 않는다는 게 말이 안 될 일이겠지."

지금은 피해가 너무 컸다.

어떻게든 이 일을 벌인 자들을 피해서 여길 빠져나가야만 한다.

지금 적과 마주했다가는 전멸을 면키 어려웠다.

"그래, 가라. 가서 어떤 놈들이 기다리고 있는지 보고, 피할 길을 찾아라."

"네, 연구원장님."

그런데 얼마 지나지 않아서였다.

콰광-! 쾅-! 콰르릉!

갑자기 곳곳에서 강한 폭발이 연이어 일어났다.

그리고 하늘로 무언가가 떠오르는가 싶더니, 자츠원 청과 생존자들의 앞으로 떨어져 내렸다.

털썩.

그건 바로 뜯겨져 나간 사람의 팔이었다.

"꺄아아아악-!"

"으어어어어-!"

생존자들은 새하얗게 질려 두려움에 휩싸였다.

"뭐야, 방금 갔던 사람들…… 설마 다 죽은 거야?"

"저 팔의 옷. 방금 갔던 사람의 것이 맞아."

"지뢰만 있는 게 아니었어?"

방금 전 괴수로 변하여 숲으로 갔던 자 역시 다시 숲에서 걸어 나오고 있었다.

"연구원장님……."

"이보게, 자네……! 그게 어찌……!"

그러나 정상인 상태가 아니었다.

무언가에 심장이 뻥 뚫린 채로 걸어오다가 그 자리에서 쓰러져 다시 사람의 모습으로 되돌아가고 있었다.

"이럴 수가⋯⋯."

생존자 중 하나가 몸을 떨며 소리쳤다.

"저 숲에 적이 있는 게 틀림없습니다! 놈들이 우리를 포위하고 있는 거라고요!"

"안 돼⋯⋯. 난 죽고 싶지 않아!"

"으으⋯⋯ 다른 쪽으로 가야 해. 이곳 전부를 포위하지는 못했을 거야! 다른 곳이라면 빠져나갈 수 있을 거야!"

"맞아! 다른 곳으로 도망치자!"

생존자들이 우왕좌왕하며 사방으로 흩어져갔다.

이미 큰 충격에 빠진 자츠윈 청은 그들을 말릴 생각을 하지 못했다.

그저 지켜만 볼 뿐이었다.

"대체 누가⋯⋯ 어떤 자들이 우리를 이처럼 궁지로 몬단 말인가."

가만히 서 있던 그는 생존자들이 반 바퀴를 돌아 숲으로 들어가면서 폭발이 일어나는 걸 보았다.

퍼엉-!

콰광-! 콰콰광-!

그는 고개를 저어갔다.

"우리의 감시망을 피해 저리 많은 지뢰를 심었다고? 대체 어떻게? 분명 경고가 먼저 울렸어야 정상일 터인데⋯⋯."

그나마 현명한 이들 몇이 숲으로 들어가지 않고 눈치만 살폈다.

그리고 때마침 해까지 저물어가고 있어, 그곳에 있는 모두를 더욱 두려움으로 밀어 넣고 있었다.

* * *

위치가 들킬까 싶은 생존자들은 날이 서늘해짐에도 모닥불조차 피우지 못했다.

석에 의해 노출되고 그로 인해 목숨을 잃을까 염려해서다.

그리고 그들 중에선 단둘이 따로 나와 있던 남녀가 대화를 나누고 있었다.

"우리 언제까지 이렇게 여기에 갇혀 있어야 하는 걸까요?"

여자의 말에 남자가 가까이 다가서며 속삭였다.

"가장 폭발이 많이 일어났던 곳. 그쪽으로 빠져나가면 생존 확률이 커."

"그게 무슨……."

"생각을 해 봐. 아까 폭발이 일어나고 나서 일부러 그쪽으로 간 사람들이 있었어. 이미 그쪽에 있던 지뢰가 폭발했으니 안전할 수도 있겠다 싶어서 간 거였겠지. 근데 또 폭발이 일어나 죽어 버렸단 거야. 분명 또 다른 누군가도 이제 더 이상 그 자리에 지뢰가 없겠지 하는 생각으로 거길 다시 갈 거라고. 그렇게 다 터지고 안전해지면, 우린 그때 나가면 되는 거야."

"아~!"

"다른 사람한테는 말하지 말고. 희연 씨하고 나, 둘만 알고 있자고. 나만 믿고 따라와. 그럼 살게 해 줄 테니까."

"고마워요, 명건 씨."

이런 최악의 상황에서도 서로를 믿고 의지하며 마음을 키워 가는 이들도 있었다.

그러나 최강은 이들 중 그 누구도 살려 둘 생각이 없었다.

그는 숲 중간에서 비릿한 미소를 머금으며 두 팔을 양옆으로 펼쳤다.

스륵! 스륵! 스륵!

그러자 검고 어두운 존재들이 사람의 형체를 만들며 곳곳에서 나타나기 시작했다.

그러한 존재들은 숲 주변으로 수없이 많이 생겨났으며 하나둘 무너져 내린 땅을 향해 다가가기 시작했다.

"이제 움직이면 죽는다는 인식이 새겨졌나? 그럼 지금부터 가만히 있으면 죽는다를 겪어 봐."

최강은 골드 킹의 본거지를 무너뜨린 직후, 그 둘레를 돌며 함정 마법을 설치했다.

그 누구도 그곳을 빠져나가지 못하게 하며, 두려움에 떨다가 죽어가기를 바라서다.

그들로 인해 희생당한 인간들의 고통을 조금쯤은 겪어 보고 죽으라는 거였다.

하지만 숲으로 들어가면 죽는다는 인식이 생겨서일까, 더는 움직이는 이들이 없었다.

그래서 이렇게 직접 두려움과 죽음을 선사하고자 어둠의 힘을 일으켜 생존자들에게 보내고 있었다.

생존자 중 사내 하나가 숲으로 살며시 들어가자 그걸 발견한 다른 사내가 급히 말했다.

"야, 미쳤어? 들어가면 어떻게 되는지 몰라?"

"그럼 어떻게 해, 소변이 급해서 미치겠는데. 여자들도 있는데, 그럼 여기서 그냥 쌀까?"

여자들이 어색한 표정으로 시선을 돌렸다.

자신들도 급하긴 마찬가지여도 꾹 참고 있던 생리현상이었다.

"조금 정도는 들어가도 괜찮을 거야. 신경 쓰지 마."

여자들도 그 조금을 기다리는 눈치다.

숲으로 들어가는 사내가 무사히 돌아온다면 자신들도 그 정도는 들어가 생리현상을 해결할 수 있지 않나 싶어서다.

그래서 사내가 돌아오기를 기다리며 관심 어린 시선을 주고 있었다. 그런데 바로 그때였다.

"히익! 이게 뭐야……! 으아아아악-!"

사내의 비명 소리에 깜짝 놀란 사람들이 자리에서 벌떡 일어났다.

"뭐야……. 무슨 일이야, 또…….."

숲에서는 이상한 소리가 들려오고 있었다.

히아아아아……!

캬아아아아……!

사람의 소리와는 다른 기이한 소리였다.

그것은 잔잔하게 떨리는 소름 끼치는 울림이었다.

"뭐야, 뭐냐고……."

소리가 가까워짐에 따라 모두가 뒤로 한 걸음씩 물러났다.

하지만 더 물러나면 매몰된 곳이다.

그들에겐 벼랑이나 다름없었다.

그런데 바로 그때!

캬아아아아……!

숲에서 검은 무언가가 튀어나오더니 사람들을 덮치기 시작했다.

"흐아아아악-!"

"으아아아아악-!"

검은 무언가에 휩싸여 재로 흩어지는 사람들.

그러한 광경에 생존자들은 혼비백산하여 비명을 내질렀다.

"꺄아아아아악-!"

"도망쳐!"

"으아아악!"

놀라 그곳을 바라보던 다른 장소에 있던 이들에게도 같은 일이
벌어졌다.

자츠윈 청도 눈을 부릅뜨며 비명이 들려오는 곳을 보지만, 어둠

때문에 아무것도 보이질 않았다.

"빌어먹을, 대체 무슨 일이 벌어지고 있는 거야……."

그는 얼른 호주머니를 뒤졌다.

혹시 모를 상황에 대비해 자신이 만든 부스터를 꺼내어 얼른 입에 넣고 꿀꺽 삼켰다. 아니나 다를까, 그가 있는 곳에서도 숲에서 이상한 소리가 들려오며 어둠이 덮쳐 왔다.

"흐아아악-!"

"이게 뭐야-!"

"으아아아악-!"

자츠윈 청에게도 어둠의 존재가 덮쳐 왔지만, 그에게도 귀물이 있었다.

그가 손을 휘두르자 날카로운 바람이 생성되어 어둠의 존재들을 소멸시켰다.

캬아아아아……!

그러나 그가 사용하는 힘은 극히 일부였다.

한둘 정도는 소멸시킬 수 있었을지 몰라도 수십이 덮쳐 올 때에는 두려움에 휩싸여야 했다.

"저리 가! 저리 가-!"

* * *

자츠윈 청은 눈을 질끈 감은 채로 아침 해의 따스함을 느꼈다.

주저앉아 얼굴을 무릎에 파묻은 그는 경직된 두 손을 펼쳐 두고 있었다.

그를 감싼 바람의 막.

그 힘이 밤 내내 그를 지켜 낸 거였다.

무너져 내리는 천장을 버텨 낼 수도, 벽을 뚫어 낼 수도 없었지만, 어둠의 존재로부터 스스로를 지킬 힘 정도는 되었던 것이다.

스윽.

천천히 고개를 든 그는 졸려오는 정신을 겨우 붙잡으며 주변을 둘러봤다.

주변은 고요함과 정적만이 감돌았다.

이따금씩 짐승의 소리와 새 소리가 들려오긴 했지만 그게 다였다.

사람은 그 어디에도 보이지 않았다.

"전부 죽은 건가……."

어쩌다 보니 유일한 생존자가 되었다.

살며시 일어나 아래를 내려다보는 그.

"마스터는 죽은 것일까……. 살아 있다면 이미 올라왔어야 하는데……."

바로 그때.

그는 등 뒤로부터 들려오는 섬뜩한 목소리를 들어야 했다.

"정이한을 기다리기는 이쪽도 마찬가지야."

홱 하고 뒤를 돈 자츠윈 청이 손을 내밀며 경계했다.

언제부터 그곳에 있었는지는 모른다.

하지만 그의 앞으로는 최강이 서서 그를 지켜보고 있었다.

"너, 너는⋯⋯."

"나를 안다는 표정이군."

"최강⋯⋯."

"맞아."

"너는 분명 죽었을 텐데. 어떻게 살아 있는 거야?"

"다들 그렇게 아는 모양인데, 보다시피 나는 이렇게 멀쩡해."

자츠윈 청은 과거 들어 왔던 수많은 기억을 떠올렸다.

[최강 그는 여러 마법을 쓴다고 합니다.]

[그 녀석은 모습을 감추는 건 물론, 어디든 숨어들 수 있는 모양입니다. 절대로 놈에게 우리의 아지트를 걸려선 안 될 겁니다.]

[헌터들을 아무리 보내어도 그의 마법에는 상대가 되지 못했습니다!]

[그는 평범한 방법으로는 절대로 죽일 수 없습니다.]

[조심해야 합니다.]

[그를 조심하십시오!]

[그놈은 귀신같은 놈입니다!]

거기에는 정이한이 했던 말도 있었고, 조율자 조직의 장로가 했던 말도 있었다.

뿐만 아니라, 최강을 상대했던 모든 이들이 했던 말들이 모조리 떠올랐다.

"이잇!"

위기감을 느낀 그는 최강을 향해 손을 휘저었다.

스핫-!

흐릿한 바람의 일렁임이 최강을 향해 날아들었다.

그러나 그 바람은 최강의 앞으로 도달하지 못하고 흩어지고 있었다.

"뭐야……. 왜…….."

"귀물을 지녔군. 바람의 힘을 다루는 귀물인가?"

자츠원 청은 발악하듯 다시 손을 몇 번 더 휘저었지만, 그때마다 바람은 최강의 앞에서 모조리 흩어졌다.

"소용없어. 그 본질을 이해하고 볼 줄 아는 나에겐 통하지 않아."

갑자기 돌풍이 휘몰아쳤을까.

후우우웅-!

자츠원 청의 온몸 곳곳이 날카롭게 베여 갔다.

"커윽!"

순식간에 열 곳이나 베인 그는 자신의 능력과 같은 공격이 사방에서 덮쳐 왔음을 깨달았다.

"너에겐 이것이 그리도 쉬운 것인가……."

"어."

"이제 나를 어떻게 할 생각이지?"

최강은 그를 냉정한 시선으로 보았다.

"세상이 변하기 전에도, 그리고 그 이후에도 너희는 악한 짓을 너무 많이 했어. 그쯤 되면 그만할 때도 됐잖아."

"모두가 살아남기 위해 다른 길을 선택했을 뿐이다."

"그 모두가 자신이 살기 위해 다른 사람을 해치는 선택을 하진 않아. 너희가 죽어야 하는 건 그 이유에서야."

"그래서 네놈이 우릴 심판하겠다고? 웃기지 마라. 네놈이 무슨 신이라도 되는 줄 알아?"

"어."

"뭐……?"

"신, 되어 보려고. 능력도 되는 것 같고, 사람들도 그렇게 믿어가고 있어서 한번 해 볼까 해."

"미친……."

"그러니까 당신들은…… 그냥 내 심판을 받아."

자츠윈 청은 얼른 부스터를 꺼내어 다시 입에 넣으려고 했다.

밤에 먹었던 것은 이미 효력을 다했다.

해서 다시 먹어 어떻게든 저항을 해 보려고 했다.

그러나 부스터를 입에 넣으려고 하기도 전에 갑자기 발밑에서 불길이 솟구쳤다.

화르르르륵!

"히악! 흐아아아악-!"

불길은 점차 커져 하늘까지 치솟았다.

바람을 일으켜 그 불을 꺼 보려고 하는 자츠원 청이었지만, 더욱 강한 열기에 까맣게 타 허물어지고 있었다.

"이제야 마지막까지 끝났군."

최강은 이내 자츠원 청이 떨어뜨린 부스터를 주워 들었다.

"이것 때문인가. 놀라운 힘을 쓴다던 이유가."

부스터가 몇 알 든 통을 챙긴 그는 무너진 아래를 가만히 응시했다.

투시와 색적 마법을 펼쳐 보지만, 사람의 형태로 살아 있는 존재는 아무것도 느낄 수 없었다.

"정이한은 끝까지 나타나지 않았어. 아무래도 저곳에서 죽은 모양이군. 여기서 더 할 일은 없겠어."

최강은 수직으로 하늘로 치솟는가 싶더니, 빠르게 날다가 금세 모습이 사라졌다.

그리고 그가 사라지고 얼마 후…….

자츠원 청이 재가 된 곳 앞으로 물이 뭉쳐 오르더니 점차 사람의 형태를 만들어갔다.

그는 바로 정이한이었다.

"후우…… 미안합니다, 청 씨……. 계속 지켜보고 있었지만, 나설 수가 없었습니다. 우리를 노린 게 무엇인지 그걸 먼저 알아야 했으니까."

정이한은 최강이 사라진 방향을 보며 착잡한 표정을 머금었다.

"살아 있었구나, 최강. 정말로 살아 있었어……."

고개를 돌려 걸음을 옮기는 그는 쓸쓸한 뒷모습으로 점차 숲으로 사라져가고 있었다.

"당분간은 숨어 지내야겠군. 녀석을 다시 만났다간, 그땐 정말 죽을지도 모르니까."

최강이 자신의 생존을 안다면 언제고 추적해 올 게 분명했다. 하여 당분간은 모습을 드러내지 않고 숨어서 살 생각인 정이한이었다.

4. 인류의 구원자

빙의로
최강요원

나는 독일로 돌아와 로타와 합류했다.

"내일이면 사람들도 어느 정도는 세상을 돌아다닐 수 있겠군."

"그런 날이 정말로 왔으면 좋겠군요."

"올 거야. 한 달 후 빛의 세상에서 지원군만 오면 세상의 청소는 금방 해결돼."

그런데 때마침 그때였다. 나의 핸드폰으로 알람이 떴다.

띠리리링.

"으음?"

뭔가 해서 확인을 해보았다.

[최강 씨, 저예요. 최소현. 터키의 앙카라에서 당신을 기다려요.]

나는 기쁨에 심장이 두근거렸다.

"하……! 최소현이야. 최소현이 연락이 왔어! 하하!"

로타도 놀라 물어왔다.

"찾으시던 그분이 말입니까?"

"어. 난 얼른 가 봐야 할 것 같거든? 이쪽은 당신이 알아서 맡아줘."

그렇게 기뻐서 한걸음에 날아가려고 하는데, 로타가 다급하게 말해왔다.

"저기, 잠깐만요!"

"어? 왜? 나 좀 마음이 급한데, 할 말이 있으면 빨리 해 줄래?"

로타는 살짝 머뭇거렸다. 뭔데 이래?

그러고 보니 아까부터 무언가 말을 할 타이밍을 찾는 것 같은 표정이기도 했는데.

"가시기 전에 먼저 엘리우스 씨와 조르센 씨를 만나 보시죠."

"엘리우스는 그렇다 쳐도, 조르센이란 사람까지?"

"꼭 만나 보셔야 합니다. 꼭이요."

* * *

터키의 수도, 앙카라.

최강은 무너져 내린 터키의 법무부 광장의 중앙에 서 있었다.

수심이 가득한 그의 얼굴은 마치 짙은 슬픔에 빠져 있는 것만 같았다.

저벅. 저벅. 저벅.

그런 그를 향해 얼굴을 스카프로 가린 여성 하나가 저 멀리서 다가오고 있었다.

스윽.

최강은 영혼 없는 눈빛으로 그녀를 보았다.

"최강 씨……."

"최소현?"

"네, 저예요."

스카프를 풀자 그녀의 얼굴이 나타났다.

여전히 그립고도 사랑스러운 얼굴이다.

그 얼굴을 보는 최강은 슬픔이 깃든 미소를 머금었다.

"정말 많이 보고 싶었는데……."

"저도 정말 많이 보고 싶었어요."

"그동안 어떻게 지냈어?"

"여기저기. 최강 씨를 찾아다녔죠."

"내가 원망스럽진 않았고?"

"이렇게 다시 만난 것만도 행복한걸요."

"훗, 그렇군."

최소현이 최강에게도 다가섰다.

최강은 그리움이 깃든 눈으로 그녀를 보았다.

그녀도 마찬가지의 눈으로 시선을 마주치며 말했다.

"정말 당신을 보고 싶었어요."

그녀가 최강에게 안겨들었고, 두 사람은 그렇게 포옹을 하는가 싶었다.

그런데 최강을 안은 최소현이 갑자기 비릿한 미소를 머금었다.

"너를 죽이고 싶어서 말이지."

푸악-!

최강의 등 뒤로 그녀의 손이 튀어나왔다.

하지만 그것은 인간의 손이 아니었다.

붉은 비늘로 가득한 악마의 손이었다.

"히힉!"

최강을 죽였다는 사실에 그녀는 환하게 웃었다.

그런데 이게 어찌 된 일일까, 갑자기 최강이 흙이 되어 와르르 무너져 내렸다.

투루루루룩……!

"아니!"

당황한 그녀.

최강은 언제부터 그곳에 있었던 것인지, 다른 쪽의 부서진 차에 기어대 그곳을 향해 바라보고 있었다.

"노력을 많이 한 건 알겠는데, 실수가 많았어."

"어떻게 안 거지? 내가 가짜인 걸?"

최강은 천천히 그녀에게로 다가가며 말했다.

"먼저, 그 목소리. 최소현의 목소리는 너처럼 그렇게 가늘지가 않아."

"호호, 나름 여성스럽게 한다고 했는데. 네가 찾던 인간의 목소리는 좀 더 굵었던 모양이군."

"그리고 마주 봤을 때의 키는, 나보다 살짝 낮은 정도였어. 여자치고는 제법 큰 키였지."

"사진에서는 딱 이 정도였던 것 같은데."

"그리고 결정적으로 하나 더."

최강은 쓴웃음을 머금으며 말했다.

"정말로 그 여자였으면 나를 보자마자 안기기보단, 주먹을 먼저 날렸을 거야. 그러면서 원망하며 마구 때렸겠지. 그런 여자였거든, 최소현은. 저돌적이면서도 자기 마음에 솔직한. 그런 여자였어……."

"아깝네. 제대로 속일 수 있었는데."

"인간의 핸드폰을 빼앗아 내게 그런 걸 보냈던 건가?"

"맞아. 번호도 떡하니 남겨서 보내는 것도 쉬웠어."

"악마가 이런 식으로 함정에 빠뜨리려고 할 것도 예상했어야 했는데. 그들이 아니었으면 꼼짝없이 나만의 환상에 빠져서는 당신이 진짜 최소현인 줄 알았겠어."

"그들?"

최강은 이곳에 나오기 전, 엘리우스와 조르센을 만난 걸 떠올렸다.

["당신, 최소현을 찾고 있다지?"

"맞아. 근데 왜? 혹시 그 여자를 만난 적이 있나?"

"만났지. 수많은 악마들에 휩싸여 사람들을 보호하고 있던 그
여자를."

"안 그래도 막 그 사람한테서 연락이 왔는데. 그래서 지금 만나
러……!"

"그거 가짜야."

"뭐?"

"그 여자, 죽었거든."]

최강은 심지어 그들과 함께 그녀의 무덤에도 갔었다.

["여기가…… 최소현의 무덤이라고?"

"아이를 안고 있던 여자를 보호하다가, 중형급 악마의 칼에
심장을 다쳤어. 그 여자는 죽어 가면서도 끝까지 아이의 안부를
물었지. 아이가 살아 있냐고……."

"커흐흐흐흑!"]

그녀의 무덤 앞에서 그는 하염없이 울었다.

이미 죽은 지 넉 달도 넘었다고 한다.

최강은 세상이 와르르 무너지는 것만 같았고, 도저히 숨을 쉴
수가 없었다.

그녀가 없는 세상을 생각하자니 도저히 살아갈 수가 없을 것
같았다.

그런데 그 순간, 조르센이 이런 말을 해 왔다.

["혹시 시간의 반지가 능력을 보인 적은 없었나? 그 반지는
격한 감정에서 반응하기도 하지만, 무언가를 되돌리고 싶은 강한
의지가 원동력이야. 만약 적합성이 맞는 누군가를 찾을 수만 있다
면, 이 모든 걸 되돌릴 수 있어."

"한 번인가, 반지의 힘을 쓴 적이 있어."

"그게 정말이야? 믿을 수가 없군. 한 사람이 그렇게나 많은
적합성을 가지긴 정말 어려운 일인데."

"나는 그걸 내가 마법사이기 때문이라 추정하고 있지."

"그럼 이제 모든 건 당신의 손에 달렸어. 당신이 그 힘을 제대로
사용하는 그때가……! 모든 걸 되돌릴 수 있는 순간이 될 거야.
그 여자를 살리고 싶으면 그 힘을 사용해 내. 오직 그것만이 힘없이
죽어간 모든 이들을 되찾을 수 있는 기회가 될 테니까."]

최강은 피식 웃었다.

"그들을 만나 최소현의 무덤까지 갔다가 왔는데, 떡하니 최소현
이라고 메시지가 왔으니 어떻게 생각했겠어."

"이런, 거기까진 예상 못 했네."

"그 얼굴, 대체 어디서 찾은 거지? 사진을 봤다면서?"

"인간한테서 구했어. 우리 악마들에게 협조적인 인간들도 있거든."

"골드 킹······. 혹시 그들인가?"

"그들을 알아?"

"안 그래도 어제 확 다 쓸어버리고 왔지."

"그래? 그거 아쉽군. 제법 쓸 만한 인간들이었는데."

최강이 냉기 가득한 시선으로 최소현으로 둔갑한 아르코나를 보았다.

"악마들 중에서도 돌아가려고 하는 놈이 있으면 그래도 살려 줄 생각은 있었는데. 넌 도저히 안 되겠다. 그 얼굴로 나를 농락한 건 도저히 못 참아."

"호호, 잘됐네. 어차피 나도 너를 살려 둘 생각이 없었거든. 너로 인해 우리 악마들의 손실이 너무 크니까."

최강은 잔인한 미소를 머금었다.

"가장 강한 적은 마지막으로 찾는 곳에 있다고 하더군."

"뭐?"

"줄리어스 시저가 남긴 명언이지. 그리고 너에게 그 마지막 적은 아마 내가 될 거야."

"신선하긴 하네. 내 앞에서 그 정도로 말을 많이 하는 놈은 지금까지 단 한 번도 없었······!"

그녀의 말이 미처 다 끝나기도 전에 최강의 모습이 사라졌다.

그리고 그의 모습이 아르코나 앞에서 나타난 순간, 그녀는 대포 알처럼 날아가 건물로 처박히고 그 반대편으로 튕겨나 날아갔다.

"끄윽! 치사한 인간 놈, 말하는 중에 이러기야?"

하늘을 본 순간, 태양 속에서 무언가 검은 형체가 보였다.

그녀는 있는 힘을 다해 옆으로 튕겨졌으며, 그 찰나 그녀가 있던 자리로는 큰 충격과 동시에 흙먼지가 뿌옇게 피어올랐다.

쿠궁-!

쏴ㅇㅇㅇㅇㅇ······.

"죽엇!"

아르코나는 그 흙먼지의 중앙을 향해 손을 뻗었다.

그러자 그녀의 손이 거대하게 변하며 쏘아져 흙먼지 전체를 움켜쥐었다.

그러나 허공을 쥐었다고 생각한 순간, 그녀의 표정이 고통으로 물들며 입을 쩍 벌렸다.

"허억!"

검은 그림자가 그녀의 팔을 수직으로 가르며 빠르게 쏘아지고 있었던 것이다.

얼른 팔의 크기를 줄이며 위로 솟구친 그녀는 건물 위로 올라서며 갈라진 팔을 떨었다.

"미친······! 나의 팔을 이 지경으로 만든다고?"

섬뜩.

본능의 경고를 받은 그녀는 다시 몸을 날려 피했다.

그와 동시에 날카로운 바람이 그 자리를 가르며 건물을 반으로 잘랐다.

공섬.

카우라를 머금은 그것이 펼쳐진 것이었다.

"악마들을 수없이 죽였다더니, 그 소문은 진짜였어. 인간이 이 정도로 강할 수 있다니, 놀라운데?"

이만큼이나 당했음에도 그녀는 그다지 위축되지 않았다.

"그럼 나의 진짜 힘을 보여 줘도 되겠어. 이거 오랜만이네. 왕위 쟁탈전 외에는 이렇게 싸워 본 적이 없었는데."

아르코나는 최소현의 모습에서 자신의 본래 모습으로 돌아왔다.

그리고 서서히 붉게 달아오르는가 싶더니 붉은빛으로 변하기 시작했다.

불길처럼 타오르는 듯 보이기도 했지만, 더 짙고 선명한 붉은색이었다.

그리고 그 몸에서 기이한 빛의 촉수들이 수없이 많이 흘러나왔다.

터덕.

최강이 날아 그녀의 앞으로 내려서자 그녀가 잔상을 그리며 달려들었다.

아르코나의 몸에선 최강에게 달려들기 직전, 수없이 많은 촉수가 일어나 칼날처럼 변하더니 짐승의 입처럼 최강을 향해 쏘아졌다.

움직임도 빨랐지만, 동시에 수십 개의 날카로운 송곳이 찍어오니 도저히 피하지 못할 것 같았다.

파앗-!

"아니!"

완전히 꿰뚫을 것이라고 여겼던 아르코나는 최강을 그대로 스치고 지나가자 영문을 몰랐다.

"뭐야, 어디로 간 거지?"

허공으로 솟구쳐 아래를 확인하지만, 최강의 몸은 그 어디에서도 보이지 않았다.

한데 갑자기 머리 위에서 기이한 압력이 느껴졌다.

위를 쳐다본 순간 그녀가 기겁했다.

"허업!"

크오오오오오-!

거대한 검은 용이 엄청난 위압감을 뿜어내며 괴성과 함께 자신을 향해 덮쳐오고 있었기 때문이었다.

긴 촉수가 그 검은 용에게 쏘아졌지만, 그녀는 충격적인 광경을 보아야 했다.

오히려 자신의 흘려보낸 기운이 사그라지며 소멸되어 가고 있는 거였다.

"말도 안 돼……!"

아르코나는 도망치듯 지면으로 빠르게 떨어졌고, 옆으로 다급하게 몸을 피했다.

파사사사삭-!

그녀를 뒤쫓던 용은 그대로 지면을 내리찍었다.

검은 용이 검은 연기가 되어 흩어졌고, 검은 용이 사라진 곳으로
는 깊숙한 구멍이 뻥 뚫려 있는 모습이 되어 버렸다.

거대한 싱크홀이 생겨 버린 것이다.

"대체 저건 뭐였던 거지?"

그게 끝이 아니었다.

갑자기 이상한 불의 괴수가 나타나 자신을 향해 달려들었다.

화르르르륵-!

"흐엇!"

그것은 인간 세상에서도, 자신의 세상에서도 보지 못한 기이한
형태의 괴수였다.

머리 위로 빛의 해파리 같은 것이 떠올랐는데, 무언가 투명한
판이 생기더니 강렬한 빛을 쏘아내기도 했다.

얼른 옆으로 피했지만, 피한 자리에서 생긴 판에 반사되어 그
빛이 그녀를 덮쳤다.

"하윽!"

옆으로 몸을 틀었지만, 팔 한쪽이 어깨까지 사라져 버렸다.

거기다가 불의 괴수가 짐승처럼 달려들어 나머지 팔을 물어뜯는
데, 마치 개에게 물려 여기저기로 끌려다니듯 사방을 끌려다녀야
했다.

"흐아아아악!"

빛의 촉수를 일으켜 괴수를 소멸시키고 나서야 겨우 일어난 아르코나는 강렬한 빛을 일으켜 사라진 신체를 복구해 나갔지만, 어디서도 찾을 수 없는 최강의 모습에 초조해지기 시작했다.

"이 모든 게…… 그놈의 능력이라고?"

과거 빛의 세상의 인간 마법사가 이만큼 강했다는 말을 듣기는 했었다.

그렇지만, 육체적 전투력도 높고 어디서 찾아야 할지 모를 놈이어서 곤란한 게 이만저만이 아니었다.

"나와라, 이놈-! 비겁하게 숨어서 이딴 것들이나 만들어내지 말고 어서 나와!"

그러나 최강이 나타나기는커녕, 방금 전에 소멸시킨 불의 괴수가 곳곳에서 하나둘 수를 늘려가고 있었다.

화르릉! 화르릉! 화르릉!

하늘로는 위험했던 검은 용이 세 마리나 더 나타나 꿈틀거리며 날고 있었고, 땅으로는 무언가 거대한 벌레가 기어 다니는 것 같았다.

여전히 빛의 해파리도 허공에 떠 있었는데, 언제 빛을 쏘아낼지 몰라 경계를 해야 했다.

"그래, 좋다. 아무리 네놈이라도 힘의 한계는 오겠지. 어디 끝까지 해보자, 인간."

* * *

최강은 자신의 원소 마법에 의해 고전을 면치 못하고 있는 아르코나를 보았다.

몸이 빛으로 변하여 잘 버티기는 했다.

그 빛은 때론 그녀의 무기가 되기도, 방패가 되기도 했다.

하지만 최강에겐 익숙한 힘이었다.

"제이슨에게 넘겨준 빛의 반지와 비슷한 것 같군."

다른 게 있다면 그 수가 많고, 날카로운 칼처럼도 변한다는 것 정도?

훨씬 상위의 힘처럼 보이는 건 분명했다.

그러나 최강이 만들어내는 힘으로부터 오래 버틸 순 없을 것이다.

"이미 한정된 마력으로 마법을 펼치는 단계는 지났다. 내 몸은 하나의 통로거든. 주변에서 모여드는 힘이 내 몸을 거쳐 마력으로 생산되고 있어서 나는 밤새도록 이 짓을 할 수도 있지."

아르코나는 최강의 힘이 모두 소모될 때까지 버티려고 했지만, 그 모든 게 소용없는 짓이었다.

아무리 부정하려 해도, 최강의 능력은 그녀를 월등히 뛰어넘었다.

"그럼 어디 환경 좀 바꿔 볼까."

최강은 머릿속에 있는 환경을 세상에 덧씌웠다.

스하하하하핫……!

환상 마법.

하나의 빛이 그를 시작으로 아르코나를 지나쳤다.

빛이 지나는 즉시 세상은 다른 모습으로 탈바꿈되었다.

"아니!"

아르코나는 깜짝 놀랐다.

다른 세상으로 이동한 듯, 주변 환경이 바뀌어 버려서다.

온 사방이 척박하기를 떠나 여기저기 용암이 흘렀다.

그 뜨거운 열기까지 느껴지고 있어 도저히 눈이 현혹되었다고는
생각할 수가 없었다.

"갑자기 세상을 이렇게 바꾼다고?"

그녀가 있던 바닥이 갑자기 위로 솟구쳐 올랐다.

부구구구국……!

"허업!

바닥은 거대한 손으로 변하였고, 그 손은 아르코나를 강하게
움켜쥐고 있었다.

악마가 빛의 촉수를 뻗어내어 버티지만 버티는 게 고작이었다.

"이잇!"

그리고 그 솟구치는 곳 위로 최강이 거대하게 변한 얼굴을
들이밀었다.

아르코나의 표정은 당혹스러움으로 굳어져 있었다.

"아냐. 이런 게 진짜일 리 없어."

"이렇게 보니까 악마란 것들도 하찮은 벌레 같군."

악마를 쥔 손의 압력은 더욱 강해졌다.

악마는 안간힘을 다해 버텼다.

"인간 따위가 어떻게……! 이건 아니잖아……!"

"아직도 인간이 너희보다 하등하다고 보는 거냐?"

거대하게 변한 최강은 주먹 쥔 손을 마구 내리쳤다.

강한 충격에 정신을 차릴 수 없었던 아르코나는 최강이 집어던지는 대로 바닥으로 떨어져 마구 굴러야 했다.

파다다닥!

"크윽!"

그리고 아르코나가 정신을 차리기도 전에 수많은 어둠의 존재들이 나타나 주변을 둘러쌌다.

서로 탑을 쌓듯이 얽히더니 아르코나를 완전히 감싸버린 것이다.

키하아아아아!

"이잇!"

위기를 느낀 아르코나가 사방으로 날카로운 빛의 촉수들을 마구 휘둘렀다.

어둠의 존재들이 닿는 즉시 소멸되었다.

그러나 소멸되는 것보다 다시 생겨나는 것들이 더 많았다.

"뭐야, 이것들은! 왜 죽여도 끝이 없는 거야!"

점점 더 늘어나며 좁혀오던 어둠에 안간힘을 쓰며 저항하는 아르코나.

그러나 어둠은 점점 더 안을 꽉 채워 버렸다.

"안 돼! 저리 가! 흐아아악!"

그리고 어둠이 그림자처럼 허물어져 내렸을 때는, 그곳에는 아무것도 존재하지 않았다.

* * *

최소현의 무덤이 있는 곳.

그 조촐한 돌무덤 앞에 앉은 나는 옛 추억을 떠올렸다.

"당신을 처음 만났을 때, 당신이 나한테 총을 겨누었던 게 생각나. 살인 누명을 썼던 나와, 경찰인 당신. 그땐 우리가 이렇게까지 발전하게 될지 정말 상상도 못 했는데."

근데 갑자기 눈이 감기며 침울한 기분이 되었다.

"만약에 시간의 힘을 사용해 내지 못하게 되면, 우리 아이에겐 뭐라고 해야 하지? 엄마가 죽었다는 말은…… 도저히 입이 떨어질 것 같지가 않은데. 환영으로라도 당신이 있는 것처럼 꾸며야 할까? 큭큭, 역시 그건 너무한 거겠지?"

나는 시간의 반지를 보았다.

"이거 말이야. 되돌리고 싶은 강렬한 마음이 있어야 움직일 수 있는 거라고 해. 하아…… 근데 어떻게 해야 하는 건지 정말 모르겠어. 이렇게나 당신이 보고 싶은데, 시간을 되돌리고 싶은 마음이 이렇게나 강한데 대체 뭐가 문제인 걸까?"

결국 볼을 타고 눈물이 또르륵 흘러내렸다.

나는 소매로 그 눈물을 훔쳤다.

"그래도 포기하거나 그러진 않을 거야. 한 번도 못해 본 거라면 희망을 가지기조차 어려웠을 테지만, 그래도 한 번은 해 봤으니까. 그리 길게 되돌린 건 아니지만, 그래도 해 봤으니까. 언제고 또 해낼 수 있다고 생각해. 나, 어떻게든 당신을 되찾을 테니까, 조금만 기다려 줘. 내가 다 되돌릴게. 전부 다……."

잠시 뒤, 나는 조르센을 찾았다.

그는 억지로 슬픔을 참고 있는 내게 다가와 물어왔다.

"어떻게 진전은 좀 있나?"

"아니. 조금도……."

"이런 말 하기 뭐하지만, 그 힘은 정말 많은 걸 잃어야 제대로 쓸 수 있다고 들었어."

"훗, 도대체 뭘 얼마만큼 잃어야 이 힘을 쓸 수 있다는 건지 모르겠군."

조르센이 과거를 떠올리며 답했다.

"제블런은 아내와 두 자식이 마을 사람들에 의해 집 안에 갇혀서 산 채로 불태워지는 걸 지켜봐야 했다고 했었어. 그리고 그의 부모는 괴물을 숨겨 왔다는 이유로 형장으로 끌려서 처형을 당했다고 했지. 홀로 도망친 그만 유일하게 살아남아 그걸 전부 지켜봐야 했었다는군."

"끔찍한 삶이었겠군."

"하지만 부모의 목이 떨어지고 사람들의 비난이 가득할 그때, 그 모든 일은 없던 일이 되었다고 했어. 그 일은 그의 기억 속에만 남았을 뿐, 모든 시간이 자신을 중심으로 되돌아갔다는 거야. 가족들 모두가 살아 있는 그때로."

"내가 본 그는 시간의 힘을 자유자재로 사용하던 것 같았는데. 뭔가 그럴 수 있는 단서는 없는 건가?"

정말 간절히 그 방법이 필요했다.

다시 예전으로 되돌릴 수만 있다면, 정말 무엇이든 희생할 수 있을 것 같았다.

"흠……. 그와 오랜 세월을 함께해 왔지만, 말이 많은 친구는 아니었지. 근데 그가 이런 말을 했던 건 기억이 나. 아무리 없었던 일이 되었을지라도, 내게 남은 기억은 지워지지 않는다."

"기억은 지워지지 않는다고."

"항상 그런 끔찍한 일이 일어나지 않기를 바라 왔었을 거야. 과거에 자신이 겪었던 일들이 트라우마로 남아 머릿속에서 계속 반복되고 있는 것 같기도 했어. 그 녀석, 식은땀이 가득해서 깨어난 적이 많았거든. 아마도 그걸 자극제 삼아 그 힘을 사용해 온 게 아닐까 싶어."

항상 자신을 그 괴로움의 기억 속에 가둬 두었기에 그 힘을 사용할 수 있었던 것일까.

그의 세상은 대체 얼마만큼이나 지옥이었던 거지?

빛의 세상에서 평생 시간을 되돌리며 살아갈 수도 있었을 텐데, 대체 이곳 세상까지는 왜 넘어온 거야?

그만큼이나 절대적인 능력을 지녔으면서.

"시간을 되돌리는 거. 이런 능력은 정말이지 신에 가장 가까운 힘이 아닐까 싶어. 근데 이런 걸 마법으로 만들어냈다니, 당신 세상의 마법사들은 정말 대단해."

"세상을 복제하여 악마들을 모조리 다른 세상으로 가둬 버린 자들이니 오죽 대단했을까. 아무리 목숨이란 희생이 있었을지라도, 대단한 이들이었던 건 분명하지."

고개를 주억거리는데, 그가 나의 어깨로 손을 얹었다.

"그 힘을 사용하기까지 얼마나 더 괴로운 일을 겪어야 하는지 모르지 않은데……. 하아, 더 확실한 방법을 알려 주지 못해서 미안하군."

"아냐. 당신이 알려 주는 그런 것 하나하나 다 도움이 되고 있어. 최소한 무엇이 이 반지의 원동력인지는 알았잖아."

"그래, 별로 도움은 되지 못하지만 응원하도록 하지. 그리고 그 성공을 기원할게."

* * *

조율자 조직의 로드인 레이나가 로타에게 전화를 걸었다.

"저예요."

[네, 로드.]

"그 사람은 좀 어떤가요?"

로타는 막 건물 복도를 지나는 최강을 보며 표정이 어두워졌다.

"충격이 심한 것 같습니다."

[시간의 힘은 발동될 기미가 안 보이는 건가요?]

"제가 보기엔 그런 것 같습니다."

[듣자 하니 한 번 그 능력이 발동되기는 했다던데요.]

"그랬다고는 하는데, 정말 잠깐이었다고 하더군요. 아마도 귀물이 최강 씨와의 적합성이 낮아서 그런 건 아닐까요?"

[그럴 수도 있겠죠.]

"차라리 적합성이 뛰어난 사람을 찾는 게 더 효율적이지 않을지 싶습니다만. 사랑하는 사람을 잃었는데도 그 힘을 사용하지 못하는 걸 보면 아무래도 쉽지 않을 거라고 생각합니다."

[이제 막 안 거잖아요. 그에게 시간을 좀 더 줘 보도록 해요. 한 번 해 봤으면 또 할 수 있는 계기가 있겠죠.]

고개를 끄덕이던 로타는 창가로 가 바깥을 둘러보며 물었다.

"그보다 악마들의 움직임은 어떻습니까?"

[소문이 잘 번지고 있는 건지 상당수의 악마들이 독일로 이동하고 있다고 해요.]

"발라스와 다시 연락이 닿게 된 게 정말 큰 도움이 되는군요. 악마들의 움직임을 지켜볼 수 있는 건, 정말 대단한 장점입니다."

[아직도 그렇게 정상 작동하는 위성안테나가 존재할 줄은 몰랐는데. 그런 걸 지켜 낸 게 대단하죠. 게다가 꽤나 많은 위성들을 움직일 수 있다고 하고요.]

"대략 몇 프로나 독일로 모이겠습니까?"

[30% 정도가 다른 움직임을 보이고 있다고는 하는데. 그래도 70%의 악마를 없앨 수 있다면 그 정도 남는 건 문제가 안 된다고 생각해요. 거기다가 엘리우스라는 사람, 정말 대단하네요. 혼자서도 커다란 악마를 죽였다고 해요. 그 사람처럼 곧 저쪽 세상에서 도움의 손길을 준다고 하니, 그때가 무척 기대가 되네요.]

로타가 근심 어린 표정을 머금었다.

"물론, 모여든 그 70%의 악마들을 죽였을 때의 일이겠죠."

[그야 그렇죠.]

"후우, 그게 가능하겠습니까? 저도 최강 씨의 능력을 모르는 건 아니지만, 그렇게나 많은 악마와 커다란 악마들이 한자리에 모여서야…… 어쩐지 좀 무모한 것도 같고, 불안하기도 합니다."

[그분은 자신의 힘을 과신하거나, 못할 것을 한다고 말씀하시는 분이 아닙니다. 그러니 믿고 지켜보자고요.]

"시간을 되돌리지 못한다고 하더라도, 이번 일만이라도 잘되었으면 하는 간절한 마음이네요."

[마찬가지입니다. 우리 다 함께 잘되기를 기도하도록 해요.]

* * *

"이제 내일인가."

악마 차원의 문은 독일에 있었다.

듣기로는 악마들이 그곳으로 잘 모여들고 있다고 했다.

사람들을 그것을 악마 대이동이라고 불렀다.

그러한 악마들의 이동으로 숨어 있던 사람들에게 경고를 주고 있다고는 하는데, 아무래도 전부 구해낼 순 없을 것이다.

그걸 생각하면 어쩐지 죄스러운 생각도 들었다.

"누군가에겐 이 일을 꾸민 내가 저주스러울 수도 있겠군."

악마들을 한자리에 모아놓고 없앤다는, 인류에게는 희망적인 계획이긴 했다.

하지만 그 과정에서 악마 대이동으로 엉뚱하게 피해를 보고 죽어 가는 이들은 이 일을 꾸민 내가 저주스러울 것이다.

그들에겐 안 잃어도 되는 목숨을 잃고, 소중한 사람을 잃게 되는 일일 테니까.

누군가는 그 숨어 사는 삶이 만족스러울 수도 있는 거니까.

"선행도 누군가에겐 악행이다. 삶이라는 것 자체가 온통 모순이군."

이럴 때 케라와 제라로바라도 있었으면 슬픔을 이겨 내는 것도, 이 막중한 무게감도 조금은 도움이 되었을 텐데.

그들을 위한답시고 떨어뜨려 놓은 게 이렇게 후회가 될 수가 없었다.

"아무리 여기가 이렇게 되었을 줄 몰랐다고 하지만, 조금만 늦출걸 그랬나봐."

인간의 이기적인 마음이란 정말 끝이 없다.

그동안은 어떻게든 둘을 떨어뜨려 놓지 못해 온갖 방법을 찾아왔는데, 이제 와서 필요하다고 그걸 후회하고 있으니.

나란 인간의 이기심은 어디까지일까 하는 성찰을 해 보기도 했다.

"일단 이번 일부터 끝내자. 끝내고 불러와도 늦지는 않아. 지금은 어떤 상상력으로 놈들을 쓸어버릴지…… 그걸 생각하는 것에 집중해야 해. 한 놈도 놓칠 수는 없으니까."

* * *

최초로 최강의 존재를 악마들에게 알린 악마, 디멘.

그가 모시는 대우모스까지 죽었다는 말에 악마들은 반신반의하며 악마 차원의 문으로 모여든다.

그러나 디멘은 불안하여 그곳으로 가지 않았다.

"정말로 그 인간이 우리의 왕을 죽였다면, 아무리 많은 악마와 우월한 종족이 함께한다고 해도 이기지 못할지도 몰라."

물론, 아무리 악마의 왕이라고 해도 그 많은 악마들을 상대로 이기는 건 불가능했다.

그러나 그 악마의 왕을 이긴 존재라면 또 모른다.

디멘은 혹시라도 그 말도 안 되는 일을 예측하며, 자신의 마지막이 그곳이 될까 두려워 그곳을 가지 않는 거였다.

그런데 이제부터 새로이 모시기로 한 세 큰 악마가 그를 불렀다.

오르코스, 메다돈, 이크리안이 그들이었다.

"저, 저를 부르셨다고 들었습니다."

"정작 소문을 퍼트린 건 네놈이면서, 너는 어째서 우리가 넘어온 차원의 문으로 향하지 않는 거지?"

"그거야…… 그러니까…… 음음, 어차피 그놈이 갈기갈기 찢겨 죽을 게 당연하기에…… 그리고 굳이 그걸 목격하러 갈 필요가 있나 싶은 마음에……. 우월한 종족들께서 가시면 다 해결이 될 일이 아니겠습니까? 헤헤, 헤헤헤."

오르코스가 매서운 눈길로 디멘을 쏘아봤다.

"헛소리. 네놈은 혹시라도 그놈이 몰려간 모든 악마들을 죄다 죽여 버릴까, 그것이 걱정이었던 것이 아니냐?"

디멘이 당황하여 손사래를 쳤다.

"아, 아닙니다! 그럴 리가요? 아무리 우리의 왕께서 강하셨기로서니, 그 많은 악마들을 상대할 수는 없는 거였습니다. 아무리 그 인간 놈이 우리의 왕을 죽였다고 하더라도 그건 불가능한 일이지요."

메다돈이 말했다.

"그렇지만 그놈이 정말로 우리의 왕을 죽였다면, 우리의 왕보다 더욱 강하다는 것이 된다. 그런 힘이라면 어떤 싸움방식을 택하느냐에 따라 어떤 일이 벌어질지 아무도 모르게 되지. 최악의 경우, 그 많은 악마들이 전멸할 수도 있는 것이야."

이크리안이 그의 말을 받으며 말했다.

"거기다가 놈은 빛의 세상에서 왔다고 하지 않았느냐? 만약 그곳 세상에서 힘 있는 놈들이 넘어오기라도 하는 날에는, 그놈만 적이라고 생각하고 있던 우리가 뒤통수를 맞게 될지도 모를 일이지."

디멘은 식은땀을 흘리며 그들 셋의 눈치를 살폈다.

"혹, 뭔가 대안이 될 법한 방법이라도 있으신 것입니까?"

오르코스가 씩 웃으며 말했다.

"우린 네가 그놈과 처음 만났을 때의 이야기에 집중하였다. 그놈이 그랬다지? 네놈의 동료들을 모조리 죽이면서 인간 하나를 찾고 있다고 말했다고?"

"네, 그랬지요."

"그리고 너는 놈의 얼굴과 모습을 보았을 게 아니냐?"

"네, 그렇습니다."

이크리안이 대신 말을 이었다.

"그럼 그놈을 처음 만난 그 땅에서 그놈이 찾고자 했던 인간을 우리가 찾아내면 된다."

"설마, 저 혼자서 그걸 하란 말씀이십니까?"

"멍청한 놈. 네놈이 그 인간으로 둔갑하면, 우리 휘하의 악마들이 다시 네놈의 모습을 보고 따라서 둔갑하면 될 게 아니냐? 그렇게 흩어져서 찾으면 금방일 것이다."

"아……! 그렇군요! 제가 모습을 보여주면 모두가 따라 할 수 있는 것이니까!"

"흐흐, 그래서 너희가 하등종족이란 것이다. 이렇게나 멍청해서야. 우리 우월종족이 이끌어 주지 않으면 안 된다니까."

마지막으로 메다돈이 명령했다.

"흐흐흐, 우리 부하들에게 놈의 모습을 보여 주고, 놈을 처음 본 그 땅으로 가라. 가서 놈에게 약점이 될 인간을 찾아라. 그놈이 그곳에서 인간을 찾았던 걸 보면, 필시 그곳 어딘가에 놈의 약점이 될 인간이 있을 것이야……."

디멘은 고개를 조아리며 답하였다.

"네, 알겠습니다. 반드시 찾아 놈을 굴복시키겠습니다!"

디멘은 물러나며 히쭉 웃었다.

"그래, 놈이 찾고 있던 인간을 찾아 인질로 삼으면 되는 거였다. 정에 약한 인간을 조종하는데 그만한 게 없는 것을 알고 있었는데, 왜 그 생각을 못 했을까. 흐흐, 이놈, 두고 보아라. 내 그간 당해왔던 굴욕을 똑같이 되갚아 주고 말 것이야."

그동안 자신이 전하는 말을 믿지 못하는 악마들에게 얼마나 많은 굴욕을 당하고, 얻어맞아 왔던가.

거기다가 주인을 잃은 잡종 취급까지.

디멘에게 있어서는 최강을 만난 이후부터가 수모의 나날이었다.

하여 악마 디멘은 이 기회를 반드시 잡아, 그 모든 고통을 되갚아 주고자 했다.

* * *

이른 아침.

잠에서 깬 나는 따뜻한 물에 샤워부터 했다.

그리고 이어 깨끗하게 세탁되어 있는 옷을 입고, 넥타이를 매고, 말끔하게 구두를 신었다.

오늘 두 번 없을 엄청난 전투가 일어날 것이기에 단단히 준비하는 것이다.

아무리 능력에 자신이 있다고 하지만, 그 싸움에서 어떤 변수가 일어날지는 아무도 모른다.

그래서 단단히 준비를 하고자 몸과 마음을 말끔히 하였다.

뚜국.

그런데 문을 열고 나가는데, 그 앞으로 많은 사람들이 서서 나를 지켜보고 있었다.

발라스를 이끌고 있는 마커스는 물론, 조율자 조직의 헌터를 이끄는 로타와 헌터들, 조르센이 그 자리에 있었다.

"뭐야, 다들 이렇게 이른 아침에 여길 다 와 있고. 나를 기다린 거야?"

"큰일을 앞두고 계신 분인데, 언제 일어나 홀로 가실지 몰라 이렇게 기다리고 있었습니다."

마커스의 말에 나는 미소를 머금었다.

"하지 않아도 될 짓을 했군. 아무리 내가 습관처럼 홀연히 사라지며 오간다고 하지만, 말없이 그곳을 갈 생각은 없어."

그때, 뒤늦게 도착한 엘리우스가 내게 다가왔다.

"이봐, 친구. 설마 혼자 갈 생각은 아니겠지?"

"왜, 광전사께서 함께하시게?"

"이봐, 언제 적 광전사인데 그런 말을 해. 나 이젠 멀쩡하다고?"

"아무리 성검의 힘을 자유자재로 쓸 수 있게 되었다고 하지만, 얼마나 많은 악마들이 모일지 몰라. 죽을지도 모른다고."

"그렇다고 그 위험한 곳엘 친구 혼자 보낼 수는 없지."

"훗, 말이라도 그렇게 해 주니 든든하긴 하군."

조르센도 앞으로 나섰다.

"그곳에는 나도 함께 가도록 하지."

"당신도?"

"그리 걱정하는 눈초리로 보지는 마. 나도 제법 도움이 될 테니까."

"그러던가. 어떤 변수가 생길지는 모르는 일이니까. 손 하나라도 더 있는 게 낫겠지."

로타도 나섰다.

"혹시 저희들도 도움이 된다면 힘을 보태어 드리고 싶습니다."

나는 단박에 거절했다.

"아니. 도움을 주는 건 여기 두 사람까지. 나머지는 와도 방해만 될 거야."

"역시 그런 걸까요……."

말이 너무 심했을까 싶어 나는 로타와 많은 헌터들에게 설명을 해 주었다.

"내가 한 번 힘을 발휘하기 시작하면 힘의 조절 같은 건 할 수가 없어. 왜냐하면, 최대한의 힘으로 악마들을 상대해야 그만큼 큰 타격을 입힐 테니까. 거기서 당신들한테 피해가 가지 않도록 조절 같은 걸 할 수 없을지도 모른다는 거야."

"그렇군요. 거기까진 미처 생각지 못했습니다."

"그에 반해 여기에 있는 엘리우스는 저항석이란 걸 가지고 있어서 내가 어떤 파괴적인 마법을 펼쳐도 그에게는 통하지 않아. 내가 마법으로 악마들을 불태우고 튀겨내고 있는 상황에서도 그 중간에서 악마들 사이를 활보하며 악마들을 도륙할 수 있는 존재라는 거지. 그리고 조르센은 구름을 모아 거대한 번개 인간이 될 수 있다고 하더군. 그 순간만큼은 서로 피해를 보지 않고 악마들에게 공격을 가할 수도 있으니 이 둘은 나에게 큰 도움이 될 거야. 그렇지만 그 외의 사람들은 아니란 거지."

"네, 이해했습니다. 사려 깊게 설명해 주신 점, 고맙습니다."

나는 그와 헌터들에게 따뜻한 미소를 지어 보였다.

"나라고 왜 조금이라도 힘을 보태고 싶은 당신들 마음을 모르겠어. 하지만 마음만 받을게. 위성을 통해 지켜보며 응원이나

열심히 해 줘."

"네, 알겠습니다."

사람이 변하면 죽을 때가 된 거라고 하던데.

다른 사람 심정까지 생각하고 배려하기까지, 나도 참 철이 많이 든 것 같다.

원래라면 그러거나 말거나, 내 할 일만 하면 그만이라고 생각했을 텐데 말이지.

그래도 서로 얼굴 붉히지 않고 지내는 게 좋은 거니까.

말 한마디로 천 냥 빚도 갚는다고 하는데, 굳이 차갑게 말해서 언짢게 할 필요는 없는 거다.

나는 뒤따르는 사람들과 함께 두 층 밑으로 내려갔다.

주변 악마들을 모조리 처리한 우리는 비교적 멀쩡한 건물에 자리 잡아 보수를 해서 방으로도 쓰고, 작전본부로도 쓰고 있었다.

"설비는 다 완성된 건가?"

"네, 모두 마쳤습니다."

문을 열고 들어가니 커다란 스크린 하며, 여러 컴퓨터 장비들에 사람들까지.

완벽한 작전본부가 만들어져 있었다.

"잘해 두었군. 이런 장비들은 다신 보기 힘들 줄 알았는데."

"발라스는 재난 상황에도 대비하여 여러 벙커에 첨단설비들을 보관하기도 한답니다."

보관만 할까.

예전에 내 차를 개조시켜 로켓 엔진까지 결합한 걸 보면 그 이상의 개발도 충분히 해내리라 본다.

물론, 살아만 있다면.

"위성은 어때?"

"현재 4개의 위성을 통해 독일을 집중적으로 감시하고 있습니다."

"한번 띄워 봐."

곧 여러 위성들이 비추는 광경이 확대되고 서로 겹쳐지며 나타나기 시작했다.

수많은 악마들이 이동을 하고 있었다.

그리고 대다수는 이미 악마 차원의 문 주변으로 모여 응집해 있는 상태였다.

"상당히 모였군."

"오차범위 위아래로 5%쯤 감안하여 계산했을 때, 약 68%의 악마들이 저곳으로 모여들고 있는 상황입니다."

"나머지는 관심을 안 갖는 건가?"

"그런 부류가 약 10%쯤 되는데, 20% 정도는 이상하게도 중국 쪽으로 향하는 모습입니다."

"거긴 왜……."

한국과 가까운 곳이라서 살짝 걱정이 되긴 했다.

놈들이 한국으로 가게 되면 엄마와 아이의 안전이 불안해지기 때문이다.

"일을 마치면 그쪽으로 가 봐야겠군."

어차피 악마들을 모두 처리해야 할 일.

어디든 모여만 준다면 잘된 일이긴 했다.

서둘러 일을 마치고, 놈들이 한국으로 가기 전에 전부 몰살시키는 것이 나의 계획이었다.

"저놈들, 얼마나 지나면 거의 다 모여들까?"

"주변 분포와 모여드는 속도로 봤을 때, 약 오후 1시쯤이면 거의 다 모여들 것 같습니다."

"큰놈들과 작은놈들의 수는?"

컴퓨터를 통해 악마들의 크기와 분별을 거쳤는지, 수많은 악마들의 색이 저마다 다르게 표시되며 숫자로 나타났다.

"큰 악마는 대략 스물셋, 중형급이 사백칠십, 그리고 하급이 사만에 달하는 걸로 표시되고 있습니다."

"생각보다 많지는 않군."

"아무래도 전부 넘어온 것은 아니니까요."

그리고 보면 그 부분이 이상하긴 하다.

악마의 문은 여전히 열려 있을 텐데, 왜 그곳을 통해 악마들이 더 넘어오질 않는 것일까?

"근데 더 넘어오지 않는 이유가 있는 걸까?"

"저희도 악마들과 대화를 시도해 본 적이 없으니 그걸 알아내긴 어려울 것 같습니다만."

"뭐든 이유가 있겠지만, 더 넘어오지 않은 게 다행이긴 해. 안 그랬으면 인간들이 어떻게 이만큼이나 살아 있을 수 있었겠어."

모두가 동의하는지 저마다 어색한 미소를 머금었다.

그때, 엘리우스가 물어왔다.

"그래서 언제쯤 출발하려고?"

"거리로는 여기서 대략 1200킬로미터쯤 되는 것 같아. 그 정도면 한 시간이면 도착하니까, 점심 먹고 출발하면 되겠어."

"훗, 아주 여유가 넘치는군."

나는 그곳 작전본부를 나오며 말했다.

"불안해 봐야 도움 될 게 없을 뿐이야."

그러자 엘리우스가 따라나서면서 물었다.

"뭐야, 그 말은. 지금, 너도 자신이 없다는 거야?"

나는 사람들과 거리를 두며 답했다.

"그런 건 아니지만 변수는 늘 생기는 법이니까. 그래도 엘리우스 당신과 조르센이 함께해 준다고 하니까 다행이야. 뭔가 변수가 생기더라도 두 사람이 시간 정도는 끌어줄 수 있을 것 같거든."

"아무리 너라도 신중해져야 한다는 거로군."

"단번에 크게, 한 방에 확 쓸어버릴 생각이야. 그러니까 내 힘에 휩쓸리지 않도록 조심하라고."

"방해가 안 되도록 노력해 보지."

"훗, 그래. 그거면 돼."

먼 곳으로 보이는 붉은 무리들의 수는 어마어마했다.

산 위에서 지켜보는데 무슨 붉은 개미 떼를 보는 것 같았다.

"수로 들었을 땐 별로 안 많아 보이던데. 직접 보니까 또 다르군."

"우리가 저 많은 악마를 상대해야 한다고?"

"혹시 계획이 있나?"

나는 고개를 끄덕였다.

"계획 없이 달려드는 것만큼 무모한 것도 없지. 일단 작은놈들부터 휩쓸었으면 하는데. 당신들이 움직이는 건 그 이후로 하자고. 잔챙이들한테 힘 뺐다가는 곤란해질 테니까."

엘리우스가 나를 걱정해 왔다.

"가장 힘을 아껴야 하는 건 오히려 친구 자네가 아닐까?"

"마법에 관해서라면 그건 걱정하지 않아도 돼. 난 이제 마력의 한계가 없어졌으니까."

"그게 무슨 말이지?"

"말 그대로야. 그리고 놈들은 나를 보더라도 결코 나를 공격할 수가 없지."

엘리우스가 고개를 도리도리 흔들었다.

"마력에 한계가 없고, 놈들이 공격할 수도 없다니. 대체 무슨 말인지 모르겠군."

"훗, 아무튼 그걸로 놈들의 의지를 꺾어 놓을 테니까 이후부터 힘을 보태 줘."

"그래, 알았어."

"그 전에 둘 다 잠깐 손 좀 줘 볼까?"

아무 의심 없이 내미는 손을 붙잡은 나는 두 사람의 팔에 룬을 새겼다.

"어억!"

"끄윽! 갑자기 왜 이런 짓을……!"

급하게 새기는 만큼 아마 불에 댄 듯이 아플 것이다.

설명 없이 그런 짓을 하니 두 사람이 깜짝 놀라며 벗어나려 했다.

하지만 난 꽉 잡고서 놔주지 않았고, 다 새겨져서야 알려 주었다.

"그 문양에 손을 대면 모습을 감추게 될 거야. 간단한 터치만으로도 마법이 펼쳐지니까 어려울 건 없어."

"아우, 따가워라. 그럼 진즉 말 좀 해 주지. 난 이 사람이 왜 이러나 싶었지 않나?"

조르센이 신기해하며 팔을 만졌다.

그 자리에서 사라졌다가 나타난 그는 매우 놀라는 얼굴이었다.

"허……! 이런 마법을 다른 사람에게도 줄 수 있다고?"

"몸이 좀 지저분해지기야 하겠지만, 마법을 쓰지 못하는 사람도 간단한 마법 몇 가지는 쓸 수 있게 해 줄 수 있지."

"굉장하군. 내 세계에서도 이런 마법이 있다는 건 듣지 못했는데."

"마법도 각자 세계의 장단점이 있다고 생각해."

그런데 그때, 번쩍하고 떠오르는 것이 있었다.

말하고 보니 그 말의 의미가 크게 다가온 것이다.

"잠깐만, 그러고 보니까 빛의 세상에 마법사가 사라지고, 귀물 능력자가 많이 줄었다고는 해도 마법서는 여전히 존재하잖아."

그럼 혹시 그 마법서들 중에 시간을 다루는 마법이 있지는 않을까?

도구에 그 마법을 불어넣을 정도면, 어딘가에 그 마법을 쓸 방법이 쓰여 있을지도 모르는 일인데.

그런 걸 떠올리니 어쩐지 웃음이 나왔다.

"훗, 살짝 희망이 생기는군. 시간의 마법을 대신 찾아 줄 사람도 있고 하니, 어쩌면 이 시간의 반지를 사용하지 않고도 방법이 생길지도."

조르센이 말했다.

"그렇지만 현재의 국왕이 과연 그 마법서들을 볼 수 있게 해 줄까? 악한 이의 손에 들어가면 매우 위험한 마법이 될 텐데."

"그 부분도 이미 해결이 된 것 같군. 그 책임자가 이미 다른 사람으로 정해졌을 거거든."

"그게 무슨……."

"그건 나 혼자 고민해 볼 테니까, 지금은 이 싸움에 집중하자고."

희망이 생겨서일까, 침울했던 마음이 한결 편안해지는 것 같았다.

최소한 최소현을 되살릴 수 있는 방법이 두 가지는 있다는 거니까.

하지만 악마들을 향한 분노와 복수심은 줄지 않았다.

감히 내 여자를 죽음으로 내몰다니, 도저히 용서할 수가 없었다.

"가자. 놈들을 모조리 쓸어버리러."

* * *

최강은 무엇이든 첫 등장이 중요하다는 걸 잘 알았다.

그래서 첫 등장은 무엇보다 화려하게 장식했다.

번쩍!

하늘에서 떨어지는 빛줄기가 악마들 중심으로 떨어져 내리게 만든 것이다.

그 빛에 노출된 악마들은 비명 한 번 지르지 못하고 소멸해 버렸고, 깜짝 놀란 악마들이 그 중심을 보았을 땐 최강이 그곳 위로 허공에 떠서 악마들을 쳐다보고 있었다.

"나를 없애려고 이렇게나 많이 모인 건가?"

거대한 악마들이 걸음을 옮겨 최강에게 다가왔다.

"네놈이냐? 우리의 왕을 죽였다는 헛소리를 하는 인간이?"

"맞아."

"미친 인간을 줄은 알았지만, 겁도 없이 여길 진짜로 오다니. 제정신이 아닌 것은 맞구나."

한 악마가 커다란 손을 뻗어 왔다.

"네놈은 내가 먼저 먹어 주마-!"

그 손을 뻗는데, 놀랍게도 그 커다란 손이 쭉 하고 늘어나더니 최강을 덮쳤다.

그러나 그 손은 아무것도 쥐지 못하고 다시 되돌아가야 했다.

최강이 관통 마법을 쓰고 있어 전혀 닿지 않은 거였다.

그래도 최강도 놀란 건 사실이었다.

"깜짝이야. 루피야, 뭐야? 고무 악마냐? 무슨 팔이 그렇게 늘어나?"

"뭐야, 왜 잡히지 않는 거지?"

최강이 표정이 굳어져 가는 악마들을 보며 웃었다.

"네놈들이 먼저 시작했으니까 이번엔 내 차례다."

최강이 갑자기 표정을 무섭게 만들더니 양팔을 활짝 폈다.

곳곳에서 거대한 지진이 일어나는가 싶더니 땅을 뚫고서 커다란 돌의 골렘이 올라왔다.

"아니!"

"저게 뭐야?!"

그뿐이 아니었다.

느리긴 했지만, 허공 위로 화염의 용과 어둠의 용이 하나둘 나타나 날아다니기 시작했고, 지면에도 냉기를 뿜어내는 악어와 어둠의 악어들이 곳곳으로 모습을 드러내어 위협적인 움직임을 보이고 있었다.

하나의 존재가 나타나는데 약 10여 초가 걸리긴 했지만, 다행히 악마들은 놀란 나머지 지켜만 보고 있었다.

"휴, 주변에서 끌어모으는 마력으로만 만들려고 하니까 시간이 좀 걸리기는 하는군."

곧 돌로 만들어진 거인 골렘이 악마들을 마구 짓밟고 다니기 시작했다.

쿵! 쿵! 쿵! 쿵!

돌의 거인 골렘은 날아오르는 악마를 낚아 잡아 양쪽으로 찢는 것은 물론, 주먹으로 내리치며 수많은 악마를 짓눌러 죽이고 있었다.

촤아아악-!

"흐아아악-!"

거기다가 화염의 악어가 불을 뿜어 낼 때마다 악마들이 그 자리에서 재로 화했다.

얼음 악어가 뿜어 내는 냉기에는 도망치다가 그대로 얼어붙었고, 하늘을 날아다니던 화염의 용과 어둠의 용도 지면을 한 번씩 쓸며 작은 악마들을 집어삼키고 있었다.

커다란 악마들은 그 광경을 보며 경악했다.

"저것들은 대체 뭐야. 갑자기 어디서 생겨난 거야?"

커다란 악마 중 하나가 여전히 허공에 떠 있는 최강을 보았다.

"저놈이다! 저 인간 놈이 저것들을 소환한 것이야!"

"그럼 저놈부터 죽여야 한다는 거로군!"

보통 인간이 아니라는 건, 이미 첫 등장부터 확인한 상태다.

거기다가 한 번도 보지 못한 이상한 괴물들을 소환하여 순식간에 많은 악마들을 죽이고 있으니 이대로 둘 수도 없었다.

커다란 악마들 몇이 최강을 없애고자 동시에 달려들었다.

번쩍-!

누군가는 손을 뻗어 강렬한 빛을 뿜어냈고, 화염이 쏟아지기도 했다.

심지어 등에서 튀어나온 뱀들이 날아들기도 했다.

스륵!

그러나 그 직전 최강은 모습을 감추었다.

"사라졌다!"

최강은 사라졌어도 주변에 나타난 원소로 만들어진 존재들은 자기 역할을 톡톡히 해냈다.

"으아아아악-!"

피해가 커지자 커다란 악마들은 그것들부터 처리하고자 했다.

"멈춰라, 이놈-!"

콰광-!

커다란 악마가 달려들어 돌의 골렘을 후려치자 돌의 골렘이 산산조각이 나며 쓰러졌다.

어떤 악마는 긴 꼬리를 이용해 골렘을 넘어뜨리고는 주먹으로 그 몸을 부수어 버리기도 했다.

"와아아아-! 우월한 종족께서 괴물들을 없애고 계신다!"

상황이 변하자 당하고 있던 악마들이 함성을 내질렀다.

그런데 바로 그 순간, 하늘을 날던 검은 용이 그대로 수직으로 날아와 꼬리를 가진 악마를 덮쳤다.

크으으으으으-!

검은 용은 마치 자폭이라도 하듯 순식간에 사방으로 흩어졌다.

그러나 주변에 있던 악마들도 기겁하며 물러나야 했다.

커다란 악마가 몸이 검게 물들더니 그 자리에서 재로 화해 버린 때문이었다.

"이럴 수가……! 우월한 종족이 저렇게 쉽게 당하다니!"

커다란 악마들은 최강이 만들어낸 괴물들의 불길을 팔로 막기도 하고, 높이 뛰어 공격도 해 보지만, 원소로 만들어진 괴물들도 만만치 않았다.

그나마 붉은 빛을 쏘아내는 악마가 위협적이었다.

소멸의 힘을 지닌 것인지 그 빛이 닿은 화염의 용이 그 자리에서 힘을 잃고 사라져버렸다.

"역시 개중에 강한 놈이 있기는 하군."

하지만 여러 원소들을 제어하는 일도 버거웠다.

빛을 다루는 악마를 직접 상대하고 싶지만, 그러자면 원소 마법의 제어가 흔들릴 것이다.

막 검은 악어가 커다란 악마의 목을 물어뜯는 것을 보긴 했지만, 이제 슬슬 휩쓸어버릴 때가 된 것 같았다.

"이 파도가 모든 걸 정리해 줄 거다."

모습을 드러낸 최강의 눈에서 강렬한 빛이 뿜어져 나왔다.

그와 동시에 그의 뒤로 강렬한 불길이 거대한 벽이 되어 활활 타올랐다.

후우우우우웅……!

그러한 불길은 바람을 만나 더욱 강렬하게 휘몰아쳤다.

"자, 전부 불타 버려라!"

강렬한 바람이 뒤에서 불의 벽을 밀어내는 순간, 높은 불길은 불의 파도가 되어 바닥으로 깔려 갔다.

"하나 더."

그리고 뒤이어 검은 파도가 일어나 그 뒤를 이었다.

작은 악마들이 혼비백산하여 도망치고 날아오르려고 하지만, 불의 파도가 더 높아 순식간에 휩쓸려 버리고 말았다.

"으아아아악-!"

악마들 중에는 불의 힘을 지녀 불길을 버텨 내는 악마도 있었다. 그러나 안심한 순간, 검은 파도가 덮쳤다.

"흐아아악-!"

퍼트리는 데 집중한 터라, 불의 힘도, 어둠의 힘도 그리 강하진 않았다.

그러나 작은 악마들에겐 충분히 치명적이었다.

중형급 악마들이 버텨내고 꿈틀대며 일어나긴 했지만, 정말 많은 악마들이 소멸하여 재로 화해 버렸다.

저마다 자신들의 힘으로 파도를 이겨 낸 커다란 악마들은 얼마

남지 않은 부하들을 보며 망연자실했다.

"그 많은 수를, 이렇게 죽인다고?"

"대체 저 인간은 어떻게 상대해야 하는 거지?"

"설마, 이렇게 끝도 없이 공격할 수 있는 건 아니겠지?"

"믿지 않았는데. 이 힘을 보니 정말로 우리의 왕을 죽인 게 맞는 것 같아."

최강이 허공에서 내려오며 말했다.

"공략법을 안 지금은, 너희의 왕이 열이 덤벼도 이길 수 있어."

공간이동으로 몸속으로 들어가 빛의 마법을 쓰면 그만이었다.

그것은 관통 마법을 이용해도 되는 것이어서 피해는 입지 않으면서도 확실하게 죽일 수 있었다.

그리고 그것은 지금 눈앞에 있는 커다란 악마들에게도 역시 통하는 방법이기도 했다.

"혹시라도 어제 상대한 악마 정도 되는 게 나타나면 어쩌나 걱정했는데. 다행히 변수는 없었군."

바로 그때, 악마 하나가 손을 내밀며 다가왔다.

"잠깐! 멈춰 보아라!"

최강이 허공에서 그를 내려다봤다.

"마지막으로 무슨 남길 말이라도 있나?"

"우리가 돌아간다면 돌려보내 주긴 할 것이냐?"

최강의 얼굴이 무섭게 일그러졌다.

"아니. 너희들의 손에 내 여자가 죽었어. 그걸 안 순간부터 너희 종족에 대한 배려는 사라진 거야. 알아들어?"

"크윽! 돌아갈 기회를 준다고 했잖아!"

"그러니까, 그 생각이 변했다니까. 지금이야!"

악마들이 최강에게 시선을 집중하고 있을 때였다.

갑자기 나타난 엘리우스가 허공으로 치솟더니 커다란 악마 하나의 목을 베어 냈다.

"흐아압-!"

"아니!"

서걱!

그뿐이 아니었다.

갑자기 검은 구름이 모이며 하늘이 어둡게 변하더니 낙뢰가 지면을 때렸다.

그리고 그 낙뢰가 때린 곳에서 강렬한 빛이 모여들기 시작했고, 낙뢰가 연이어 때림에 따라 그곳에서 거대한 번개를 머금은 거인이 나타났다.

바로 조르센의 능력이었다.

"크아아아아아-!"

조르센이 악마들에게 달려들며 양손을 뻗자 강렬한 번개가 쏟아졌다.

그리고 그 번개를 때려 맞은 악마들은 몸을 떨며 쓰러져 그대로 재로 변해 버렸다.

"그 힘을 더욱 키워 주지."

최강이 손을 하늘로 뻗어 뜨거운 공기와 차가운 공기를 양쪽에서 강하게 모았다.

그러자 더욱 강렬한 우레 소리가 울려왔다.

쿠르르르르릉……!

쏴아아아아아!

거기에 보태어 장대비까지 쏟아져 내렸다.

"흐하하! 고맙구나! 이 정도면 더 놀아 볼 수 있겠어!"

조르센에겐 힘을 장시간 쓸 수 없다는 단점이 있었다.

그러나 더욱 굵은 낙뢰가 떨어져 내리며 조르센의 크기를 더욱 키웠다.

"엘리우스! 물러나라!"

조르센의 굵직한 목소리가 쩌렁쩌렁 울렸을까.

엘리우스가 다급하게 몸을 피할 때, 조르센의 몸에서 수없이 많은 번개가 뻗어 나오며 악마들을 휩쓸었다.

"끄아아아악-!"

"안 돼-!"

"흐아아아악-!"

번쩍-!

몇몇 악마들이 버텨 내긴 했지만, 대다수가 그 번개에 몸이 꿰뚫리며 재로 변했다.

"이런 놈들이…… 하나가 아니었다고?"

본래 조르센의 능력은 이 정도는 아니었다.

그렇지만 최강이 모아 준 힘이 보태어져 더욱 강력한 힘을 쓸 수 있었다.

그리고 조르센의 능력을 방어하느라 집중하던 빛을 쓰던 악마가 그와 동시에 비명을 내질렀다.

"끄아아아아악-!"

몸 안에서 하얀빛이 흘러나오며 재로 부서지고 있는 거였다.

그 부서진 재 사이에서는 다름 아닌, 최강이 모습을 드러내고 있었다.

"안 돼…… 여기에 있다간 죽고 말 거야."

살아남은 두 커다란 악마가 줄행랑을 놓았다.

그렇지만 하필이면 엘리우스가 몸을 피한 곳으로 향한 게 실수였다.

엘리우스는 그때를 놓치지 않고 달려들어 두 악마를 차례로 스치며 다리를 잘라 버렸다.

"크헉!"

"어억!"

쿠궁! 쿠궁!

그리고 그 차례대로 쓰러지는 악마를 향해 떠오르듯 다가간 조르센이 그대로 떨어져 내리며 두 주먹을 내리꽂았다.

콰르르릉-!

새까맣게 타 버리던 악마들은 폭사되는 번개에 그대로 흩어져버렸다.

그것이 그곳에 모여들었던 모든 악마들이 모조리 소멸하는 순간이었다.

잠시 뒤.

정상으로 되돌아온 조르센이 휘청거리다가 넘어지려고 하는 걸 엘리우스가 다가와 부축했다.

"이봐! 괜찮아?"

"아니. 몸이 부서지는 것 같아. 아무래도 내 능력을 초과한 때문이겠지."

최강이 다가와 그의 몸을 만졌다.

곧 그의 손에서 밝은 빛이 일어나 조르센의 몸 전체로 번져 갔다.

조르센은 몸 상태가 순식간에 좋아지는 걸 느끼며 신기해했다.

"힘든 게 싹 사라졌어. 내게 뭘 한 거지?"

그에 엘리우스가 웃으며 말했다.

"자네들은 나보다 더 이 친구에 대해 모르는 모양이군. 최강, 이 친구의 회복 마법은 정말 대단하지."

"정말이지 별 능력들을 다 가지고 있군. 놀라워."

최강이 그들 두 사람을 보며 말했다.

"둘 다 수고했어. 덕분에 보다 쉽게 끝낼 수 있었어."

"혼자서도 충분했을 것 같던데. 괜히 우리가 방해가 된 건 아닌지 몰라."

"신경을 덜 써도 되었던 것만 해도 충분히 도움이 된 거야.

그리고 서로가 시선을 끌어 준 덕분에 더 빨리 끝났잖아."

엘리우스가 기지개를 폈다.

"흐아! 아무튼 속은 후련하군! 그 많은 걱정을 왜 했나 싶을 만큼."

셋은 서로를 보며 함께 웃었다.

그들은 재로 가득한 대지를 한 번 둘러보는가 싶더니, 천천히 걸음을 옮겨 그곳에서 사라져 갔다.

위성을 통해 모든 걸 지켜보던 발라스의 사람들과 헌터들이 환호성을 내질렀다.

"와아아아아~!"

"이겼어! 정말로 이겼다고!"

"됐어……! 정말로 셋이서 저 많은 악마를 모조리 전멸시켰어……!"

"대단해. 저 세 사람 전부 다……! 저 사람들이야말로 인류의 영웅이야!"

발라스의 수장인 마커스는 감격의 눈물을 흘렸다.

"드디어…… 이런 날이 오는구나. 최강 저분이야말로 인류의 구원자야……."

여전히 최강을 천사라고 믿고 있는 그는, 그 자리에 무릎을 꿇고 기도를 올리는 모습이었다.

최강이 알면 난감한 상황이긴 했지만, 그 앞에 없는 것이 다행스러운 일이었다.

* * *

"자, 여기서 하도록 하지."

디멘이 최강의 모습을 떠올리며 그의 모습으로 둔갑하였다.

그러자 그 모습을 본 다른 악마들이 하나둘 그의 모습으로
둔갑하기 시작했다.

"모두들 잘했군. 우리가 해야 할 일은 이 모습을 알아보는 인간을
찾는 거야. 놈의 이름을 몰라서 곤란했는데, 다행히 사방에 보내
놓은 메시지에 이름을 올려 두어서 알게 되었어. 이놈의 이름이
최강이니까, 그 이름과 얼굴을 알아보는 인간을 찾아."

최강은 최소현이 메시지를 보았으면 하는 바람으로 메시지와
함께 이름을 남겨 둔 바 있었다.

그런데 하필 그것을 알아차린 악마가 그의 이름까지 알아내어
이용하려 하고 있었다.

그렇게 최강의 모습으로 변한 악마들은 한국 땅을 밟으며 곳곳으로
로 퍼져나갔다.

한편, 그러한 일을 시킨 세 우월한 종족 악마들은 한자리에
모여 대화를 나누고 있었다.

"인간들 사이에서 심어 둔 정보에 의하면 놈들이 위성이란 걸

복구하여 그것으로 우리의 움직임을 전부 보고 있다고 하는군."

메다돈이 허공 위를 쳐다보았다.

"그러니까 저 하늘 위에 우리를 보고 있는 무언가가 있다는
거지."

오르코스가 경고를 했다.

"행여나 올라갈 생각은 마. 내가 한 번 시도를 해 봤는데, 어느
정도 올라가면 몸을 가누기도 힘들뿐더러, 숨을 쉬는 게 어려웠어.
그리고 호흡을 하기 완전히 어려워졌을 땐 몸이 차갑게 얼어붙는
것 같더군. 나의 화염으로 견디려고 했지만, 더 올라가는 건 무리였
어."

"흠, 시도해 보려고 했더니, 오르코스 네가 안 된다고 하니
포기해야겠군. 하지만 그렇다고 저 부담스러운 걸 언제까지 놔둘
수도 없고. 어찌한다?"

이크리안이 비릿한 미소를 머금었다.

"흐흐, 그건 걱정 마라. 이미 인간들에 심어 둔 부하에게 놈들이
가지고 있는 위성 안테나라는 것을 부수라고 했으니까. 듣자하니
그것만 부수면 저 위에 떠 있는 것들도 쓸모가 없다고 하더군."

"역시, 이래서 내가 너희들을 좋아한다니까. 우리 셋만 모이면
어떤 놈이건 무서울 게 없어."

"우리가 오래 살아남는 것에는 다 이유가 있는 것이지."

오르코스는 무척 궁금해하는 표정을 지어 보였다.

"그나저나 차원의 문으로 몰려간 놈들은 어찌 되었을까?"

"놈을 죽였다면 그거대로 잘된 일일 테고, 혹시라도 우려하던 일이 일어난다면, 우리가 하는 일이 빛을 보게 되겠지."

메다돈이 고개를 갸웃했다.

"한데 말이야. 만약 놈이 인질에 상관없이 공격해 오면, 그땐 어떻게 하지?"

오르코스가 고개를 저었다.

"만약 그 인질이 제대로 역할만 해 준다면, 놈은 절대 그럴 수 없어. 인간이란 원래 그런 것들이거든. 소중한 무언가가 죽는 것보다, 자신을 희생하는 어리석은 것들이지. 흐흐, 그러니 놈이 아끼는 인간을 반드시 찾아야 해."

* * *

작전본부로 돌아오자 모두가 폭죽을 터트리고, 샴페인을 터트렸다.

"수고하셨습니다!"

기쁨과 통쾌함이 모두의 얼굴에 가득해 보였다.

위성을 통해 모든 걸 지켜본 그들은 이번 승리를 크게 축하하고 싶은 듯 보였다.

"정말 수고가 많으셨습니다, 최강 님."

"마커스 당신도 수고 많았어. 앞으로 이렇게만 하자고. 그럼 금방 끝나게 될 거야."

"세 분이 있는 이상, 모든 어려움은 이제 끝났다고 봐야겠지요. 이제는 인간이 아닌, 오히려 악마들이 우리를 피해 도망 다녀야 할 것입니다."

"그래. 그런 날을 기대해 보자고."

모두는 술과 음식을 놔두고 크게 파티를 열었다.

그러나 나는 적당히 어울려주다가 홀로 옥상 위로 올라왔다.

찬 바람을 폐부 깊숙이 집어넣지 않고서는 숨을 쉴 수 없을 것 같아서였다.

그런데 잠시 뒤, 언제 올라온 건지 엘리우스가 다가왔다.

"다들 안에서 파티를 하고 있는데, 왜 혼자서 청승이야?"

"아, 왔어?"

엘리우스가 옆으로 앉더니 슬쩍 나를 쳐다봤다.

나는 그의 시선을 느끼며 물었다.

"무슨 할 말이라도 있는 건가?"

"아니, 그냥."

"하고 싶은 말 있으면 해. 그러고 있으니까 오히려 더 신경 쓰이잖아."

"그게…… 우리 세상에선 누군가를 잃으면 더욱 그 잃은 사람에 관해 이야기를 하고는 해. 이런 말을 해도 되는 건지 모르겠지만, 네가 사랑하던 사람이 어떤 사람이었을까 궁금해서. 말하고 싶어 할 것 같기도 하고."

속에 있는 얘기를 들어 주겠단 소리였다.

나는 그의 마음이 고마운 나머지 잠시 잠깐 미소가 지어졌다.

사실 아무리 좋은 일이 생겨도 도저히 웃음을 지을 수가 없었다.

몇 분에 한 번씩 최소현이 떠오르는데, 아주 가슴이 답답해서 미칠 것만 같았다.

그녀와의 추억을 떠올릴 때면 다시 한번 그녀를 잃었다는 슬픔이 밀려와 마구 눈물이 흐를 것 같은 것이다.

그런데 나를 위로하려는 엘리우스의 마음이 가슴에 와닿았던 건지 잠시나마 나를 웃게 만들었다.

"친구라는 거, 하나 더 생기는 것도 나쁘진 않군."

"이곳에서도 자네의 친구는 있었을 것 같은데."

"있었지. 세상을 나눠 가져도 아깝지 않을 친구가. 형제 못지않은 친구였는데, 아직도 찾아볼 생각도 못 했어."

"왜지?"

"아마도 내 마음속의 순위에서 뒤로 밀려 있었나 봐. 후훗, 정말 이기적이지 않나? 몰랐는데, 내가 이런 놈이더라고. 자기중심적이고, 이기적이고. 그렇게 친한 친구인 것을, 아직도 생각조차 못 하고 있었다니. 정말 형편없는 인간이야."

엘리우스가 한숨을 푹 내쉬더니 조금 큰 소리로 말했다.

"인류의 희망께서 너무 축 쳐져 있는 게 참 보기가 안 좋군."

"인류의 희망은 무슨. 다들 진실을 몰라서 그렇지."

"자네 스스로가 자네를 아무리 깎아내린다 해도, 다른 이의 눈에 자네는 인류의 희망이야. 우리 세상에서도 그랬듯, 이곳 세상에서도, 그러니까 자네도 좀 더 희망적으로 살아 봄이 어떤가?"

"희망, 좋지. 좋은데…… 도저히 그런 기분이 들지가 않아."

엘리우스가 내가 낀 반지를 쳐다봤다.

"그 반지, 제대로 사용해 낼 수만 있다면 모든 걸 되돌릴 수 있다면서."

"그렇다고 하는군."

"그럼 방법이 아주 없는 것도 아닌데, 왜 다 포기한 사람처럼 그러고 있어?"

엘리우스가 피식 웃고는 자신의 이야기를 했다.

"자네도 알겠지만, 난 한 번 모든 걸 포기했었어. 그땐 하루의 잠깐을 제외하고는 종일 광인으로 지내야 했지. 잠깐씩 정신을 차릴 때마다 가족들에게 가고 싶어 미칠 것 같았지만, 도저히 그럴 수가 없었어. 다시 광인이 되어 버리면 내 손으로 무슨 짓을 할지 알고 있었으니까. 정말 그땐 희망이라고는 조금도 떠올릴 수가 없었지."

엘리우스가 나를 환하게 웃으며 바라보았다.

"근데 그런 내게 자네가 나타난 거야. 그리고 나를 광인에서 벗어나게 해 주었지."

"훗, 그랬지."

"어떠한 순간에도 희망을 잃지 말게, 최강. 그 믿음만 있다면, 언제고…… 좋은 날이 올 거야."

나는 하늘에 뜬 달을 보았다.

그리고 바람결에 흘러가듯 조용히 중얼거렸다.

"희망을 갖는 건 어렵지 않아. 단지 그게 현실이 되지 않으면 어쩌나, 그게 두려울 뿐이야."

* * *

최강의 모습을 한 악마 하나가 서울 도심을 걸었다.

그곳 도심은 다른 곳과는 환경이 조금 달라 보였다.

사람들이 밖으로 자유롭게 돌아다니고, 저마다의 얼굴에 미소가 어려 있었다.

"황당하군. 여긴 뭐가 이렇게 평화로워?"

악마는 이 분위기가 영 마음에 들지 않았다.

자신들이 나타났다 하면 전부 숨기 바빴던 인간들인데.

이곳 인간들은 악마에 대한 두려움이 조금도 없어 보였다.

"악마를 죽이고 다니는 인간이 여기서 처음 나타났다고 하더니, 여기 인간들은 아주 살판이 났군."

그런데 바로 그때였다.

누군가가 아는 척을 하며 다가왔다.

"최강 원로위원님!"

"으음?"

"하핫, 다시 돌아오신 겁니까?"

"누구지?"

"아니, 그새 저를 잊으셨습니까? 유동기입니다. 언젠가 세상이 다시 원래대로 돌아오면 절더러 찾아오시라고 하시지 않았습니까?"

악마는 능청스럽게 말했다.

"아~! 그랬지. 이거야 원. 내가 요즘 일이 많았거든."

"고스트는 아직 못 찾으신 겁니까?"

"고스트?"

"그 악마 헌터 말입니다. 그 여자분을 찾으러 다니시던 거 아니었습니까?"

고개를 돌린 악마가 씩 웃었다.

'그래, 디멘이란 놈이 그랬지. 놈이 인간 여자를 찾아 다닌다고. 아무래도 이놈에게서 뭔가를 얻어낼 수도 있겠군.'

악마는 머리를 매만지며 말했다.

"얼마 전에 큰 악마와 싸우다가 머리를 심하게 다쳐서. 그때 다친 상처 때문에 내가 지금 기억이 가물가물해."

"이런. 큰일을 당하셨군요. 혹시 의사가 필요하시면……!"

"아니. 의사까진 필요 없고. 예전에 우리가 만났을 때 무슨 대화를 했는지 그걸 좀 알고 싶은데. 다시 들려 줄 수 있겠어?"

"그거야…… 어렵지 않죠."

최강의 모습을 한 악마들은 수많은 지역을 동시에 다녔다.

그리고 간간이 서로 모여 정보를 교환했다.

"놈이 만나고 다닌 인간을 만났어."

"그래? 무슨 좋은 정보라도 있었나?"

"근데 딱 우리가 알고 있는 부분까지밖에 모르더군. 놈이 여자를 찾고 있었고, 주변 악마들을 처리했다는 거."

"흠, 그다지 단서가 될 건 없군. 좀 더 돌아다녀 보자고."

한편, 디멘은 대전 쪽에서 주변을 뒤지고 있었다.

최강을 마지막으로 만났던 곳이 바로 그곳이었기 때문이다.

"놈을 여기서 마지막으로 본 것이면, 여기에 무언가가 있다는 것일 텐데……."

서울에서 봤던 최강을 다시 이곳에서 봤었다.

디멘은 최강이 이곳으로 온 이유가 분명 있을 거라고 의심했다.

그런데 얼마 돌아다니지 않아 노인 하나가 그에게 다가와 넙죽 엎드렸다.

"아이고, 신이시어! 여기서 다시 뵙는군요!"

그 노인은 최강이 사육장의 막을 날려 버렸을 때, 최강에게 신이냐고 물어왔던 노인이었다.

"신?"

"당신께선 저희들의 은인이십니다. 구원자이며, 신이십니다. 다시 한번 그때의 일에 감사드립니다."

노인을 시작으로 사람들이 하나둘 모여들었다.

"신이시어……!"

"오오……! 신께서 돌아오셨다!"

곧 수십에 이어 수백여 명이 모여드는데, 디멘은 그 상황이 그렇게 부담스러울 수가 없었다.

"이놈들이…… 그놈을 신으로 여기는 모양이구나. 허, 참……."

사람들은 도심을 걸을 때마다 그를 계속 따라다녔다.

어떻게든 그를 따르고, 그와 시선이라도 한 번 마주치고 싶은
듯 보였다.

마치 그것이 은총이라도 되는 듯.

그런데 그렇게 얼마 가지 않아서였다.

"아이고, 강아……! 강아, 여기다! 엄마 여기에 있어!"

디멘이 우뚝 그 자리에서 멈춰 섰다.

'엄마?'

디멘은 엄마라는 존재가 인간들에게 얼마나 소중한 존재인지
잘 알았다.

가족이란 구성에서 인간들의 따뜻한 품이 되는 존재.

그런데 이 얼굴을 한 놈의 엄마를 자칭하는 인간이 나타났다.

시선을 돌려 쳐다보자 한 여인이 환하게 웃고 있었다.

"그래! 여기라고! 엄마야……!"

그에 디멘은 씩 웃었다.

"후훗, 후후후후……. 찾았다."

빙의로
최강요원

종장. 모두가 행복해질 수
있는 유일한 길

빙의로
최강요원

위이이이잉-!

위이이이잉-!

붉은 빛이 번뜩이며 경고음이 쉴 없이 들려오고 있었다.

콰광-!

"끄아악-!"

커다란 폭발에 화염이 복도를 가득 채웠고, 폭발과 충격에 휩쓸
린 사람들이 수없이 죽어 나갔다.

"위성 안테나 쪽에서 폭발이 생겼다! 모두 확인하러 가! 어서!"

"침입자가 있는 것 같습니다!"

"악마일 수도 있으니 모두 조심해라! 혹시 모르니 당장 헌터를

불러!"

마커스가 도착했을 때에는 이미 상황이 전부 정리된 뒤였다.

마커스는 잔뜩 굳어진 얼굴로 도착해서는 관리 책임자에게 물었다.

"돈버스, 이게 다 무슨 일인가?"

"위성 안테나가 폭발하여 무너져 내렸습니다."

"뭣이……! 상태가 얼마나 심각한가?"

"그것이…… 직접 확인해 보시지요."

그들이 쓰는 위성 안테나는 승강기처럼 위로 올려 사용하고, 사용하지 않을 때에는 내려서 숨겨 둘 수 있도록 설계된 것이었다.

그래서 지금까지 악마에게 들키지 않고 무사히 유지할 수 있었다.

그런데 악마의 잔당을 없애기 위해 반드시 필요한 위성 안테나가 무너졌다고 한다.

마커스는 아래로 폭삭 주저앉아 완전히 부서져 버린 위성 안테나를 보며 표정을 굳혔다.

"이럴 수가……. 이리도 부서졌다고……."

"누군가 숨어들어서 폭탄을 설치한 것 같습니다. 곳곳에 경비를 두었는데, 확인했을 때에는 전부 죽어 있었습니다."

"악마가 사람으로 둔갑하여 숨어들었던 게로군."

"회주님께서 말씀하시는 게 맞지 싶습니다."

곧 마커스가 돈버스를 예리하게 노려보며 물었다.

"그럼 이제 무얼 해야 하는 건지 잘 알고 있겠지?"

"이곳을 봉쇄하고 전부 검사토록 할까요?"

마커스가 고개를 끄덕였다.

"그래야겠지. 아직 놈은 D-3동에 새로운 위성 안테나가 있다는 걸 모를 거야. 그러니 누가 악마인지 색출하고, 당장 새로운 안테나를 가동시키도록 하게. 놈을 잡을 헌터는 내가 부르도록 하지."

"네, 회주님."

그러나 돈버스는 이렇다 할 명령을 내리지 않고 곧장 메인 시스템실로 향했다.

그는 비상상황에 저마다 바쁜 이들을 살피고는 지도를 검색했다.

"다른 안테나가 있을 줄은 몰랐는데. 지위가 높은 놈들만 알고 있는 사항인 모양이군. 아무튼 이제 알았으니 그것도 망가뜨려야겠어. 크흐흐."

그러나 지도 그 어디에도 D-3동이란 건 없었다.

"이상하네. 분명 D-3동이라고 했는데."

그런데 그가 지도에서 목표지점을 찾느라 바쁠 때, 메인 시스템실에 있던 직원들이 무전을 들으며 하나둘 눈치를 살피며 빠져나가고 있었다.

그리고 잠시 후, 그는 뒤늦게 조용한 메인 시스템실을 둘러봤다.

"뭐야, 다들 어디 갔지?"

바로 그때, 그의 뒤에서 목소리가 들려왔다.

"흥! 내가 너의 어설픈 연기에 속을 줄 알았느냐?"

"엇!"

놀란 돈버스가 뒤를 돌아봤다.

마커스 주변으로는 이미 M249를 든 사내들이 두 명이나 배치되어 있었다.

당황한 돈버스가 손을 들며 물었다.

"회주님, 왜 이러십니까?"

"이런 일이 생겼을 때 우리의 방침은 이곳을 폐쇄하고 철수하는 거였어. 그리고 D-3동은 이곳이 아니야. 다른 장소이지. 그걸 모르는 넌, 지도에서 그걸 찾기 위해 이곳으로 올 줄 알았지."

"뭐야……. 나를 속인 거였어?"

"최강 님께서 그러셨지. 악마들은 늘 지도나 책임자의 몸을 훔치려 들 거라고. 근데 여기서 시스템을 마비시키고, 안테나를 지키던 경비를 감쪽같이 죽일 수 있는 사람이 누가 있을까? 돈버스로 둔갑한 너라면 가능한 일이었던 거지."

돈버스가 얼굴을 무섭게 찌푸리더니 갑자기 모습을 바꾸었다.

"그럼 네놈들부터 전부 죽이고, 다른 안테나도 부수어 주마! 캬아아아~!"

드르르르르륵~!

악마가 형태를 바꾸며 달려들었지만, 두 개의 총에서 쏟아지는 총알이 온몸을 파고들었다.

"커윽! 커으으으윽!"

악마는 온몸이 꿰뚫리며 고통스러워하다가 그 자리에서 쓰러졌다.

악마는 이해할 수 없다는 눈으로 총을 보았다.

"말도 안 돼……. 그딴 걸로는 우리를 죽일 수가 없을 텐데……."

마커스가 자신 있는 얼굴로 다가와 말했다.

"너희 악마를 잡기 위해 우리 발라스에서 특별히 제작한 총알이지. 탄두를 드릴처럼 파고들 수 있게 만들었거든."

"커윽! 끄ㅇㅇㅇㅇ……."

쓰르르르르……

마커스가 재로 변하며 부서지는 악마를 바라보다가 몸을 돌렸다.

"당장 이곳을 폐쇄하고 악마가 더 숨어들어 있지는 않은지 확인토록 하게."

"네! 회주님!"

* * *

나는 마커스가 돌아왔다는 말에 곧장 그를 만났다.

"마커스."

"네, 최강 님."

"위성 안테나가 공격당했다고 들었는데. 얼마나 심각하지?"

"온전한 걸 하나 잃었을 뿐입니다. 하지만 걱정 마십시오. 조금 노후되긴 했지만, 다른 곳에 하나 더 있습니다."

"그래? 그거 다행이군."

"하지만 오랫동안 쓰지 않았던 시설이라 연결까지는 이틀 정도 걸릴 것 같습니다."

나는 살짝 걱정되는 부분이 있어 되물었다.

"그럼 이틀 동안은 중국 쪽으로 향했다는 악마들의 동태를 살필 수 없다는 거로군."

"그곳에 뭔가 중요한 거라도 있으신 겁니까?"

마커스는 나를 천사로 알고 있다.

그런 그에게 가족이 걱정된다고 하면, 뭔가 이상해 할 거다.

"아냐. 아무것도. 놈들로 인해 그쪽 사람들이 다칠 수도 있는 문제니까 나는 거기로 가서 그 악마들을 처리할게."

"혼자서 말입니까?"

"더 많은 악마도 처리했는데, 기껏 큰 악마 셋 정도야 무슨 위협이 될까. 괜찮아."

"그렇기는 합니다만. 그래도……."

한국 주변으로는 모든 악마들을 처리해 두긴 했다.

그래서 당분간은 안전할 줄 알았다.

그런데 중국 쪽으로 커다란 악마 셋과 악마 무리가 이동을 했다고 하니 왠지 불안하여 더는 두고 볼 수가 없었다.

위성으로 살펴볼 수라도 있다면 안심이 될 텐데, 하필 이 상황에 이런 공백이라니.

엄마와 아이를 지금 있는 이곳으로 데려오는 게 더 안전하겠다고 여긴 나는 마음이 급해졌다.

"그럼 다녀올게. 혹시라도 위성이 복구되면 내 핸드폰으로 연락
주도록 하고."

"네, 알겠습니다. 조심히 다녀오십시오."

"어. 그래."

* * *

세 커다란 악마는 북한의 평양쯤에서 자리를 잡고 있었다.
그러나 저마다 표정이 무겁게 가라앉았다.

"정말로 그곳에 모인 모든 악마가 전멸을 당했단 말이냐?"

"네, 그렇습니다."

"그래도 설마 했거늘, 믿을 수 없는 일이 일어났구나. 그렇다면
놈이 우리의 왕을 죽였다는 말도 전부 사실이었단 것인가."

오르코스의 불안감 가득한 목소리에 메다돈이 보고를 전한 악마
에게 되물었다.

"그 정보는 누구에게 들은 것이냐?"

"인간들 사이에서 전화통화를 주고받는 것을 들었습니다. 그리
고 그 일에 참여한 모든 인간들이 하룻밤 파티를 즐겼다는 말도
있었습니다."

"우리에게 그만큼이나 큰 피해를 주었으니 아주 승리를 한 기분
이겠지."

이크리안이 신중한 표정을 지었다.

"이게 다 빛의 세상을 넘어온 그 인간 때문이다. 그 인간만 제거할 수 있으면 더는 인간은 우리에게 위협이 될 수 없어."

메다돈이 그의 말에 동조했다.

"죽일 순 없어도 최소한 봉인 정도는 해야겠지."

"봉인. 그 마법을 쓰자는 것이군."

"우리 셋이 힘을 합한다면, 최소한 놈을 가둬 둘 수는 있을 테니까."

오르코스가 그들 둘을 보았다.

"그러자면 서둘러 인질이 될 수 있는 인간을 찾아야 해."

"이거 어째 마음이 급해지는군. 어떻게든 보내 놓은 놈들이 뭔가 성과를 가져와야 할 텐데……."

최강의 강력함이 진짜라는 걸 안 이상, 자신들이 살 방도는 오직 그것밖에 없어 보였다.

* * *

나는 바다를 건너 곧장 한국 땅에 도착했다.

저 멀리 인천 앞바다가 보이는 순간, 반가운 기분마저 들었다.

이래서 사람들이 고향이란 걸 찾는 모양이다.

아무튼 익숙한 기분과 편안함이 느껴졌다.

이제 곧 도착이란 생각에 나는 속도를 더 올렸다.

사선으로 내려가며 서울을 거친 나는 금방 대전으로 접어들 수 있었다.

터덕.

그리고 얼마 전에 구한 도시로 내려섰다.

그런데 도심으로 내려선 순간, 뭔가 기분이 싸했다.

"왜…… 아무도 없는 거지?"

이상했다. 이렇게나 사람이 돌아다니지 않는다는 건, 이곳에 뭔가 위험이 감지되었다는 거다.

"아직까지 이곳까지 넘어온 악마는 없었을 텐데."

도시도 이런데, 엄마에게 혹시라도 안 좋은 일이 생긴 건 아닐까 불안한 마음이 들었다.

"빨리 엄마부터 만나 봐야겠어."

나는 즉시 두 번의 공간이동을 펼쳐 엄마의 집으로 향했다.

초인종을 누르거나 문 앞에서 기다리는 절차는 생략했다.

조용했던 도심의 상황이 자꾸만 거슬렸던 탓이다.

나는 즉시 거실로 나타나며 엄마를 불렀다.

"엄마……! 저 왔어요. 안에 계세요?"

집 안은 조용했다.

"왜 아무도 없는 거지? 외출이라도 하신 건가?"

그런데 이게 무슨 냄새일까.

뭔가 쇳가루 냄새 같은 게 났다.

"뭐지, 이 냄새는……."

그 순간, 나는 그게 쇳가루 냄새가 아니란 걸 알았다.

"피……! 이건 피 냄새야……!"

갑자기 심장이 벌렁거렸다.

엄마 집에서 피 냄새가 난다? 그건 누군가가 다쳤다는 게 된다.

나는 제발 아무도 다치지 않았기를 간절히 바라며 얼른 안방으로 가 문을 활짝 열었다.

"엄마……!"

그런데 방안이 온통 피 칠이다.

"허엇!"

그리고 그 중심으로 엄마의 새로운 짝이 된 유정기가 죽은 시신으로 누워 있었다.

"대체 왜……. 여기서 무슨 일이 있었던 거야……. 그럼 엄마는……? 내 아이는?"

유정기가 죽은 것도 안타깝지만, 두 사람에 대한 걱정으로 나는 호흡이 거칠어지고 손이 떨렸다.

유정기의 시신을 만져 보니 이미 차갑게 식어 있다.

"죽은 지 시간이 많이 흘렀어. 엄마는 도망친 건가? 이 사람은 누가 죽인 거지?"

그 누구도 나의 질문에 답해 주지 않을 것이다.

정말이지 내가 마법사인게 얼마나 다행인지 모른다.

"일단 여기서 무슨 일이 일어났는지부터 살펴보자."

나는 즉시 이곳 장소가 기억하고 있는 과거를 살펴보고자 마법을 펼쳤다.

단지 손을 앞으로 내밀고, 속으로 마법 주문을 외웠을 뿐인데도 곧장 환영이 현재에 덧씌워져 시간이 뒤로 흘러 지나갔다.

그리고 무언가가 스쳐 지나갈 때, 나는 얼른 손을 멈추고 상황을 지켜봤다.

"정기 씨, 우리 강이가 왔어요!"

나는 황당함에 눈을 치켜뜨고 입을 쩍 벌렸다.

"아냐…… 저게 나일 리가 없어……!"

단박에 그 정체를 알아차릴 수 있었다.

"악마구나……!"

유정기가 아이를 안고 나오고, 나로 둔갑한 악마가 말을 흐리며 물었다.

"이 아이는……."

"니 새끼를 보고 뭘 물어. 이왕 온 거, 오늘은 니가 좀 봐라."

악마가 히쭉 웃는 게 보였다.

그 웃음을 보는데, 팔과 목 뒤로 소름이 확 끼쳤다.

"너, 이 새끼……!"

화가 치밀었지만, 흥분해서는 안 된다.

자칫 환영이 흐려질 수 있었다.

그렇게 더 두고 보는데, 갑자기 악마가 본모습을 드러냈다.

악마가 변하고, 엄마와 유정기가 소스라치게 놀라고.

엄마는 아이를 빼앗으려 사력을 다하지만, 악마가 휘저은 팔에 가볍게 옆으로 날아가 쓰러져 버렸다.

그리고 뒷걸음질 치다가 안방까지 밀려난 유정기는 악마의 손톱
에 의해 무참히 죽게 된 거였다.

"젠장……."

그런데 어쩐지 악마의 모습이 익숙하다.

"이 악마…… 설마……! 내가 소문을 퍼트리라고 살려 줬던
그놈?"

그 순간, 현기증이 밀려왔다.

"내가 실수를 했구나. 여기서 사람을 찾는다는 말도 했고, 내
얼굴도 알고 있고……. 거기다가 여기서 마지막으로 만났으니,
내가 멍청하게 단서를 제공한 거였어."

악마는 아이와 엄마를 품에 안더니 열린 베란다 창을 통해
훨훨 날아갔다.

"그랬구나. 도시의 사람들이 사람을 잡아가는 악마를 보았던
거다. 그래서 사람들이 돌아다니질 않는 거였어. 사라졌다고 생각
한 악마를 다시 봤으니 두려웠을 수밖에……."

나는 눈이 뒤집어질 만큼 화가 치밀었다.

"너 이 새끼…… 반드시 찾아서 찢어 죽인다. 기다려요, 엄마.
내가 지금 갈 테니까."

* * *

도시를 벗어난 나는 냉철한 정신으로 고민을 하기 시작했다.

"흥분하지 말고. 후우……."

나는 생각을 정리했다.

"놈이 엄마와 아이를 데려간 걸 보면, 죽이려는 목적은 아닌 거다. 두 사람을 인질로 두고 나에게 뭔가를 시킬 목적이거나, 아무것도 못 하게 하려는 의도겠지."

근데 한 가지 이상한 생각이 들었다.

"근데 왜 이 시점에 움직인 거지? 그걸 알았으면 진즉에 먼저 움직여도 되는 거 아니었나?"

거기까지 생각을 못했거나, 아니면 뒤에서 누군가가 그러한 생각을 주입하였거나.

"이거 어쩌면 놈의 뒤에 누군가가 있는 걸지도 모르겠군."

과거를 살펴본 결과, 납치를 당한 시점은 하루도 지나지 않았다.

"악마 놈들에게도 정보망이 있는 거다. 사람으로 둔갑하여 인간들 사이에 숨어 있을 테니, 분명 그런 방법으로 내가 악마들을 전멸시켰다는 걸 안 거야. 그래서 위협을 느끼고 이런 일을 한 게 틀림없어."

근데 참 황당하다.

누가 왜 납치를 했다, 어떤 이유로 인질로 삼겠다 하는 뭐라도 남겨야 하는 거 아닌가?

엄마와 아이의 납치를 나에게 어떻게 알릴 생각이었던 거지?

"아무튼 내가 먼저 움직여야 해. 놈들이 납치에 관해 알려오기 전에 내가 먼저 엄마와 아이의 위치를 찾아야 해."

근데 어떻게?

위치를 찾는 건 어렵지 않았다.

쓰던 물건만 있으면 나는 누구든 추적할 수 있으니까.

마법이면 모두 해결될 일이었다.

"이놈, 엄마와 내 아이에게 허튼 짓만 해 봐라. 곱게는 안 죽일 줄 알아라."

* * *

악마들이 모여 있는 북한의 평양.

세 커다란 악마들이 큰 소리로 웃고 있었다.

"흐하하하! 정말 그 인간과 인간 아이가 놈의 부모와 새끼라는 것이냐?"

"그렇습니다. 이미 여기 있는 인간에게 확인을 마쳤습니다. 제가 놈으로 변했더니 집까지 따라갈 때까지도 전혀 알아차리지 못하더군요."

메다돈이 그 큰 머리를 아이에게로 가져다 대었다.

"그런데 인간 아이는 참으로 작구나."

"어찌나 약한지 살짝 안고 온다고 하는데도 울음을 멈추질 않더군요. 다행히 근처에 도착했을 때에는 울음을 멈췄지만요."

"으음? 근데 움직이질 않는 것 같은데?"

"네?"

디멘은 아이를 슬쩍 들어 보이더니 당황하며 흔들었다.

그 거친 행위에 이혜나는 소리를 크게 질렀다.

"안 돼! 그러면 아이가 다친다고!"

메다돈이 디멘에게 물었다.

"저 인간 여자가 뭐라고 하는 것이냐?"

"이러면 아이가 다친다고 하는군요."

"그 아이, 혹시 죽은 거 아나?"

"그럴 리가요. 분명 이 근처까지 왔을 때까지만 해도…… 응? 뭐야, 정말 죽은 거야?"

디멘은 당황하며 슬쩍 이혜나에게 아이를 건네주었다.

"네가 한번 살펴봐라. 애가 왜 이러는 거지?"

이혜나는 아이를 품에 안고 살펴보다가 소스라치게 놀랐다.

"아가…… 아가……!"

몸을 만져 보는데, 숨을 쉬지 않았다.

이미 얼굴은 새파랗게 변해 있었고, 이마에 손을 대니 벌써부터 차가워지는 게 느껴졌다.

"안 돼, 안 돼, 안 돼……! 허흐흐흡……!"

아이를 지키지 못했다는 사실에 이혜나는 그 자리에서 허물어졌다.

"아흐흐흐흑! 아아아아아…… 허흑, 허흑!"

그 광경을 지켜보는 악마들도 당혹스럽기는 마찬가지다.

"이런 무식한 놈. 놈의 아이를 죽여서 데려오면 어쩌자는 것이야!"

"모, 몰랐습니다!"

아까운 인질을 잃었다는 사실에 분노한 세 커다란 악마들이었다.

그러나 애초에 디멘이 잡아온 것이어서 죄를 묻진 않았다.

"그 인간 여자라도 안전하게 잘 데려다 놔!"

"네, 알겠습니다. 절대 다치게 하지 않고 잘 잡아 두고 있겠습니다."

이혜나는 넋이 나간 모습이지만, 결코 아이를 품에서 놓지는 않는 모습이었다.

그녀는 디멘이 끌면 끄는 대로 터덕터덕 걸음을 옮길 뿐이었다.

세 악마는 디멘이 이혜나를 끌고 가는 걸 지켜보며 서로 대화했다.

"근데 그 인간 놈한테 우리가 인질을 잡고 있다는 걸 어떻게 알려야 하지?"

"조만간 놈이 우리를 위협하는 날이 올 거다. 그때 들이밀며 놈을 우리가 원하는 곳으로 몰아야겠지."

"흐흐, 그런 후에 봉인을 해 버리면 되겠군."

"맞아. 그럼 이후부터는 더는 우리를 위협할 수 있는 존재가 없는 거지. 우리가 이곳 세상의 완전한 지배자가 되는 것이야!"

"흐하하하하!"

"흐하하하하!"

* * *

디멘은 이혜나를 지하실로 가두었다.

"빌어먹을, 인간의 아이는 정말 약하군. 그거 좀 세게 안았다고 죽어 버릴 게 뭐람."

이혜나는 여전히 넋이 나간 채로 주저앉았다.

디멘은 가만히 그녀를 살폈다.

"어이, 이봐. 정신이 완전히 나가 버린 건가? 이거 왜 이래? 하여간 인간들은 몸도 정신도 나약하다니까. 아이 하나 죽었다고 정신까지 놓아 버릴 건 또 뭐야. 어쨌거나 살아만 있으면 되는 거니까 상관없겠지."

디멘은 그녀를 방에 가두고는 문을 잠갔고, 그대로 다시 위로 올라가는 모습이었다.

이혜나는 그제야 고개를 움직여 아이를 보았다.

창백해져 가는 아이를 보는 그녀는 눈물을 뚝뚝 흘렸다.

"나 때문에…… 허흐흐흑, 나 때문에……. 내가 자식도 못 알아보는 멍청한 애미여서…… 어어어어어! 어흐흐흑!"

악마인 줄도 모르고 집까지 데려갔다는 사실에 그녀는 스스로를 자책했다. 자신만 아니었으면 아이가 죽진 않았을 텐데 하는 생각을 지울 수가 없었다.

그녀는 끝없이 오열했고, 결국 슬픔을 이기지 못하고 그대로 혼절하기에 이르렀다.

털썩.

디멘은 위로 올라와 주변을 둘러봤다. 같은 하위 악마들의 따가운 눈초리가 느껴진 때문이다.

하지만 예전 같은 벌레 취급은 아니었다. 오히려 자신과 눈조차 마주치지 않으려고 하는 것이, 눈 밖에 나지 않으려고 하는 것 같았다.

"이거 계급이 완전히 역전되는 건 아닌가 모르겠군."

"공을 세웠으니 당연히 높은 직책이 내려지겠지."

"젠장, 그때 놈을 그렇게까지 괴롭히는 게 아니었는데. 제발 내 직속상관만 되지 마라. 그럼 정말 못 견딜 거야."

"누가 안 그러겠어."

디멘은 그들의 수군거림을 들으며 씨익 웃었다.

"후후, 나를 멸시했던 놈들아, 두고 봐라. 나 디멘이 너희들의 머리 꼭대기에 올라서서 아주 막 부려 대는 순간이 올 테니."

새로운 주인을 섬기게 된 디멘은 이번 기회를 꽉 잡아 그 누구도 자신을 무시할 수 없는 위치에 오르고자 했다.

그리고 그 날이 멀지 않은 걸 잘 알기에 즐거운 마음으로 기다리기만 하면 된다고 생각했다.

* * *

북한 쪽에서 악마들이 모여 있는 걸 발견한 나는 시선이 닿지 않는 곳에 숨어 조용히 주변을 둘러봤다.

"분명 환영에서는 여기에 있는 걸로 보였어. 이곳 어딘가에 엄마가 갇혀 있다는 건데."

나는 엄마의 집에서 다짜고짜 떠나지 않았다.

엄마의 물건으로 즉시 추적 마법을 사용했고, 그 결과 여기까지 올 수 있었다.

"내가 추적 마법을 펼칠 때까지만 해도 엄마는 밖에 있었어. 그렇지만 지금은 어딘가에 갇혀 있을지도 모르니까 천천히 내부를 살펴보자."

그런 마음으로 투명 마법과 관통 마법을 동시에 펼쳐 악마들의 주둔지를 돌아다니기 시작했다.

그렇지만 신중에 신중을 더했다.

어쩌면 이놈들도 내가 올 것에 대비를 하고 있을지도 몰라서였다.

"어이, 교대야."

서로 무리를 나누어 보초를 서는 걸 본 나는 그들을 지나쳐 악마의 주둔지로 더욱 깊숙이 들어갔다.

그리고 급하지 않게 천천히 각 건물들을 수색하기 시작했다.

그러면서도 나는 악마들끼리 하는 말에도 놓치지 않고 귀를 기울였다.

"정말 듣고도 믿을 수가 없군. 인간이 그렇게까지 강한 게 정말 말이 되는 건가?"

"그러게 말이야. 정말 많은 수가 차원의 문으로 몰려갔다고 하던데. 그들이 전부 전멸을 당했다니 믿기지가 않아."

"그 인간, 역시 여기로 오겠지?"

"인질을 잡아 두었으니 오지 않겠어? 인간들은 그런 거에 강하게 연연한다고 하던데."

"사실 겁도 좀 나. 일이 잘못되었을 경우엔 우리도 전멸당한 놈들 꼴이 나는 거잖아."

"우리가 모시는 분들은 보통 지능이 높으신 분들이 아니야. 지금까지 믿고 따르면서 지켜봤을 거 아냐? 저분들이 이만큼 세력을 갖추고 있는 것에는 다 이유가 있는 거라고."

"그렇긴 하지."

"이제 그놈만 찾아오고 봉인만 해 버리면 모든 게 끝일 텐데. 빨리 놈을 가두고 속 편히 지낼 수 있었으면 좋겠군."

좀 더 돌아다녀 보니 그들 중에는 불만을 쏟아내는 놈들도 있었다.

"아우 짜증나. 디멘 그놈이 우리 머리 위에 있는 꼴을 보고 살아야 한다니. 정말 지옥이 따로 없을 것 같아."

"그러게. 여기저기 붙어 대는 잡종 놈에게 명령을 들어야 한다는 거잖아. 잦은 폭력이나 없으면 다행일 텐데."

"우리가 했던 것만큼 똑같이 하겠지."

"그땐 정말 그놈 죽이고 나도 죽어 버린다."

"관둬. 이번 일만 잘 끝나면 이곳 세상이 우리 발아래 놓인다고 했어. 이 넓은 세상에 어디 그놈 얼굴 안 보고 살 수 있는 곳 없을까. 그러니까 꾹 참고 견디라고."

"젠장, 인질을 잡아오는 게 나였어야 했는데. 그놈 비겁하게 자기만 알고 있던 정보가 있었던 게 분명해. 그러니까 그렇게 인질을 금방 찾아서 데려왔지."

"왜 아니겠어. 그놈에게도 다 계획이 있었던 거지."

나는 멈춰 서서 놈들을 보았다.

이놈들, 납치를 한 놈이 누구인지 자세히 알고 있는 것 같았다.

그래서 곧바로 하나의 목을 베어 버리고 놀라는 다른 하나에겐 머리 위로 손을 얹었다.

죽은 악마가 재로 변하여 무너져 내렸지만 신경쓰지 않았다.

나는 얼른 심문 마법의 주문을 떠올리며 마법을 펼쳤고, 누군가가 오기 전에 서둘러 물었다.

"내 질문에 대답해라."

"네……."

"인질을 잡았다는 디멘이라는 놈, 어딜 가면 만날 수 있지? 그리고 인질은 어디에 잡아 뒀어?"

* * *

악마 주둔지의 중심에서 가장 높은 건물.

그곳에는 뼈처럼 마르고 팔다리가 긴 기이한 형태의 악마가 존재했다.

일명 워치라고 불리는 존재.

워치는 주변을 둘러보며 말 그대로 감시자의 역할을 하고 있었다.

그리고 시선을 돌리던 끝이 기이한 마력을 감지, 그 두 눈이 붉게 변하며 한 건물을 투시하였고, 곧 기이한 형태로 방그레 웃기 시작했다.

"놈이 왔구나……. 흐흐흐."

워치는 곧장 그러한 사실을 우월한 종족인 세 악마에게 알렸다.

세 악마는 표정이 진지하게 변했다.

"우리와는 다른 종류의 마력을 감지했다고."

"그 인간 놈이 틀림없을 겁니다. 그 마력이 있는 곳에서 우리쪽 악마의 마력 하나가 사라지는 것도 확인하였습니다."

침입하여 하나를 제거했다는 말이었다.

"그렇군."

오르코스가 둘에게 물었다.

"어찌할까? 지금 당장 놈이 있는 곳으로 가 봉인 마법을 쓸까?"

"아냐. 놈은 결국 인질이 있는 곳으로 가게 되어 있어. 지하로 들어가기를 기다리자고."

신중하게 움직이자는 메다돈의 말에 이크리안도 동의했다.

"메다돈의 말이 옳아. 흐흐, 놈이 이렇게나 빨리 제 발로 찾아오다니. 어쩐지 긴장이 되는군그래."

메다돈이 워치에게 명령했다.

"너는 계속해서 놈을 주시하고 있다가, 놈이 인질을 가둬 둔 곳으로 가면 즉시 알려 와라. 놈이 지하에 있더라도 봉인 마법을 펼치는 건 문제가 없으니."

"네, 주인님."

워치가 나가는 걸 본 오르코스가 비릿한 미소를 머금었다.

"흐흐, 놈도 이건 몰랐을 것이다. 우리에게 이런 감시자가 있다는 것을. 결국 놈도 자기 능력에 맹신하다가 영원히 갇히게 되겠군. 흐하하하~!"

그러나 최강도 이미 악마들의 함정을 알아차리고 있었다.

심문 마법을 통해 자신들의 계획이 낱낱이 알려졌다는 걸 전혀 모르는 악마들은 최강이 인질을 가둬 둔 곳을 찾아내어 그곳으로 내려가면 봉인시키려 했지만, 순순히 당할 최강도 아니었다.

"나를 봉인시키겠다고. 훗, 멍청한 놈들. 나는 엄마와 아이만 찾으면 곧장 공간 이동으로 이곳을 벗어날 거다. 몇 킬로 정도는 단숨에 이동할 수 있어서 너희들의 봉인은 결국 실패로 끝나게 될 거야."

최강은 심문 마법을 통해 디멘이 있는 위치도, 인질이 있는 위치도 모두 알아내었다.

마음 같아서는 두 사람을 납치한 악마부터 잡아 죽이고 싶지만, 놈이 죽었다간 악마들의 경계가 더 강화될지 몰랐다.

두 사람의 안전부터 먼저 확보하고 싶었던 그는 그 두 사람부터 찾기로 했다.

"일단 엄마와 아이부터 찾자. 그 두 사람을 안전한 곳에 데려다 놓은 후에 쓸어버려도 늦지 않아."

* * *

악마들에겐 그들에게 명령을 내리는 대장들이 있었다.

그러나 그들도 디멘에겐 어떠한 명령도 내리지 않았다.

니멘은 대장들조차 자신에게 어떠한 참견도 하지 않고 눈치만 보고 있는 게 즐거웠다.

"흐흐, 인질을 하나 잃긴 했어도, 놈만 끌어들인다면 주인들께서 내게 큰 상을 내릴 거다. 과연 어떤 직책을 주실까? 나를 무시했던 놈들보단 높았으면 싶은데."

기대도 컸지만, 살짝 아쉬움도 남았다.

"아~ 그 인간 아이까지 잘 살려 두었으면 흠도 없이 참 좋았을 것을. 아무래도 그게 마음에 걸린단 말이지."

그런데 바로 그때였다.

한 건물 위 옥상에서 소파를 가져다 두고서 누워있었는데, 세 주인들이 슬그머니 움직이는 게 보였다.

"으음? 어딜 가시는 거지?"

원체 한 곳에 자리를 잡으면 좀처럼 움직이지 않는 그들이 아니던가.

각기 흩어지는 것 같았지만, 디멘은 그들이 점차 인질을 가둬둔 지하를 중심으로 포위해간다는 걸 알 수 있었다.

"저분들이 왜 저길 저렇게……."

그 순간, 무언가를 깨달은 디멘이 몸을 벌떡 일으켰다.

"설마……! 놈이 이곳에 나타난 거야?"

그는 자신의 예측이 맞을 거라고 확신했다.

"그래, 그런 거다. 그러고 보니 저쪽 건물 위에 있던 워치가 잠깐 사라졌다가 다시 나타났던 것 같았어! 뭔가 발견하고서 주인들에게 알린 거다. 놈이 이곳에 숨어든 게 틀림없어……!"

기대와 긴장이 가득해진 디멘.

아랫입술을 잘끈 씹은 그는 고민에 빠졌다.

"저분들이 하는 봉인이 성공만 하면 정말이지 나의 삶이 완전히 달라지는 것인데……."

봉인에 성공하는 즉시, 주인들에게 다가가 비벼 대야 주인들도 좋아할 것이다.

그리고 그 좋은 기분에 따라 자신에게 주어질 상도 더욱 커질 거라고 생각했다.

하지만 그렇게 가까이 있다가 봉인에 실패하면?

과연 여기에 있는 악마들 중에 몇이나 살아남을까?

그것도 생각해둬야 할 문제였다.

여기저기 치이다 보니 자연스럽게 생존력도 생긴 그는 적당히 거리를 두는 게 좋다고 판단했다.

"일단은 떨어져서 지켜보도록 하자. 봉인에 성공한 것 같으면 잽싸게 달려가 얼굴을 들이미는 것이다. 어떻게든 살고 봐야 할 거 아냐? 그래, 그러는 게 좋겠어."

생존과 출세 중에 생존을 택한 디멘은 슬그머니 건물 밑으로 내려가 낮게 날기 시작했다.

혹시라도 물러나는 자신의 모습을 세 주인들이 볼까 봐서다.

그들이라면 단박에 그 의도를 알아차릴 것이기에 이처럼 조심할 필요가 있었다.

* * *

최강은 무너진 건물 밑으로 나 있는 작은 통로를 보았다.

"여기다. 악마들이 여기에 인질이 잡혀있다고 했어."

적당히 위치를 잡은 그는 굳이 그 통로를 이용할 것 없이 밑으로 쑥 꺼졌다.

곧 지하실을 발견할 수 있었고, 얼른 투시와 색적이 가능한 마법을 펼쳤다.

"엄마가 어디에 계실까……."

그런데 얼마 지나지 않아 맨 끝 방으로 누군가가 쓰러져 있는 게 보였다.

그 옆으로 작은 포대기가 놓여 있는 거로 보아 엄마와 아이가 저곳에 갇혀 있는 게 틀림없어 보였다.

포대기에는 필시 아기가 들어 있으리라.

"찾았다!"

행여 거기에도 악마들의 함정이 있을지도 몰랐지만, 투명 마법과 관통 마법을 동시에 사용하고 있는 자신이어서 악마들에게 들킬 거라고는 조금도 생각지 않았다.

밖에서는 이미 그가 지하로 들어온 걸 알아차리고서 움직이고 있었지만, 최강은 그런 사실을 전혀 알지 못했다.

투시되는 눈을 조금만 들어 올려다보기만 했어도 악마들의 움직임을 간파할 수 있었지만, 그의 온 정신은 엄마와 아이에게만 집중되어 있었다.

스륵.

잠긴 방을 그대로 통과하여 들어간 최강.

주변으로 아무것도 없는 걸 확인한 최강은 즉시 엄마를 불렀다.

"엄마. 엄마? 일어나 보세요. 저예요, 최강."

그런데 바닥엔 뭐가 이렇게 축축한 게 깔려 있는 걸까.

어두운 방이어서 잘 보이질 않았다.

그래서 최강은 간단히 빛의 원소 마법을 펼쳐 방을 밝혔다.

그런데 그 순간, 화들짝 놀란 그가 뒤로 벌렁 넘어지고 말았다.

"허억!"

철퍼덕!

새하얗게 질린 얼굴이 잔뜩 굳어진 그. 그것은 누가 보더라도 매우 충격적인 광경을 본 사람의 표정이었다.

"아냐……."

쓰러져 있는 사람은 엄마가 확실했다.

그런데 쓰러진 엄마의 얼굴 옆으로 피가 가득 흘러나와 있었다.

엄마의 입가로도 피가 가득했다.

손목에 물어뜯는 흔적이 있는 걸 보니 스스로 손목을 물어뜯어 자결한 듯했다.

"왜…… 왜 이런 짓을……."

손자를 지키지 못했다는 자책과 자신이 살아 있으면 아들에게도 피해를 주게 된다는 생각으로 스스로 목숨을 끊은 거였다.

"안 돼요……. 엄마……! 엄마~!"

정신을 차린 최강은 엄마에게 다가가 부둥켜안아 보지만, 그 몸은 이미 차갑게 식어 있었다.

"커흐흐흑!"

그러다가 옆에 있는 포대기 안을 보았다.

그 안으로 아기가 보였다.

한데 미동이 없다.

자세히 보니 아이도 죽어 있었다.

"아, 아가……."

아이도 죽은 걸 확인한 그는 강한 슬픔에 빠졌다.

"안 돼……. 허흐흐흑, 왜……. 대체 왜……."

엄마의 시신을 내려놓고 떨리는 손으로 아이를 만지려던 그는 차마 다 손을 내밀지 못했다.

두 주먹을 불끈 쥔 그는 강한 슬픔으로 이를 꽉 문 채로 바닥을 마구 때리기 시작했다.

쿠웅! 쿠웅! 쿠웅!

"으아아아아아아~! 왜에에에에에에에~!"

최강이 분노와 슬픔으로 감정을 주체하지 못하고 있는 사이, 밖에서는 세 커다란 악마들이 삼각을 이루어 주문을 외우고 있었다.

"오…… 도모나크 이르 마타나시스……."

셋은 같은 말을 반복하며 두 손을 앞으로 뻗어냈다.

어느 순간부터인가 그들의 앞으로 검은 막이 생성되기 시작했다.

그 검은 막은 바닥 깊숙한 곳까지도 파고들어 커다란 검은 구슬을 만들어갔다.

계속되는 주문의 반복.

점차 짙어져 가는 커다란 검은 구슬.

모든 악마들이 그러한 광경을 숨죽이고 지켜봤다.

봉인의 성공 여부에 따라 자신들의 미래가 흑과 백으로 바뀌는 걸 잘 알아서였다.

디멘도 저 멀리서 지켜보다가 봉인이 성공할 것 같자 얼른 쏜살같이 날아왔다.

"봉인에 성공하는구나! 놈을 저곳에 가둔 것이야! 흐히힉!"

그리고 잠시 뒤.

봉인 마법에 성공한 커다란 세 악마가 천천히 뒤로 물러섰다.

"후우⋯⋯."

긴 숨을 내쉬는 것도 잠시, 이크리안이 손을 들어 검은 구슬을 두드렸다.

퉁! 퉁!

그러더니 히쭉 웃는다.

"크흐흐, 완전히 단단하게 굳어졌구나."

세 악마는 한 곳으로 모여들었다.

"어떻게 잘 만들어진 것 같지?"

"이제 이것은 우리 셋이 죽거나, 우리의 세 마력이 동시에 부여되지 않는 한, 영원히 부서지지 않을 거다. 놈은 영원히 이곳에 갇히게 되는 거지."

"행여 날뛰면 곤란할 것 같았는데. 생각했던 것보다 쉽게 놈을 사로잡았어. 왜 얌전히 가만히 있었는지는 모르겠지만 말이야."

그때, 디멘이 날아와 그 앞에 부복했다.

"축하드립니다, 주인이시어. 드디어 놈을 가두셨습니다!"

셋은 고개를 끄덕이며 디멘을 보았다.

"너의 공로가 매우 크다! 잘했다, 디멘!"

"맞다. 네가 저 인질들을 잡아 오지 않았다면 결코 놈을 이리 쉽게 가두지는 못했을 것이야."

디멘이 간사한 웃음으로 실실거렸다.

"주인님들을 위해 충성을 다할 뿐입니다."

"큰 공로를 세운 만큼, 너에게 높은 직책을 내려 많은 걸 누리게 할 것이다. 하니 기대하여도 좋다!"

"오오……! 감사합니다, 주인들이시어. 이 디멘! 목숨을 다하여 주인님들을 모시겠나이다."

"그래. 당연히 그래야지."

진중하고 조용한 메다돈이 크게 웃었다.

"흐하하하하! 오늘은 좋은 날이다! 오늘 하루는 먹고 마시고 마음껏 즐기도록 하라! 이제 이곳 세상은 우리의 것이 되었으니까!"

"와아아아아아아~!"

그런데 악마들의 커다란 함성이 주변의 대기를 가득 울려 퍼질 그때였다.

번쩍-!

"으음?"

갑자기 커다란 검은 구슬 사이로 일자로 가는 빛이 흘러나왔다.

"이게 무슨……!"

"설마……!"

그러한 빛은 점차 늘어가더니 강렬한 파동과 함께 폭발하며 구슬의 잔해가 사방으로 흩어져 갔다.

콰과과과광-!

"으헉!"

악마들이 사방으로 튕겨 날아가고, 커다란 세 악마들도 뒤로 벌렁 넘어지거나 급히 물러나야 했다.

"말도 안 돼……! 우리의 봉인이 깨진다고?"

"그럴 리가. 이것은 악마의 왕일지라도 깨지 못하는 것인데!"

그러나 그들은 몰랐다.

시간의 틈조차 갈라 버리는 최강에게 있어, 부수지 못할 것은 없다는 것을.

그리고 곧 그 깨어진 구슬의 중심에서 최강이 번뜩이는 눈으로 허공으로 떠오르고 있었다.

"전부 죽인다-! 어느 누구도 여기서 살아 돌아갈 생각은 마라! 으아아아아아아아아-!"

최강의 중심으로 엄청난 어둠의 용과 빛의 용이 서로 얽혀들며 수없이 많이 나타났다.

쿠르르르르르르······!

그것들은 허공 위로 구름을 흩트리며 솟아오르더니, 어느 순간 최강의 주변으로 회오리처럼 휘돌며 바닥을 향해 빠르게 돌진해 갔다.

쿠궁-!

쓰으으으으······!

가까이에 있다가 검은 구슬이 폭발하며 튕겨져 날아갔던 디멘은 앞을 보며 사색이 되었다.

바닥으로 떨어지며 수없이 많은 용으로 변한 빛과 어둠들이 자신을 향해 무섭게 밀려들고 있어서였다.

"이게 아닌데······! 젠장, 조금만 더 기다렸다가 올 것을······! 흐익! 흐아아아악-!"

그러한 힘들은 디멘뿐이 아니라, 모든 걸 덮쳤다.

커다란 악마들도, 작은 악마들도.

심지어 주변에 있던 건물들까지 닿는 전부가 하얗고 검은 가루가 되어 산산이 부서져 갔다.

"으으으으으으으……!"

끝없이 떨어져 내리는 빛과 어둠의 무리 중심에서 최강은 모든 정신이 산산이 부서지는 것만 같았다.

후회. 후회.

그리고 또 후회.

강한 힘이 있으면 무슨 소용인가.

자신에게 있어 그나마 남은 소중한 것조차 지키지 못했는데.

세상이 망할지언정, 사랑하는 이들만은 어떻게든 지키고 싶었다.

그런데 결국 모든 걸 잃고 말았다.

생각지도 못한 작은 실수가 독처럼 파고들어 모든 걸 잃게 했다.

도대체 어디서부터 잘못되어 일이 이렇게 되어 버린 것인지 도저히 알 수가 없었다.

'돌아가고 싶어……. 모든 게 시작되었던 때로……. 이 모든 게 꿈이었으면 싶어.'

피눈물을 흘리며 정신이 아득해지는 순간, 최강은 온몸이 시원해지는 기이한 느낌을 받았다.

얼굴부터 번져가는 그 기분은 목을 타고 내려가 전신으로 퍼졌다.

그게 무엇인지, 왜 그런 현상이 일어나는지는 알지 못했다.

그저 그 느낌이 몸과 마음을 편안하게 해 주어서 그 느낌에 몸을 맡길 뿐이었다.

"이 기분, 어딘가 익숙한데……. 그래, 그때 느낀 그 기분이야. 패트릭을 구할 때…… 그 느낌……."

그리고 그는 아득한 빛 속으로 정신이 하염없이 빠져들고 말았다.

아득한 정신 속에서 누군가의 목소리가 들려왔다.

"이것 보세요! 정신 좀 차려 보세요!"

"여기입니다! 이쪽이에요!"

차르르르륵.

바퀴 달린 무언가가 끌리는 소리가 들려왔고, 곧 몸이 붕 하고 떠오르는 것 같았다.

뭐야, 무슨 일이 일어나고 있는 거야.

살며시 눈을 뜨자 구급대원이 보였다.

"정신이 드십니까? 선생님 성함이 어떻게 되시는지 생각나십니까? 나이는요?"

온몸이 시원해지는 기분으로 정신을 잃은 것 같았는데.

어느 순간 정신을 차려보니 사람들이 자신을 챙기는 것 같은 환경이다.

그리고 다시 바깥 공기가 느껴지며 대화 소리가 들려왔다.

"대략 서른 초반쯤 되는 남자입니다. 길거리에 쓰러져 있는 것을 행인이 신고했다고 합니다. 외상은 없는 것 같은데, 머리에 충격이 있었던 모양인지 정신을 차리기 힘들어합니다."

"알겠습니다. 일단 안으로 옮기죠."

대화도 그렇지만, 희미한 시야로 보이는 환경을 보니 내가 있는 곳은 병원이 틀림없었다.

잠시 뒤, 불빛이 눈으로 비춰지며 의사가 물어왔다.

"환자분? 어쩌다가 쓰러지신 건지 기억이 나십니까?"

여전히 머리에 묘한 압박이 있긴 했지만, 정신은 점차 제대로 돌아오고 있었다.

나는 나를 살펴보는 의사를 밀어내며 자리에서 일어났다.

"환자분, 지금 일어나시면 안 됩니다. 그리고 어디에 문제가 있는지 말씀을 해 주시면 저희가 그에 맞는 검사를 보다 정밀하게……."

나는 병원 내부를 둘러봤다.

"병원인데…… 사람이 많네요."

"그야……."

이런 환경, 옛날의 그 모습 그대로다.

악마가 세상에 나타나기 전의 모습 말이다.

이거, 지금 꿈을 꾸는 건 아니겠지?

나는 혹시나 얼른 반지를 보았다.

"너야? 정말로…… 시간이 되돌려진 거야?"

나는 잠시 정신을 잃기 전의 느낌을 떠올렸다.

그런데 그 순간, 황당하게도 모든 사람들이 행동을 멈추었다.

그리고 그 느낌을 거두자 다시 모두가 움직이기 시작했다.

잠시 잠깐, 내가 시간을 멈춘 거였다.

"허……. 진짜로 내가 이걸 사용할 수 있게 됐어……. 근데 이게 이렇게 쉽게 된다고?"

의사가 다시 물어왔다.

"환자분 뭔가 지금 혼란스러우신 모양인데요. 상태를 말해 주시면 좋을 것 같은데요."

"지금이 몇 월 며칠입니까?"

"7월 16일인데요."

의사는 간호사에게 확인하듯 물었다.

"맞지?"

"네, 맞아요."

나는 질문이 틀렸음을 느꼈다.

"아니지……. 지금이 몇 년도입니까?"

"네?"

의사가 나를 걱정스럽게 쳐다봤다.

"환자분, 뭔가 머리에 큰 충격을 받으신 건 아닌지 말씀을 해 주시죠. 그게 아니면 혹시 정신적인 충격이라도 있으셨던 겁니까?"

"몇 년도냐고요?"

내가 또렷하게 쳐다보며 되묻자 당황한 그가 대답했다.

"그야 당연히 2021년이죠."

"그해 7월이면……."

내가 총을 맞고 수술을 받은 뒤, 병원에서 깨어난 날이 된다.

"이렇게나 시간이 되돌아갔다고……. 난 단지 차원의 문만 막을 시기면 되었는데. 엄마와 아기가 살아나고, 최소현이 죽기 전이면 충분했는데……."

"뭐라고요? 차원의 문이요?"

나는 침대에서 일어났다.

"바쁜데 시간을 빼앗아서 미안합니다. 전 괜찮으니까 이만 가 보겠습니다."

"이보세요! 그래도 검사를……!"

나는 모습을 감췄다. 눈앞에서 감쪽같이 사라진 나의 모습에 의사와 간호사가 깜짝 놀라는 것 같았지만, 개의치 않았다.

지금 나는 다른 무엇보다도 꼭 만나야 할 사람이 있었다.

그리고 그 사람을 만남에 있어 그 무엇에도 방해받고 싶지가 않았다.

* * *

"아~ 이 총상 환자를 도대체 어디서 찾지?"

막 병원에서 최소현이 나오는 게 보였다.

도롯가에 서 있던 나는 그 생생한 모습에 나도 모르게 미소가 지어졌다.

살아 있는 그녀의 모습에 상처받은 온 마음이 치유되고 평온을 찾은 것 같았다.

"소현 씨……."

그 옆으로는 죽었던 김동운도 살아있는 모습으로 멀쩡히 서 있었다.

그리고 그가 나를 보더니 눈을 크게 뜨며 손을 가리켰다.

"엇! 선배님! 저 사람!"

"뭐?"

"저 사람이잖아요! 총상 환자……!"

최소현이 나를 쳐다본다.

그 시선을 마주치자 나는 더욱 환하게 웃었다.

반가움과 그녀를 다시 만나게 되었다는 기쁨이 벅찬 가슴으로 번져 왔다.

그렇지만 그녀는 내가 자신을 보며 왜 이런 표정을 짓고 있는 것인지 영문을 모르겠다는 얼굴이다.

곧 그녀가 김동운과 함께 다가왔다.

"당신, 여기 병원에서 탈출했던 그 사람, 맞죠?"

"반가워요, 최소현 씨."

"저를 알아요? 이상하다. 나는 처음 보는데."

"그렇죠. 우린 처음 보는 거죠."

그녀가 내게 손을 내밀었다.

그녀의 손이 내게 닿는데, 그 따뜻한 체온이 전류처럼 흘러들었다.

하지만 내 손목으로는 얼음처럼 차가운 느낌이 전달되었다.

처걱.

그녀가 내 손에 수갑을 채운 거였다.

"음?"

"보아하니 멀쩡한 것 같은데. 같이 좀 가 주시죠?"

"그래도 갑자기 이런다고요?"

"물어야 할 게 많은데, 한 번 도망친 전력이 있는 사람이니까. 어쩌겠어요, 이렇게라도 잡아가야지. 가요, 어서."

이거 어째 첫 단추가 잘 못 끼워지는 것 같은데.

이 감격스러운 순간에 진짜로 수갑을 채운다고?

* * *

우린 강남경찰서로 자리를 옮겼다.

그녀는 조서를 쓰며 자신을 빤히 쳐다보는 나를 힐끔거렸다.

그러더니 대뜸 묻는다.

"경찰치고 제법 예쁘죠?"

"네."

"뭐 저도 잘 알고는 있는데, 그렇다고 그렇게 빤히 쳐다보지는 말죠. 사람 부담되니까."

"보고 싶어서."

"네?"

"훗, 아무것도 아닙니다."

"좀 이상한 사람이시네요. 정신은 멀쩡한 거 맞죠?"

"네, 지금은 괜찮아졌습니다."

"그럼 지금부터 질문을 좀 할 테니까, 성실하게. 답변 좀 부탁할 게요?"

"네."

그녀는 키보드를 몇 번 치더니 물어왔다.

"이름?"

"최강."

"외자 이름인가 보네요."

"네."

"직업은요?"

"국가정보원 행정요원입니다."

그녀가 내 말을 듣고 깜짝 놀랐다.

"네? 국가정보원이라고요? 정말요?"

"네, 7과 행정요원입니다. 외부업무를 맡고 있는 현장요원의 지원업무를 맡고 있죠."

"그럼 혹시 총에 맞으신 건…… 임무 중에 다친 건가요?"

"그렇다고 해야겠지만, 음모가 있었습니다."

"그게 무슨……."

"세계를 주무르는 비밀조직이 있는데, 그 조직에 꼭 필요한 물건을 국가정보원 요원 중 하나가 빼돌립니다. 그리고 국가정보원 내에 있는 비밀조직의 일원들이 그것을 되찾고자 외부에 사무실을 두고 있는 7과를 습격, 그 과정에서 총에 맞은 겁니다."

"뭐야…… 진짜인 거야?"

"아마 제가 여기서 사라지고 나면 곧 저에 대한 수배가 내려질 겁니다. 시신도 없는 살해 누명을 쓴 상태로요."

"일이 어떻게 흘러갈지도 전부 알고 있다고요, 이렇게 상세하게. 후, 그럼 묻겠습니다. 최강 씨, 당신은 사람을 죽였습니까?"

"훗……."

"대답하세요. 사람을 죽였습니까?"

나는 자리에서 일어났다.

손에 차여진 수갑을 푼 나는 그녀의 앞으로 건네주었다.

처럼.

그러자 그녀가 눈을 동그랗게 떴다.

"엇! 그거 어떻게 풀었어요?"

"또 보게 될 겁니다. 이번에는 수배 없이, 오해도 없이 정상적으로 남자와 여자로 만납시다. 내가 다시 찾아오도록 하죠."

"그게 무슨……! 이봐요, 최강 씨. 당신 지금 아무 데도 못……!"

그녀는 주변을 두리번거리며 사라진 나를 찾았다.

"뭐야⋯⋯. 어디 갔지?"

그녀의 동료들도 깜짝 놀라 자리에서 일어났다.

"야, 방금 전에 그 사람 어디 갔어?"

"사라졌어요."

"뭐?"

"방금 전에 제 눈앞에서⋯⋯ 그냥 사라졌다고요."

"그게 무슨 소리야, 지금?!"

형사들이 난리가 났다.

"야, 얼른 밖으로 나가서 찾아! 총상 환자를 이대로 놓치면 어떻게 해! 반장님 아시면 우리 다 큰일 나. 빨리 찾아!"

형사들은 후다닥 밖으로 뛰쳐나갔지만, 최소현은 멍하니 표정을 굳힐 뿐이었다.

"대체 뭐지, 그 사람⋯⋯. 마치 나를 잘 아는 사람처럼 말하는 것 같았는데⋯⋯."

모습은 감췄지만, 여전히 나는 그 자리에 서서 그녀를 보고 있었다.

그녀의 얼굴을 계속해서 눈에 담고 싶어서.

* * *

서울의 한 주택가.

나는 모자를 쓴 사내 하나가 그곳으로 들어가는 걸 보며 따라

들어갔다.

"아주머니, 저 왔습니다."

"왔어요? 아직 저녁 전이죠. 그럼 어서 식사부터 해요."

"이거 매번 신세만 지는 것 같아 죄송합니다."

"신세는 무슨. 내 목숨 구해 준 은인인데. 밥해 주는 게 뭐 어려운 일이라고."

그래, 그러고 보면 저런 때도 있었지.

만약 저 때에 정이한이 없었으면 나의 엄마는 돌아가셨을 거다. 그 부분에서는 진심으로 그에게 고마움을 느낀다.

그가 살아 있을지도 모르는데도, 끝까지 찾아서 죽이지 않았던 것은 어쩌면 그런 감정들이 가슴에 남아서였는지도.

아무튼 이때까지만 해도 정이한은 자신이 어떻게 변할지 알지 못했다.

그 악의 고리.

여기서 끊자.

나라면 해 줄 수 있다.

그 너머의 어둠으로 발을 들여놓기 전에.

"정이한 씨?"

나의 부름에 깜짝 놀란 정이한이 품에서 총을 꺼내어 순식간에 뒤돌아 나에게 겨누었다.

처걱!

표정이 굳어진 그도, 화들짝 놀란 엄마도 나를 알아보며 더욱 눈이 커졌다.

"너는……!"

"가, 강아……! 네가 여긴 어떻게……!"

나는 살아 있는 엄마를 보며 웃으며 물었다.

"괜찮아요, 엄마?"

엄마가 나에게 다가와 손을 붙잡았다.

"이게 다 어떻게 된 일이야. 이 엄마는 네가 총에 맞았다는 말에 얼마나 놀랐는지 몰라. 거기다가 이상한 사람들이 찾아와서는……!"

나는 그런 엄마를 포근하게 안아 주었다.

이 느낌, 정말 좋다.

정말이지 다시는 느끼지 못할 것 같았는데.

이 모든 게 정말 꿈만 같았다.

"알아요, 엄마. 엄마가 겪은 일, 그리고 정이한 씨가 엄마를 도와준 것까지. 다 알고 왔어요."

"너 몸은 괜찮고?"

"저는 괜찮아요. 그러니까 걱정 말아요."

정이한은 나를 의아하게 쳐다보고 있었다.

그럴 만도 하다.

분명 총을 맞고 차 위로 떨어지는 것까지 보았는데, 이렇게 멀쩡한 모습으로 나타난 것이 이상할 것이다.

나는 그를 보며 말했다.

"정이한 씨, 잠깐 얘기 좀 할까요?"

우린 옥상으로 올라 얘기를 나누기 시작했다.

정이한은 자신이 궁금한 것부터 물어왔다.

"너, 뭐야. 분명 방탄조끼 같은 건 안 입고 있었던 거로 아는데. 어떻게 이렇게 멀쩡하지?"

나는 씨익 웃고는 그를 보았다.

"저는 시간을 넘어왔습니다."

"뭐?"

"저는 놀라운 능력을 지녔고, 가까운 미래에서는 사람들이 저를 신이라고 부르기도 합니다."

"무슨 헛소리야? 총 맞더니 머리가 어떻게 된 거 아냐?"

나는 공간 이동을 하여 그의 등 뒤에서 나타나 말을 이었다.

스륵.

"어쩌면 정말로 저는 신이 된 건지도 모르겠습니다. 놀라운 능력에 영생의 힘까지 얻었으니까."

"뭐야…… 어떻게 뒤로…….''

나는 분신 마법으로 여러 명으로도 변해 보였다.

스르르륵.

"아니!"

"나는 당신이 무슨 짓을 저질렀는지, 그리고 앞으로 무슨 짓을 저지르려고 하는지 전부 알고 있습니다. 뿐만 아니라 발라스에 관한 것도 전부 알고 있죠."

"너 뭐야……. 정말 내가 알고 있던 그 최강이 맞는 거야?"

"아니."

"뭐?"

"그 순진했던 최강은 이제 없어. 지금 당신 눈앞에 있는 건 신이니까."

"미친놈……."

"소울 카드."

"너…… 그것도 알아?"

"지금쯤이면 깨달았을 텐데. 그것만으로는 돈을 뺄 수 없다는 걸."

"그럼 넌 가능하다는 거야?"

나는 분신들로 그를 두르며 말했다.

"돈, 충분히 쓸 만큼 줄게. 그리고 더는 발라스에도, 국가정보원에도 쫓기지 않게 해 줄게. 그러니까 여기서 그만 발을 빼. 평범하게 돈이나 쓰면서 살아. 원하는 게 그거 아니었나?"

나는 그를 노려보며 다시 말했다.

"그렇게만 하면…… 미래에도 내 손에 죽을 일은 없을 거야."

"내게 너의 손에 죽는다고?"

이 사람, 쉽게 욕심을 버릴 사람이 아니다.

하기야 그만한 욕망이 있었으니 그 거대한 조직도 일으켰겠지.

그럼 보다 자극적인 걸 보여 줘 볼까?

나는 분신을 거두고 정이한의 뒤에서 그의 어깨를 만졌다.

스륵!

옥상에서 사라진 우리는 높은 허공 위에 있었다.

"끄어어억-!"

정이한은 내가 만들어둔 얼음판 위에 서서 휘청거렸다.

"뭐, 뭐야, 이게……!"

"하늘에서 서울을 내려다보는 기분이 어때?"

"저 도시가 서울이라고?"

나는 그를 빙빙 돌았다.

"여기서 내가 손가락 하나만 까딱이면……."

정이한이 밟고 있는 얼음은 그 크기를 줄이더니 정이한이 겨우 밟고 있을 수 있을 만큼만 남게 되었다.

"당신은 죽어."

"나한테 약이라도 먹인 거야? 그게 아니고서야 어떻게 이런 게 가능해? 이게 현실이라고?"

"현실처럼 안 느껴지면 현실인 걸 느끼게 해 줄게."

나는 그의 발밑에 있던 얼음판을 치워 버렸다.

"끄아아아아악-!"

그는 한참을 떨어지고, 계속 떨어졌다.

"으아아아아아아-!"

그리고 바닥에 닿기 직전, 그의 발을 낚아 잡아 주었다.

그의 얼굴이 지면과 한 뼘을 남겨 두고 말이다.

"허억! 허억!"

손을 풀자 그가 손을 짚고서 일어났다.

"미친……! 너 이씨……!"

그가 나에게 달려들려고 하지만, 그와 나 사이로 거대한 불길이 일어나 불의 거인이 만들어졌다.

화르르르륵!

"허억!"

양옆으로 어둠의 거인과 얼음의 거인, 그리고 뒤로는 돌의 거인이 막아섰다.

하지만 그런 것들도 내 손짓 하나에 한꺼번에 사라졌다.

"이만하면 믿음은 심어졌을 것 같은데……."

"진짜로…… 신이라고?"

"그만큼 전지전능함을 가졌다고 해야겠지. 이젠 죽은 사람도 살릴 수 있으니까."

"말도 안 돼……."

"그러니까 내 말 듣고, 모든 것에서 손을 떼. 그것만이 모두가 행복해질 수 있는 유일한 길이니까."

정이한은 허탈한 듯 벽으로 등을 기대더니 그 자리에서 주저앉았다.

"내가 여기까지 어떻게 왔는데…… 무슨 마음으로 왔는데……. 이렇게 다, 그만두라고?"

"카드는 결합이 가능한 장치가 있어야 정상적으로 작동해. 그 전까지 당신은 그 돈을 건드릴 수도 없는데, 발라스를 상대로 장치까지 얻어낼 수 있다고 생각해?"

미래에는 그가 장치까지 손에 넣는다.

그리고 그 자금력으로 골드 킹을 세운다.

그렇지만 지금의 그로서는 버겁기만 한 벽처럼 느껴질 것이다.

거기다가 나 같은 존재까지 봤으니 더는 의지를 일으키기 힘들 거라고 본다.

"어렵겠지……."

"지금까지의 일들, 모두 없던 것처럼 처리해 줄게. 그리고 돈도 얻게 해 줄 테니, 즐기며 살아가. 이건 부탁이 아니라, 강요야."

"협박인 거겠지. 언제든 죽일 수 있다는."

"훗, 듣는 입장에선, 들리는 대로 듣는 게 맞는 거더군."

* * *

나는 며칠을 바쁘게 지냈다.

예전에 했던 작업의 반복.

김종기에게 카드를 넘겨주고, 잔뜩 겁을 주어 나의 사람으로 만들었다.

자유자재로 만들어 낼 수 있는 환상에 피부로 느끼는 원소 마법을 불어넣자 더욱 생생한 지옥을 느끼게 만들 수 있었다.

그 외에 원로위원들까지 모조리 굴복시킨 나는 정이한에게도 자유를 주며 홀가분하게 지낼 수 있게 해 주었다.

그리고 오늘 밤, 나는 한 사람을 만나기로 약속했다.

"여기입니다."

제법 예쁘게 차려입은 최소현이 주변 눈치를 살피더니 내 앞으로 앉았다.

"예쁘네요."

"당신한테 예뻐 보이려고 나온 거 아니거든요?"

"그럼 왜 나왔는데요?"

"궁금해서."

나는 씨익 웃었다.

"그럼 질문에 대한 답을 해야겠네요. 준비되었으니까 물어보세요."

"뭘 어떻게 한 거예요?"

"어떤 게 말이죠?"

"그때 갑자기 사라진 거. 그리고 당신에 대한 수사를 종결시킨 거. 뉴스는 물론이고, 기사 한 줄 안 나갔던데. 사람이 총을 맞고 건물에서 떨어졌는데, 그게 싹 지워졌어요. 마치 없었던 일인 것처럼."

"얘기했잖아요. 국가정보원 요원이라고."

"행정직이라며?"

"그렇긴 한데, 윗분들이 힘을 써 줬으니 가능한 거 아니겠어요? 그보다, 뭐 먹을래요?"

"그쪽이 사는 거면 뭐든? 알다시피 박봉이라서."

"일반인한테 그렇게 얻어먹어도 되겠어요?"

"데이트한 거라고 둘러대면 되니까. 그걸 가지고 누가 트집이나 잡겠어요?"

"우리 데이트인 겁니까?"

그러자 그녀가 당황해서 답했다.

"아, 아니거든요! 나는 그냥……! 궁금한 게 많아서 나온 것뿐이에요. 그리고 장소가 이런 레스토랑이니까 막 입고 오기도 뭐했고……."

"난 데이트여도 상관없는데."

"됐고, 얘기나 좀 더 해 봐요."

그녀의 목소리. 머리를 넘기는 손짓까지.

이렇게 그녀를 보고 있자니 꿈만 같고, 가슴이 벅차오른다.

한 가지 아쉬운 것이 있다면, 그녀와의 사이에서 낳은 아이를 데려오지 못했다는 거.

물론, 그 아이를 데려와 버리면 많은 것들이 꼬이게 될 테지만, 그 아이를 만지고 안으며 느꼈던 감정이 아직 남아 있어 허탈함이 있는 게 사실이다.

하지만 그래도 참고 견디련다.

어차피 그 아이를 다시 보게 될 것을 알기에.

우린 자리를 옮겼다.

차를 마시고, 함께 길을 걷고.

최소현은 끝없이 질문을 해 왔고, 모든 걸 말해 줄 수 없는 나는 미소로 답하는 경우가 많았다.

그럼에도 멈추지 않는 걸 보면 참 여전한 그녀다 싶다.

"정말 그날 경찰서에서 어떻게 사라졌던 건지 말 안 해줄 거예요?"

"마법이라고 하면 믿을래요?"

"혹시 마술도 해요?"

"아니, 마술 아니고 마법."

"그게 그거 아닌가."

"차이가 있죠. 눈속임과 신비로운 힘은 다른 거니까."

그녀가 나를 게슴츠레 쳐다본다.

"이 사람이 나를 놀리네. 좋아요, 그럼. 어디 한 번 보여 줘 봐요."

"그건 나중에."

"왜요? 혹시 속임수가 들킬까 봐 걱정스러운가?"

"그것보단 나를 너무 멀게 느낄까 봐 그게 걱정인 거죠. 때론 놀라움이 거리감을 만들기도 하니까."

"놀라움이 호감이 될 수 있다고는 생각 안 해 봤어요?"

"호감. 그건 이미 있다고 생각하는데."

그녀가 기막혀 했다.

"허! 웬 김칫국? 그런 거 아니거든요? 원래 그렇게 자뻑이 심한 편인가 봐요?"

"그게 아니면, 내가 소현 씨한테 호감이 있다는 것만 알아 줘도 될 것 같고."

빤히 쳐다보는 나의 시선에 그녀가 커다랗게 변한 눈을 깜빡거린다.

정말 귀엽다.

그러면서도 부끄러움에 피하는 시선은 또 얼마나 예쁜지.

정말이지 저 얇은 입술에 당장이라도 입을 맞추고 싶어서 미칠 것만 같다.

그렇지만 아직은 아니니 참자.

너무 급하면 만남의 목적을 오해받고 관계가 뒤틀릴지도 모른다.

이미 바뀌어 버린 만남과 관계이기에 신중해지지 않았다간 미움을 살지 몰랐다.

"여기가 우리 집이에요. 집까지 데려다주지 않아도 괜찮은데. 이러니까 꼭 진짜 데이트를 한 것 같이 진짜 어색하다. 헤헤."

"어차피 가는 길이었거든요."

"그럼 이제 다 왔으니까 가세요. 시간도 너무 늦었는데."

"그게……."

"왜요, 혹시 첫 만남에 무슨…… 라면 먹고 가라 그런 걸 바라는 건 아니죠? 미안한데, 저 그런 여자 아닙니다. 그러니까 얼른 가세요~"

나는 이런 상황이 너무 재미있어 절로 웃음이 나왔다.

그래도 꾹 참고 헛기침을 하며 답했다.

"그런 게 아니라, 저도 이 빌라에 살거든요."

"네에? 정말요?"

"오늘 아침에 이사 왔는데."

"허업……! 그럼 오늘 아침에 이삿짐 들어오던 게 설마……!"

"전 204호인데. 소현 씨는요?"

그녀가 205호에 산다는 건 진즉부터 알고 있는 사실.

"전 205호에요. 근데 설마…… 나 여기 사는 거 알고서 이사 온 건 아니죠?"

빙고.

그렇지만 부정해야 한다.

나는 얼른 손사래를 쳤다.

"아, 아뇨! 절대 그런 거 아닙니다. 사실 저 살던 집이 불이 났거든요. 그래서 급하게 혼자 살 집을 찾는다는 게 여기가 나와서……."

"아, 맞아. 최강 씨 집에 불 났었지……. 거기다가 시신까지……."

표정이 왜 이래?

아, 혹시 그 시신이 내 엄마인 줄 아는 건가?

하기야 그녀의 성격이라면, 그날 경찰서에서 내가 사라지고 난 후에 나의 뒷조사를 안 해 봤을 리가 없다.

그럼 엄마와 함께 살고 있었을 것도 알아냈을 테고.

이렇게 내 눈치를 살피는 걸 보면 아무래도 그 시신이 나의 엄마인 줄 아는 모양이다.

거기서 모든 수사가 종결되었으니 더 팔래야 팔 수도 없었을 것이다.

그게 아니면, 그걸 파기 위해 일부러 나를 만난 것이거나.

"아무튼, 옆집 비었던 건 최소현 씨가 더 잘 알았을 거잖아요? 그리고 여기가 적당히 방도 저렴하면서도 구조가 좋더라고요."

"구조가 좋긴 하죠. 저도 그것 때문에 여길 고른 거니까……."

"그러니까 오해는 하지 마세요. 저도 여러 사정이 있어서 여기까지 흘러들었으니까."

"우연히 참 신기하긴 하지만. 그래요, 뭐. 앞으로 좋은 이웃으로 지내면 되죠."

그렇게 우린 매일 아침 출근길을 함께하며, 때론 퇴근길에 옥상에서 같이 맥주를 마시며 정을 키웠다.

하지만 언제까지 좋은 시간만 계속되진 않는다.

썬 아이즈가 부스터를 퍼트릴 것이고, 거기서 최소현은 파트너를 잃고 슬픔에 빠지게 될 테니까.

그렇지만 나는 이미 모든 미래를 알고 있다. 결코 그녀를 위험에 빠지게도, 슬픔에 빠지게도 하지 않을 생각이다.

* * *

깊은 밤.

최소현은 김동운과 함께 부스터의 유통망을 추적하고자 항구로 숨어들었다.

그들 두 사람은 눈앞에서 나타난 몇몇 사내들을 보며 깜짝 놀랐지만, 이내 더욱 눈이 커졌다.

털썩. 털썩.

갑자기 나타난 그들이 두 사람 바로 눈앞에서 쓰러지고 있어서였다.

그리고 이어서 나타난 사람.

바로 나.

"최강 씨? 당신이 여긴 어떻게."

"이놈들이 매복하고 있었던 거, 몰랐어요?"

"그러는 최강 씨는 어떻게 알았는데요? 아니, 여긴 어떻게 온 거예요?"

나는 하늘을 가리켰다.

제법 높은 곳에서 날고 있는 드론 하나.

물론, 설명을 하기 좋도록 띄워 놓은 거지 정말로 감시나 매복을 찾기 위해 띄운 건 아니다.

마법이면 이 밤은 낮처럼 볼 수도, 숨어 있는 모두를 찾아낼 수도 있으니까.

그렇지만 드론을 본 것만으로도 두 사람은 이해했다는 듯 감탄했다.

"오오~!"

"이 정도 준비는 해야죠."

우린 지원 병력을 부르고, 그 사이 범죄자들이 도망치지 못하도록 싸우며 막아 냈다.

그리고 경찰이 도착하며 전부 일망타진.

마지막 하나까지 차에 밀어 넣은 최소현이 나에게 다가오며 물었다.

"뭐야, 행정요원이라면서 무슨 싸움을 그렇게 잘해요? 아주 반 이상은 혼자 다 잡았어."

"멋있었나요?"

"뭐…… 조금? 나보다 센 남자, 솔직히 매력 있는 건 사실이니까."

"그럼 가르쳐 줄까요? 로브샤라고, 단검술을 포함해서 이 세상 그 누구도 모르는 무술인데."

"정말요?

"아마 6개월만 수련하면, 지금보단 몇 배는 빠르고 강해질걸요?"

"이렇게 또 먼저 가르쳐 주겠다고 제안해 오면 거절을 못 하는데. 좋아요! 가르쳐 줘요!"

그렇게 우리는 매일 밤 만나 서로 몸을 부딪치며 격렬한 훈련을 했다.

그리고 그런 격렬한 심장 두근거림에서 본능이 싹텄고, 체육관에서 진한 키스로 서로의 마음을 확인하게 되었다.

나야 언제나 그녀를 사랑해 왔지만, 드디어 그녀의 마음을 쟁취하게 된 것이다.

"이건 너무 노골적일 수도 있는데. 당신을 처음 본 그날부터 이런 날을 꿈꿨다면 믿겠어요?"

"마찬가지였다면, 믿을래요?"

"진짜? 왜……?"

"나를 바라보는 당신의 그 시선이 너무 애틋해 보였거든. 그런 시선에 끌리지 않을 여자가 없는 거거든. 사연 있어 보여서."

그녀의 저돌적인 끌어당김에 우린 또다시 입을 맞췄다.

이런 날을 얼마나 기다려 왔던지.

오늘만큼은 도저히 놓아주지 않을 것이다.

더는 기다릴 수 없기에.

* * *

나는 발라스가 장악한 빌딩 위에서 하늘을 바라보았다.

과거로 돌아와 엄마와 최소현을 다시 보게 되었다.

세상이 망해 버려도 이 두 사람만 있으면 된다고 여겼는데.

그 모든 걸 되찾게 된 것이다.

삶을 새로 쓴다는 거.

정말 좋다.

어느 누가 이런 기회를 얻을 수 있을까.

그런 걸 보면 난 굉장한 행운아가 틀림없었다.

"아, 맞다. 그러고 보니 지금 시기면 슬슬 그들이 나타날 때일 텐데……. 후훗."

그로부터 며칠 후, 헌터들이 나타났다.

마법을 사용하는 나를 감지하고 나의 힘을 빼앗기 위해.

물론, 가볍게 눌러 주었다.

"제이슨에게 가서 전해. 레드나 다른 등급 보낼 거 없이 내가 직접 찾아가겠다고."

"당신이 어떻게 우리 로드를 알지?"

"훗, 혹시 제블런이 시간 능력을 잃지 않았나? 어느 날 갑자기 그의 귀물이 사라졌을 텐데."

"그것까지 안다고?"

"며칠 내로 갈 테니까 기다리라고 해. 이번엔 좀 부드럽게 가 보자고. 누구 하나 죽는 사람 없이."

그렇게 며칠 후, 나는 최소현과 함께 영국으로 향하는 비행기에 올랐다.

"저한테 줄 선물이 있다는 게 뭐예요?"

"가 보면 알아요. 아마 신세계를 보게 될 겁니다."

나는 그녀와 함께 조율자 조직이 아지트로 두고 있는 양로원에 도착했지만, 기다리는 건 환영 인사가 아니라 헌터들의 포위였다.

그리고 그중에는 반가운 얼굴도 있었다.

두 번째로 덤벼 왔던 헌터들.

비웬과 나머지 헌터들이었다.

"이렇게 보니까 묘하게 반갑네, 저 사람들."

"아는 사람들이에요?"

"나에겐 있지만, 저들에겐 없는 그런 인연."

"뭐야…… 그 모호한 대답은."

제이슨이 나에게 다가와 물었다.

"말은 전달받았지만, 정말로 스스로 찾아올 줄은 몰랐습니다. 더군다나 저희의 본단을 이렇게 쉽게 찾아올 줄이야. 솔직히 많이 당혹스럽군요."

"내가 아무리 경고를 하고 당신들을 살려 보내도 당신들은 어떻게든 나를 죽이거나 능력을 빼앗으려 시도할 테니까. 당신들의 장로들이 포기하지 않을 걸 알거든."

"음……. 저희에 관해 많은 걸 알고 계시는군요. 혹시 예지력이라도 있으신 겁니까?"

"비슷하지. 내게는 이게 있으니까."

나는 손을 살며시 들어 시간의 반지와 빛의 반지를 보여 주었다.

"아니, 그건……!"

뒤에서 제블런이 나타나 소리쳤다.

"네놈이 어째서 나의 반지를 지니고 있는 것이냐?!"

나는 제이슨을 보며 말했다.

"해야 할 얘기가 많을 것 같은데. 이제 대화를 시작할 마음이 드나?"

나는 최소현이 바깥 정원을 구경하는 사이 제이슨과 제블런에게 그동안 내게 있었던 일들을 전부 말해 주었다.

내가 제블런을 죽이고 조율자 조직을 굴복시킨 일들.

다크 웨이브가 일으킨 전쟁.

다크 웨이브가 얻은 수정구 때문에 빛의 세상에 갔던 일.

그사이에 이곳 세상이 악마에게 점령당한 것. 그리고 마지막으로 다시 시간을 되돌리기까지.

"이제 내가 이곳을 어떻게 알고 찾아온 건지 이해가 가나? 내가 왜 이 반지를 가지고 있는지도?"

"그랬군요. 당신을 제외한 모든 시간을 되돌렸기에 당신만은 모든 걸 알 수 있는 거였군요."

"그럼에도 똑같은 것이 동일하게 세상에 존재할 수는 없는 건지 내가 이 시간으로 스며든 순간, 과거의 것은 갑자기 사라진 게 되는 것 같더군."

제블런이 물어왔다.

"그 반지, 되돌려 주지그래? 그 물건의 주인은 나야."

"미안하지만, 내겐 전리품이자 이젠 없어서는 안 될 물건이라서. 당신에게 더없이 소중한 물건인 건 알지만 유일하게 내게 위협이 될 물건을 넘겨줄 순 없을 것 같군."

"크음……."

불쾌해하는 제블런을 보며 제이슨이 쓴웃음을 머금었다.

"그러니까 당신이 빛의 세상으로 넘어온 악마들과 그 왕을 죽이고, 이곳으로 넘어온 악마들까지도 모조리 쓸어버렸다. 그 말을 우리더러 믿으라는 것이군요."

"믿으면 숙원을 이룰 테고, 믿지 않으면 손해가 클 거야."

"시간의 반지를 지니신 걸 보면 안 믿을 수도 없고, 좀 당혹스럽군요."

"아, 그보다 이젠 이걸 돌려주지."

과거 제이슨에게 빼앗았던 반지를 그에게 돌려주었다.

"갑자기 사라져서 정말 많이 놀랐는데. 돌려주신다고 하니 고맙군요."

"그보다 당신들이 나를 협력자로 대해야 하는 이유를 말해 줄까?"

"무슨……."

"내가 방금 전에 말했잖아. 다크 웨이브의 아지트에서 무슨일이 있었는지."

"아……! 그렇군요! 만약 당신 말이 진실이라면, 당신은 그들의 아지트를 알고 있겠군요!"

"그들을 없애고 악마 차원의 문도 닫아줄 수 있어. 협력자의선물이라고 생각하도록 해."

나는 제블런을 보았다.

"그게 당신이 원하는 거 아니었나? 천 년을 이어 온 임무를드디어 완수하는 거잖아."

"그것까지…… 정말로 전부 알고 있군그래."

"원하면 저쪽 세상으로 넘어가게 해 줄 수도 있어. 그분들이내게 되돌아오지 않는 걸 보면, 저쪽은 이쪽과 시간의 흐름이달라서 저쪽은 내가 넘어왔던 그대로일 것 같거든."

"하지만 저쪽에는……!"

"봉인이 있어서 못 건너간다고? 걱정 마, 그것도 해결해 줄 수 있어."

제블런은 고개를 저었다.

"사양하지."

"왜지?"

"정말 오랜 세월이 흘렀어. 저쪽으로 넘어가 봐야 이미 내가 아는 이들은 없을 텐데. 가면 뭐하겠어. 차라리 이곳에 남는 게 나아."

"훗, 당신 뜻이 정 그렇다면 그렇게 하던가."

제이슨이 나를 쳐다봤다.

"그럼 이제 우린…… 한 편인 겁니까?"

"그 전에 한 가지 부탁을 하고 싶은데."

"어떤……."

"혹시 골드 등급의 헌터를 하나 더 발굴하고 싶지 않아?"

"적합자가 있단 것입니까?"

"미래에 다녀왔다고 했잖아."

"그게 누구입니까?"

나는 밖으로 시선을 돌려 정원을 걷는 최소현을 보았다.

"저기 있잖아. 예쁜 사람."

조금의 변화가 있긴 했어도, 여전히 흐를 일들은 흐르고, 생길 일들은 똑같이 일어난다.

그녀가 결국 이곳으로 오게 된 것처럼.

그래서 나는 지금 나의 삶을 새로 써 나가고 있었다.

그리고 거기서 행복을 찾아가는 중이었다.

비록 조금은 달라질지라도, 나는 그 모든 걸 지켜낼 것이다.

또다시 삶을 다시 쓰는 한이 있더라도.

근데 이 정도면, 나 정말로 신이라고 해도 되는 거 아닌가?

훗.

까짓거, 신 해 주지 뭐.

〈'빙의로 최강 요원' 완결〉

동아
COMMUNICATION
GROUP